AF534794

Marie Kopplin studierte Kommunikationswissenschaft, Anglistik und Wirtschaft und arbeitet heute in den Medien. Den Wunsch, Romane zu schreiben, hat sie während ihrer Karriere nie aus den Augen verloren: 2023 erschien ihr Debüt-Thriller – einer von der Art, die sie selbst schon immer gerne gelesen hat. Mit ihrer Familie lebt Marie Kopplin in Berlin.

MARIE KOPPLIN

ERINNERE DICH

Deine Vergangenheit wird dich immer einholen

Überarbeitete Neuausgabe Januar 2025

Erinnere dich

ISBN 978-3-98998-755-5
E-Book-ISBN 978-3-98998-758-6

Covergestaltung: Buchgewand
Umschlaggestaltung: ARTC.ore Design
Unter Verwendung von Abbildungen von
stock.adobe.com: © serkucher, © Olex Runda
shutterstock.com: © Max kegfire, © Bokic Bojan, © yari2000
Lektorat: Sandra Effert
Satz: dp DIGITAL PUBLISHERS GmbH
Druck und Bindung: Books on Demand GmbH, Norderstedt

Vorwort

Liebe Leser:innen,

bei der Arbeit an diesem Thriller sind mir einige Parallelen zum Beruf der Hauptfigur Maxim Fuchs aufgefallen. Was hat das Schreiben mit Meteorologie zu tun?, werden Sie sich fragen. Nun, in beiden Bereichen treffen wir Vorhersagen, die sich oft bewahrheiten, nicht selten aber zu Überraschungen führen. So ist auch die sorgfältigste Planung eines Thriller-Plots nur ein Grundgerüst für die Charaktere darin, die selbst mich als Autorin immer mal wieder überraschen. Die Kommissarin Sofia Nikolaidis war so eine Person, die im Entstehungsprozess der Geschichte ganz andere Charakterzüge annahm, als ich ursprünglich für sie angedacht hatte. Eine gute Geschichte ist wie das Wetter: Sonne und Regen wechseln sich ab, Stürme sorgen für Spannung und ein guter Showdown entlädt sich wie ein tosendes Gewitter. Apropos: Wussten Sie, dass Gewitter nach dem gleichen Schema ablaufen wie Romane? In der Wachstumsphase türmen sich die Gewitterwolken auf. In der Reifephase kommt es zu Donner, Blitz und Regen. Und in der Auflösungsphase regnen die Wolken ab und das Gewitter löst sich auf. Die meisten Geschichten, die Sie kennen, sind genauso strukturiert, nämlich in drei Akte: Einleitung, Konfrontation und Auflösung. Denken Sie beim Lesen gerne an diese Metapher - und lassen Sie sich überraschen wie von einem imposanten Sommergewitter.

Kapitel 1

Es war keine einzige Wolke zu sehen und doch wirkte der Himmel in seiner tiefen, fast erdrückend dunkelblauen Farbe bedrohlich. Maxim sah auf die Anzeige seines Audi. 21:10 Uhr, heute war es spät geworden. Noch war es nicht ganz dunkel, doch in der Dämmerung ragten die hohen Laub- und Nadelbäume links und rechts empor und nahmen den schmalen Straßen das letzte Licht des Tages. Seine Tochter Nele würde schon lange schlafen. Ein seltsames Gefühl breitete sich in seiner Brust aus. Was war das? Irgendetwas fühlte sich anders an, dachte er, als er in die Auffahrt der alten, aufwändig restaurierten Stadtvilla mit dem markanten, schiefergrauen Ziegeldach in der Gabrielenstraße einbog. Er wusste nicht genau, woher das Gefühl kam. Es konnte daran liegen, dass Herr Hofmann wieder am Fenster des Nachbarhauses stand und ihn beobachtete. Oder daher, dass weder in der Küche noch im Wohnzimmer Licht brannte. Er steckte den Schlüssel ins Schloss und öffnete die schwere Haustür. Dunkelheit und Stille.

»Clara?« Er bemühte sich, nicht zu laut zu rufen, um Nele nicht zu wecken.

Keine Antwort. Im Wohnzimmer war niemand, in der Küche auch nicht. Maxim ging die Treppe hoch und sah im Schlafzimmer nach. Leer. Mit einem beklemmenden Gefühl öffnete er die Tür zu Neles Kinderzimmer. Es dauerte ein paar Sekunden, bis seine Augen sich an die Dunkelheit gewöhnt hatten. Auch das Kinderbett war leer. Maxim wurde gleichzeitig heiß und kalt. Sein Magen fühlte sich an wie ein schmerzend verworrener Knoten.

Wo waren Clara und Nele? Welchen Grund hätten sie, um diese Uhrzeit nicht zu Hause zu sein? Instinktiv tastete er seine rechte Hosentasche ab. Nichts. Hatte er sein Handy schon wieder im Sender liegen lassen? Er versuchte sich zu beruhigen, indem er einmal tief ein- und ausatmete. Irgendeine Erklärung würde es geben. Er setzte sich auf einen winzigen Kinderstuhl, der neben Neles Bett stand. Das Licht schaltete er nicht an. Stattdessen schloss er die Augen und konzentrierte sich.

Der Tag hatte ganz normal begonnen. Gegen 7:30 Uhr kam er in die Küche und wurde mit duftendem Kaffee empfangen. Eigentlich war das Aufbrühen des Kaffees am Morgen seine Aufgabe, doch heute hatte Clara sie übernommen.

»Auch schon wach?«, fragte sie mit einem Lächeln.

Ihre dunkelbraunen Haare waren ordentlich hochgesteckt und sie hatte ein wenig Wimperntusche und Rouge aufgelegt, was dafürsprach, dass sie heute wichtige Termine hatte. Normalerweise schminkte Clara sich nicht.

»Kurze Nacht«, sagte er.

Gestern war es besonders spät geworden. Er war erst nach Mitternacht aus dem Sender gekommen.

»Dann mach heute nicht so lange, ja? Deine Tochter wartet übrigens schon.«

Neles Teller mitsamt den Brotkrümeln stand noch auf dem Tisch. Er vermutete, dass sie im Wohnzimmer saß, in eins ihrer Bücher vertieft.

Maxim nahm einen Schluck Kaffee. »Schaffst du es heute zur Schule? Ich muss dringend noch ein paar Stunden in die Uni.«

Claras Gesichtsausdruck wandelte sich schlagartig.

»Ernsthaft?«, fragte sie. »Ich muss in einer halben Stunde im Gericht sein. Das weißt du. Steht auch im Kalender.«

Sie nickte kurz zum bunt bekritzelten Wandkalender. Er sah auf die Uhr.

»Hättest du mich nochmal daran erinnert, hätte ich es mir einplanen können.« Schwaches Argument, das war ihm klar.

»Ach, wirklich? Wann hätte ich es dir denn sagen sollen? Im Halbschlaf, als du endlich nach Hause kamst?«

Wut funkelte in ihren Augen und Maxim wusste, warum. Clara hasste es, nach Klischee-Ehefrau zu klingen.

Er hob abwehrend die Hände. »Vergiss es, ich fahre sie.«

Sie nickte. »Es wäre schön, wenn du dich diese Woche auch noch um das Fenster kümmern könntest«, ergänzte sie und wies mit dem Kopf zum Küchenfenster. Es war schon seit längerer Zeit undicht, eine Folge des hohen Alters ihres Hauses.

Maxim stand auf und gab ihr einen Kuss auf die Stirn. »Stimmt, ich kümmere mich darum. Wir sehen uns später. Ich versuche, früher aus dem Sender zu kommen.«

»Ja, ja.«

In diesem Moment tauchte Nele in der Küche auf, ihre langen, braunen Haare zu einem ordentlichen Zopf geflochten und mit einem knallgelben Sommerkleid – ihre Lieblingsfarbe. Sie war ziemlich klein für ihr Alter. Das war sie schon immer gewesen und sorgte häufig dafür, dass die Leute überrascht waren, dass sie nun schon in die zweite Klasse ging. Ihre großen dunkelbraunen Augen blickten ihn hellwach an.

»Papa, können wir los?«, fragte sie ungeduldig. »Ich hab schon Schuhe an.«

Maxim lächelte und streichelte seiner Tochter über die Haare.

Er musste einen Umweg fahren, um Nele in der Schule abzusetzen, bevor er sich in den morgendlichen Stau auf der Stadtautobahn einreihte. Nicht ohne Grund fuhr er morgens so früh wie möglich los. Der Stau auf der A111 war eines der Dinge, die er an Berlin am wenigsten mochte. Ungeduldig sah er erst auf die Uhr und dann auf die Temperaturanzeige. Es war 8:25 Uhr und das Display zeigte bereits 27 Grad Außentemperatur an. Endlich erreichte er die Ausfahrt Schmargendorf und kam fast 45 Minuten später auf dem Campus der Freien Universität an, als er geplant hatte. Normalerweise versuchte er so früh wie möglich dort zu sein, um jede Ablenkung durch Kollegen oder Studenten zu vermeiden. Zum Glück waren Semesterferien und kaum jemand ließ sich im meteorologischen Institut blicken. Selbst das Büro seines Doktorvaters, der sonst morgens immer als Erster das Gebäude betrat, war leer. Franz befand sich seit zwei Wochen im Schweigekloster, um Energie zu tanken. Eine beneidenswerte Vorstellung. Maxim gelang es, ein paar Stunden konzentriert durchzuarbeiten.

Auch im Sender war es nachmittags vergleichsweise ruhig und Maxim konnte eine Stunde lang in Ruhe die gestrigen Wetterprognosen mit den tatsächlich eingetroffenen Werten vergleichen. Wie in den meisten Fällen stimmten diese weitestgehend überein. Ein befriedigendes Gefühl.

»Man sorgt sich um dich«, hörte er plötzlich von hinten und er drehte sich um. Andreas, der Pressereferent von TeleSpree, stand vor ihm. »Drei Anrufe und fünf E-Mails, weil du gestern dunklere Augenringe hattest als sonst. Dazu ein Tipp, dass es Eisenmangel sein könnte, inklusive Link zu einem entsprechenden Präparat.«

Maxim lachte. »Oder ich muss mal ein ernstes Wort mit der Maske reden.«

Die meisten Zuschriften, die er von Zuschauern bekam, bezogen sich tatsächlich auf sein Erscheinungsbild, seine Aussprache oder es waren Fragen, warum bestimmte Orte im Berliner Umland nicht auf der Wetterkarte standen. Konstruktive Kritik, die sich auf die Qualität der Wettervorhersage bezog, gab es selten.

»Was gab es sonst noch an mir auszusetzen?«

Andreas zog ein kleines Stofftier aus der Hosentasche und hielt es Maxim hin.

»Keine Sorge«, sagte er. »Deine Fans bleiben dir treu. Ich hoffe, Nele freut sich über einen weiteren Fuchs in ihrer Sammlung.«

Das würde sie. Nele liebte es, dass ihr Vater der ›Wetter-Fuchs‹ war und seine kleine Fangemeinde ihm regelmäßig Füchse in den verschiedensten Formen zukommen ließ.

»Wie nett«, sagte er.

Andreas lächelte. »Ansonsten die üblichen Spinner. Einer hat angerufen und ganz viele Fragen gestellt. Wann du anfängst zu arbeiten, wie es dir gerade geht. Noch einiges mehr, das bekomme ich gar nicht mehr zusammen. Komischer Typ, aber harmlos, denke ich. Viel Erfolg heute.«

»Danke, Andreas.«

Maxim warf den Stoff-Fuchs in seinen Rucksack und machte sich wieder an die Arbeit. Wie immer rief er die aktuellen Satellitenbilder auf und studierte die letzten Radarbilder. Völlig vertieft verbrachte er den Nachmittag mit dem Analysieren und Sortieren der Wettermeldungen. Nach den letzten, drückend heißen Tagen würde es eine stürmische, hoffentlich gewitterreiche Woche werden. Maxim hasste langweilige Wetterprognosen. Aus den aktuellen Daten ließ sich ein schönes Drehbuch für den Abend erstellen. Motiviert schrieb Maxim das Konzept herunter. Für Baden-Württemberg war bereits eine Orkanwarnung herausgegeben worden, die sich wunderbar als Einstieg eignete. Maxim war zufrieden.

Bis auf die Maskenbildnerin, die nicht die beste Laune hatte und sich beschwerte, dass sie heute schon wieder dunkle Augenringe überdecken musste, verlief alles reibungslos und er stand pünktlich im Studio. Ein kurzer informeller Austausch mit Charlotte, die sich um die Sendung am Nachmittag gekümmert hatte, ein Espresso und schließlich ein gelungener Auftritt. Noch im Studio überlegte Maxim, dass er Clara mal wieder Blumen mitbringen könnte. Pfingstrosen mochte sie am liebsten. Nach der schlechten Stimmung heute Morgen würde sie sich über die kleine Wiedergutmachung freuen.

Der Knoten in seiner Magengegend zog sich weiter zusammen, als Maxim jetzt hier im Kinderzimmer an die Blumen dachte. Er hatte sie im Auto vergessen. Als hätte er es geahnt. Kurz überlegte er, ob er seiner Frau heute Morgen überhaupt einen Abschiedskuss gegeben hatte. Dann fiel ihm ein, wie irrelevant das jetzt war. Schlafzimmer und Kinderzimmer waren leer und er saß hier noch immer herum.

Kapitel 2

Maxim suchte nach seinem Handy und konnte es nicht finden. Langsam stieg Panik in ihm auf. Ein Festnetztelefon besaßen sie schon seit Jahren nicht mehr. Schließlich fand er das Smartphone auf der Flurkommode, er konnte sich nicht einmal erinnern, es beim Hereinkommen dort abgelegt zu haben. Nervös wählte er Claras Nummer. Mailbox. Was hatte das zu bedeuten? Er versuchte es bei Nele. Obwohl sie erst sieben Jahre alt war, besaß sie ihr eigenes Handy. Es war für Notfälle gedacht, ein simples Gerät ohne Internetzugang. Er tippte auf Neles Namen und auch hier meldete sich die Mailbox.

Maxim merkte, wie ihm schwindelig wurde und stützte sich an der Wand ab. Kurz schloss er die Augen und versuchte, rational zu denken. Wo konnten seine Frau und seine Tochter sein? Vielleicht war Nele etwas passiert und sie waren im Krankenhaus. Sie konnten auch zu Claras Eltern gefahren sein, auch wenn er sich nicht vorstellen konnte, warum sie noch nicht zurück waren.

In den Kontakten wählte er die Nummer seiner Schwiegereltern aus. Es klingelte.

»Linke, hallo?«, meldete sich eine müde Stimme.

Es war spät für Sabine, Claras Mutter.

»Hallo, hier ist Maxim. Sind Clara und Nele bei euch?«

Sabine brauchte ein paar Sekunden. »Was? Nein. Was ist los?«

Das fragte er sich auch. »Kein Grund zur Sorge, Sabine. Entschuldige die Störung, ich melde mich wieder.«

Er wusste, dass es nicht fair war, seine Schwiegermutter erst zu beunruhigen und dann abzuwimmeln. Aber er hatte jetzt andere Probleme. Soweit er es beurteilen konnte, fehlte sowohl in Claras als auch in Neles Schrank keine Kleidung, zumindest nicht so viel, dass es ihm auffiel. Doch wie genau kannte er schon die Garderobe seiner Frau und seiner Tochter? Was hatten sie heute überhaupt angehabt? Warum war er nicht aufmerksamer gewesen? Seine Gedanken sprangen wirr umher. Das Krankenhaus. Da ihm immer noch schwindelig war, setzte er sich im Wohnzimmer aufs Sofa. Die Nummer vom nahegelegenen Humboldt-Klinikum hatte er eingespeichert, so oft wie sie diese wählen mussten. Doch auch dort wusste man nichts von Clara und Nele. Es war unwahrscheinlich, dass sie in einem anderen Krankenhaus waren. Trotzdem versuchte er es in drei weiteren Kliniken der Umgebung. Nichts. Zwischendurch musste er immer wieder eingehende Anrufe seiner Schwiegermutter wegdrücken. Er merkte, wie ihm der Schweiß den Nacken herunterlief. Schließlich wählte er die Nummer der Polizei.

Eine halbe Stunde später trafen seine Schwiegereltern ein, aufgeregt und mit den unterschiedlichsten Theorien im Gepäck, die sie sich in der letzten Stunde zusammengereimt hatten. Sabine war wie immer aufwendig zurechtgemacht, die Augen geschminkt und die Haare sorgfältig frisiert. Maxim fragte sich, ob sie so schlafen ging. Michael sah aus wie immer: groß, schlank und mit der unverkennbaren dunklen Haarpracht, die Clara von ihm geerbt hatte. Maxim war froh, nicht mehr alleine zu sein. Die Polizei hatte seinen Anruf kaum ernst genommen. Dass Frau und Kind plötzlich verschwunden waren, kam oft genug vor und in so gut wie allen Fällen war der besorgte Ehemann einfach verlassen worden. Dass das in Maxims Fall nicht infrage kam, hatte er der Polizei nicht verständlich machen können. Auch Sabine und Michael waren sich sicher, dass Clara nicht einfach mit Nele gegangen war. Es ergab keinen Sinn und passte nicht zu ihr.

»Versuch es nochmal bei der Polizei«, sagte Michael, als sie alle am Küchentisch saßen.

Sabine war dabei, starken Kaffee aufzubrühen, um ihre Hirne zu so später Stunde auf Trab zu halten. Es war fast Mitternacht. »Sie müssen etwas tun«, sagte sie. »Es ist nicht nur deine Frau verschwunden, sondern auch deine siebenjährige Tochter.«

Sie hatte Recht. Maxim wählte erneut die Nummer der Polizei. Als der zuständige Polizist am anderen Ende erkannte, dass es wieder Maxim war, seufzte er.

»Bitte beruhigen Sie sich«, sagte er in einem geduldigen Tonfall. »Und warten Sie bis morgen. Wenn Ihre Frau dann immer noch verschwunden ist, können Sie eine Vermisstenanzeige aufgeben.«

»Es geht hier nicht nur um meine Frau, sondern auch um meine minderjährige Tochter. Es ist Mitternacht und sie liegt nicht in ihrem Bett. Beide sind spurlos verschwunden und nicht erreichbar. Das können Sie doch nicht einfach ignorieren? Meine Tochter hat gesundheitliche Probleme und ich weiß einfach nicht, wo sie ist.«

Vielleicht war es die Verzweiflung in seiner Stimme, die sich nun nicht mehr zurückhalten ließ, oder aber der Polizist hatte endlich die Dringlichkeit der Situation erkannt.

»Okay«, erwiderte er. »Ich schicke jemanden vorbei.«

Eine attraktive Polizistin, etwa in seinem Alter, erschien vierzig Minuten später, gemeinsam mit einem etwas älteren Kollegen ziemlich kräftiger Statur. Beide schienen müde, gaben sich aber große Mühe, freundlich und einfühlsam zu sein. Sie stellten sich als Sofia Nikolaidis und Manuel Landmann vor, setzten sich an den Küchentisch und nahmen dankbar den Kaffee entgegen, den sein Schwiegervater ihnen anbot.

»Dann erzählen Sie doch bitte mal«, forderte Nikolaidis die Versammelten auf und holte ein iPad aus ihrer Tasche. Maxim war überrascht. Ein so modernes Arbeitsmittel passte nicht in seine Vorstellung von Polizeiarbeit. Andererseits hatte er mit der Polizei nie etwas zu tun gehabt, sondern kannte sie hauptsächlich aus dem ›Tatort‹. Er begann die Schilderung des Abends mit dem Verlassen des Senders, immer wieder unterbrochen von Sabine und Michael, die die Erzählung unnötigerweise durch ihre Sicht der Dinge ergänzen wollten.

Die Beamten hörten geduldig zu, während Nikolaidis immer wieder aufmunternd nickte und auf ihrem iPad herumtippte.

Schließlich legte sie es zur Seite und sah Maxim ernst an. »Also erst einmal: Wir haben im letzten Jahr 97 Prozent aller Meldungen von vermissten Kindern aufgeklärt. In den allermeisten Fällen ist niemandem etwas passiert und alles ist gut ausgegangen. Ich verstehe Ihre Aufregung, aber versuchen Sie bitte, sich keine Sorgen zu machen. Lassen Sie uns rational an die Sache herangehen. Welche Orte kommen in Frage, an denen sich die beiden befinden könnten? Vielleicht bei Freunden? Bei Ihren Eltern?«

Daran hatte er auch kurz gedacht. Doch es war ausgeschlossen, dass Clara mit Nele zu seiner Mutter gefahren war. Sämtliche Freundinnen von Clara hatte er ebenfalls bereits angerufen. Ebenso wie Neles Grundschullehrerin, die um diese Uhrzeit natürlich nicht ans Telefon gegangen war.

»Bei meiner Mutter ist sie nicht«, teilte er der Polizistin mit.

»Das hat sie Ihnen bestätigt?«, meldete sich Manuel Landmann zu Wort.

»Nein«, antwortete Maxim schnell und der Polizist schaute überrascht. »Es geht ihr nicht gut. Sie leidet unter Panikattacken. Die Nachricht, dass Clara und Nele verschwunden sind, würde sie viel zu sehr aufregen. Damit ist niemandem geholfen. Und mein Vater lebt nicht mehr.«

Landmann nickte. Aus seinem Gesichtsausdruck und dem seiner Kollegin konnte Maxim nicht ablesen, ob sie ihn und die Geschichte seines Vaters kannten.

»Können Sie Claras Handy orten?«, fiel ihm ein.

Nikolaidis schüttelte den Kopf. »Das ist nicht so einfach. Wir machen das nur bei Verdacht auf eine schwere Straftat und auch dann brauchen wir erst einmal eine richterliche Genehmigung. Lassen Sie uns zunächst optimistisch bleiben. Sehen wir uns doch hier mal um, ob uns etwas auffällt. Hat Ihre Frau etwas mitgenommen?«

Sie gingen ins Schlaf- und ins Kinderzimmer. Soweit Maxim das beurteilen konnte, fehlte nichts. Sicher war er aber nicht. Claras Jeansjacke hing jedoch nicht mehr an der Garderobe und von beiden fehlte jeweils ein Paar Sneakers. Sofia Nikolaidis notierte sich etwas auf ihrem iPad. Maxim hätte gerne gewusst, was das war. Er hatte das Gefühl, nicht richtig denken zu können. In seinem Kopf schwebte eine unheimliche Leere. Er rieb sich die Augen und unterdrückte ein Gähnen, das selbst der viele Kaffee nicht aufhalten konnte. Und dann breitete sich langsam eine lähmende Angst in ihm aus. Vom Hinterkopf ausgehend zog sie nach vorne in die Stirn und manifestierte sich dort in einem dumpfen Schmerz. Zum ersten Mal seit Stunden war es jedoch nicht nur die Sorge, dass Clara und Nele etwas zugestoßen sein könnte, sondern auch eine leise Stimme, die ihn fragte, ob sie nicht doch gegangen waren. Er wusste nicht, welche Angst größer war.

Kapitel 3

Es war fast 1:00 Uhr, als sie zu Hause war. Sofia Nikolaidis wohnte zwanzig Minuten von Maxim Fuchs entfernt und war in diesem Moment dankbar, dass sie keine allzu lange Autofahrt nach Hause hatte. Einerseits wollte sie in ihrem müden Kopf noch die Eindrücke des Falls sortieren, solange sie frisch waren. Am nächsten Morgen konnten vielleicht wichtige Details aus ihrer Erinnerung verschwunden sein. Andererseits hatte sie sich Notizen gemacht und fühlte sich kaum in der Lage, heute noch einen produktiven Gedanken zu fassen. Sofia öffnete eine Flasche Rotwein und setzte sich auf ihr Sofa. Der Wein stimulierte sie und half ihr beim Denken. Jedenfalls redete sie sich das gerne ein. Vielleicht würde er ihr zumindest beim Herunterkommen helfen. Noch tanzte ihr zu viel im Kopf herum.

Noch immer hatte sie nichts von Kim gehört. Nicht dass es sie verwunderte, aber es bereitete ihr Kopfschmerzen, nicht zu wissen, wo sich die Sechzehnjährige herumtrieb. Um sich doch kurz abzulenken und die nächtliche Stille zu durchbrechen, schaltete sie den Fernseher ein und folgte ein paar Minuten irgendeiner anspruchslosen Serie. Danach hätte sie nicht einmal sagen können, worum es ging. Es war sowieso belanglos. Schon vor Monaten hatte sie beschlossen, ihren Kabelanbieter zu kündigen, um sich von dem nutzlosen Gerät nicht mehr berieseln zu lassen. Aber wie das meiste in ihrem Leben hatte sie auch das nicht durchgezogen. Tief in ihrem Innern wusste sie, dass sie es nicht tat, weil ihr in der fernsehlosen Stille ihrer kleinen Drei-Zimmer-Wohnung nur noch bewusster wäre, wie einsam sie war. Nicht theoretisch, schließlich hatte Kim das bisher als Büro genutzte Zimmer bezogen, aber praktisch schon. Denn wenn sich die Jugendliche mal blicken ließ, hatte sie Besseres zu tun, als sich mit ihrer einsamen Tante zu beschäftigen.

Entschlossen, nicht in Selbstmitleid zu versinken, griff sie zur Fernbedienung und schaltete den Fernseher aus. Im schwarzen Bildschirm blickte ihr ihr eigenes Spiegelbild entgegen. Sie hatte schon besser ausgesehen. Die dicke, schwarze Lockenmähne stand trocken und wirr von ihrem Kopf ab. Sie hatte dunkle Augenringe und violette, vom Wein verfärbte Lippen. Was für ein Anblick. Kein Wunder, dass sie alleine vor dem Fernseher saß. Dabei müsste es nicht so sein. Mit ihren vierzig Jahren sah sie eigentlich noch sehr jung aus. Sie hatte bisher kaum Falten und weiche Gesichtszüge. ›Meine griechische Schönheit‹ hatte Lutz, ihr Exfreund, sie genannt. Bevor er sie für seine fünfzehn Jahre ältere Chefin verlassen hatte. Sie war damals wahnsinnig verletzt gewesen und konnte sich bis heute nicht entscheiden, ob sie es nicht weniger schlimm gefunden hätte, wenn Lutz wenigstens das Klischee erfüllt und sich eine deutlich jüngere Frau gesucht hätte. Vielleicht hätte sie ihn dann besser hassen können. Letztendlich war es aber auch egal. Sie waren mittlerweile fast genauso lange getrennt wie sie ein Paar gewesen waren. Fünf Jahre? Sechs Jahre? Sofia betrachtete ihre Spiegelung im Fernseher und schüttelte den Kopf. Etwas weniger Wein, eine ausgewogenere Ernährung und vor allem mehr Schlaf und sie könnte wieder aussehen wie damals. Sofia nahm sich vor, in nächster Zeit mehr auf sich zu achten. Mal wieder.

Ihr Handy gab einen aufdringlichen Ton von sich. Blitzschnell griff sie danach und guckte auf das leuchtende Display. »Bin unterwegs«, las sie. Immerhin. Das war mehr, als sie an den meisten Tagen erwarten konnte. Kim hatte gelernt, dass sie sich ihre Tante weitestgehend vom Hals schaffen konnte, wenn sie sich zumindest halbwegs regelmäßig bei ihr meldete. Nicht dass sie dabei jemals preisgab, wo und mit wem sie unterwegs war. Oder was ›unterwegs‹ mitten in der Nacht überhaupt bedeutete. Die Nachricht war eigentlich genauso wenig hilfreich, als wenn sie sie gar nicht geschrieben hätte. Zur Schule ging Kim schon lange nicht mehr. Sofia konnte dagegen wenig ausrichten und nur hoffen, dass sie ihrer rebellischen Phase eines Tages entwachsen würde. Vermutlich gäbe es doch Möglichkeiten für sie, etwas zu tun. Das Jugendamt einschalten zum Beispiel. Aber sie hatte bisher keine Kraft dazu gehabt. Sie nahm noch einen großen Schluck und raffte sich auf. Ohne genau zu wissen, warum, ging sie in Kims Zimmer. Die Tür war zu, aber nicht abgeschlossen. Das lag nicht daran, dass das Mädchen ihr vertraute, sondern daran, dass Sofia ihr den Schlüssel nie ausgehändigt hatte, unter dem Vorwand, ihn verloren zu haben. Eine gute Entscheidung. Immerhin war es ihre Wohnung und es war ja wohl nicht zu viel verlangt, dass sie ihre eigenen Räume betreten konnte. Das zwölf Quadratmeter große Zimmer sah aus wie die typische Teenager-Bude. Die Rollläden waren unten, unzählige Kleidungsstücke lagen auf Boden, Bett und Schreibtischstuhl und an den Wänden hingen Poster irgendwelcher Rapper sowie Skizzen von Kims letzten Tattoo-Ideen.

Kreativ war sie, das musste man Kim lassen. Sie selbst würde sich die düsteren Motive nicht unter die Haut stechen lassen, aber schlecht waren sie nicht. Vielleicht würde Kim einmal Künstlerin werden, wie ihre Mutter. Für die meisten Erziehungsberechtigten war das wohl keine Idealvorstellung, aber Sofia wäre froh. Denn es würde bedeuten, dass das Mädchen etwas mit seinem Leben anfing. *Damit sie so endet wie du?*, fragte eine leise Stimme in ihrem Kopf. *Einsam mit einer Flasche Wein vor dem Fernseher?*

Kim war die Tochter ihrer zwei Jahre älteren Schwester Helena. Ihrer lieben, stillen Schwester, die irgendwie immer gewusst hatte, wie sie zu ihrer Tochter durchdringen konnte, obwohl die schon seit dem Kindergartenalter alles andere als einfach gewesen war. Sofia und Helena hatten sich gemocht, aber nicht sehr viel Kontakt gehabt. So schwer es ihr unter den aktuellen Umständen fiel, es sich einzugestehen, aber sie hatte sich schlicht zu wenig um die Beziehung zu ihrer Schwester bemüht. Sie war beschäftigt gewesen. Mit dem Aufbau ihrer Karriere, mit Büroarbeit, mit Beziehungen und Affären, die am Ende alle zu nichts geführt hatten. Wie wichtig es gewesen wäre, mehr Zeit mit ihrer Schwester und ihrem

Schwager zu verbringen, hatte Sofia erst verstanden, als es zu spät war.

Helena und Theo Weiss waren am 10. November ums Leben gekommen. Es war ein tragisch unnötiger Tod gewesen. Das Ergebnis einer unglücklichen Verkettung von Ereignissen, an deren Ende ein unschuldiges Paar sein Leben lassen musste. Helena und Theo waren abends mit dem Auto aufgebrochen, um durch die Nacht zu Theos Eltern nach Österreich zu fahren. Kim war von einem Besuch im spießigen Burgenland nicht zu überzeugen gewesen und hatte nach langer Diskussion durchsetzen können, dass sie die Woche bei ihrer Freundin Hanna verbrachte. Ihre jugendliche Rebellion hatte ihr schließlich das Leben gerettet. Denn nach einer Stunde Fahrt war Helena eingefallen, dass sie das Geschenk zum Geburtstag ihrer Schwiegermutter zu Hause vergessen hatte. Helena verbrachte ihre Freizeit mit Ölmalerei und hatte in ihrem kleinen Atelier unter dem Dach ein Portrait des Jack-Russel-Terriers von Theos Eltern angefertigt. Sie hatte zwei Wochen an dem Bild gesessen und es im Stress der Reisevorbereitungen schließlich sorgfältig verpackt im Hausflur stehen lassen.

Um 21:55 Uhr, so zeigte es später die Überwachungskamera an, öffnete das Ehepaar die Tür zu seinem Haus. Dann ging es schnell. Um 21:58 Uhr hörte Emma Heinrich, die alleinstehende Nachbarin von nebenan, vier Schüsse. Zwei pro Person hatten ausgereicht, um ihre Leben zu beenden. Und das alles, weil Theo und Helena Weiss überraschend nach Hause gekommen waren, als Einbrecher dort nach Wertgegenständen gesucht hatten. Die Kriminellen hatten sich in Sicherheit gewähnt, stellte sich später heraus, als sie gefasst wurden. Sie hatten gewusst, dass in dieser Nacht niemand in dem schönen Neubau am Rande der Großstadt sein würde. Jemand hatte ihnen den Tipp gegeben, dass die Bewohner ausgeflogen waren und im Haus sicherlich etwas zu holen wäre. Jemand, der Kims Instagram-Story gesehen hatte, in der sie viel zu viel mit der Welt teilte. Sofia hatte damals überlegt, ob sie Kim diesen Sachverhalt verheimlichen sollte, der letztendlich zu der schrecklichen Tat geführt hatte, um sie vor einem Leben voller Schuldgefühle zu bewahren. Doch es war schnell herausgekommen. Der zuständige Polizist hatte es Kim bereits mitgeteilt, bevor Sofia es verhindern konnte. Kim hatte kaum reagiert. Doch sie war über mehrere Tage nach der Tat sowieso in einem Schockzustand, der nicht erkennen ließ, was in ihr vorging. Der Tod ihrer Eltern war nicht ihre Schuld, denn sie war es nicht gewesen, die den Kriminellen den Hinweis gegeben hatte, in ihr Haus einzubrechen. Sie war nicht dafür verantwortlich, dass ihre Eltern überraschend umgedreht hatten. Und vor allem hatte sie keine Waffe auf sie gerichtet. Doch Sofia hatte in ihrem Leben genug mit Opfern und Angehörigen zu tun gehabt, um zu wissen, dass das nicht ausreichte, um Schuldgefühle zu verhindern. Kim würde für immer damit leben müssen.

Wie es seit dem tragischen Vorfall vor neun Monaten in dem Mädchen aussah, wusste kaum jemand – wahrscheinlich nicht einmal Hanna – nur ihr Therapeut, dessen Sitzungen Kim mal in Anspruch nahm und mal nicht. Direkt nachdem sie vom Tod ihrer Eltern erfahren hatte, war sie erst einmal abgetaucht. Tagelang hatte man nichts von ihr gehört oder gesehen. Sofia vermutete, dass sie bei Freunden untergekommen war. Sie war abgemagert und mit tiefen Augenringen bei ihr aufgetaucht, sah aber nicht aus, als habe sie auf der Straße übernachtet. Kim hatte sie angefleht, sie bei sich aufzunehmen, damit sie nicht zu ihren Großeltern nach Österreich ziehen musste. Natürlich hatte Sofia sofort eingewilligt, heilfroh, das traumatisierte Mädchen in Sicherheit zu wissen und sich um sie kümmern zu können. Sie selbst hatte zu diesem Zeitpunkt noch schwer mit der Bewältigung des Vorfalls zu kämpfen gehabt, war krankgeschrieben und tat den ganzen Tag lang nichts anderes, als ihren Kummer und ihr schlechtes Gewissen in Rotwein zu ertränken. Sie war sich sicher, Kim und sie würden sich guttun, würden einander verstehen und sich helfen können. Dass das Gegenteil der Fall war, wurde ihr recht schnell klar. Und dass sie für ihre Nichte nichts anderes war als eine Verwandte, die ihr Essen und ein Dach über dem Kopf zur Verfügung stellen musste. Von der Schule war Kim für einige Zeit freigestellt worden, was sie zum Anlass nahm, überhaupt nicht mehr dorthin zurückzukehren.

Sofia hatte nicht tatenlos dabei zugesehen, wie ihre Nichte immer weiter abrutschte. Wochenlang hatte sie auf sie eingeredet, wann immer sich ihr die Gelegenheit bot. Teilweise war sie überrascht gewesen, dass sie überhaupt die Energie dafür aufbrachte. Sie hatte es mit verständnisvollen, pseudo-therapeutischen Gesprächen versucht, bei denen sie die coole Tante gespielt und ihrer Nichte ein Glas Wein eingeschenkt hatte. Das hatte genauso wenig funktioniert wie ihre

Drohungen, sie aus dem Haus zu werfen, oder ihre Bestechungsversuche, bei denen sie Kim am Ende sogar kleine Geldbeträge angeboten hatte, damit sie sich in der Schule blicken ließ. Wie pädagogisch schwach das war, war ihr spätestens klar geworden, als sie begriff, dass Kim das Geld beim Dealer ihres Vertrauens ablieferte, den Tag kiffend mit Hanna verbrachte und ihr abends erzählte, sie sei in der Schule gewesen. Die Lüge war schnell aufgefallen, als Kims Klassenlehrer bei Sofia anrief, um sich zu erkundigen, wann Kim den Schulbesuch wieder aufnehmen wollte. Eine Weile hatte sie ihn hinhalten können und irgendwann hatten die Anrufe aus der Schule aufgehört, bis man ihr schließlich schriftlich mitteilte, dass Kim nun von der Schule ausgeschlossen worden war. Da sie sowieso nicht mehr schulpflichtig war, hatte sich das Thema Bildung für Kim damit erst einmal erledigt.

Der einzige Lichtblick war Grete. Sie war die 58-jährige Sozialarbeiterin, die das Jugendamt Kim zur Hilfe geschickt hatte. Grete war ein Segen. Mit ihrer jahrelangen Erfahrung und einer beruhigenden, vertrauenserweckenden Ausstrahlung hatte sie bei ihren bisher drei Treffen mit dem Mädchen mehr erreicht als Sofia und der Psychotherapeut in neun Monaten. Was genau die beiden besprachen, wusste Sofia nicht, aber es gab ihr Hoffnung. Zum ersten Mal seit langer Zeit hatte sie wieder etwas Luft, um sich auf die Arbeit zu konzentrieren.

Im Präsidium hatte man sehr viel Geduld mit ihr. Ivan, ihr Chef, versicherte ihr, dass sie sich so viel Zeit nehmen konnte, wie sie brauchte, um den Tod ihrer Schwester zu verarbeiten. Sofia wusste, was für ein großes Zugeständnis er ihr damit machte, denn auf dem Präsidium war ausgerechnet in den letzten Monaten die Hölle losgewesen, als der Streit zweier bewaffneter Gangs in Reinickendorf eskaliert war. Und auch als sie schließlich an ihren Arbeitsplatz zurückkehrte, sorgte Ivan dafür, dass sie Zeit hatte, wieder anzukommen und hielt einen großen Teil der Büroarbeit von ihrem Schreibtisch fern. Vielleicht stimmte es doch, was ihre Kollegin Kirsten sagte, und Ivan erhoffte sich mehr von seinen netten Gesten als nur Dankbarkeit. Was Sofia geschmeichelt hätte, wäre Ivan nicht verheiratet und Vater von drei kleinen Kindern. Am Ende waren doch alle Männer gleich.

War Fuchs auch so jemand? Ihre Ermittlererfahrung sagte ihr, dass jeder Mensch Dreck am Stecken hatte. Was war sein Geheimnis? War er wirklich so geschockt und unschuldig wie er tat? Er war ein sehr attraktiver Mann, das war ihr erster Eindruck gewesen. Groß, athletische Figur, volle, dunkle Haare und ein charmantes Gesicht. Eins, das unter normalen Umständen wahrscheinlich Selbstbewusstsein und professionelle Freundlichkeit ausstrahlte. So wie es sein Job in der Öffentlichkeit erforderte. Sie kannte ihn aus dem Fernsehen, sah ihn ab und zu in der Wettervorhersage, aber hatte ihm nie mehr Beachtung geschenkt als anderen Moderatoren. Von den Schlagzeilen um seine Person hatte sie am Rande mitbekommen. Sie wusste, dass sein verstorbener Vater irgendeine Rolle spielte, aber hatte sich nie näher dafür interessiert. Das sollte sie ändern. Sofia nahm sich vor, morgen früh eine umfassende Recherche anzustellen und alles über den Moderator und seine Familie herauszufinden.

Kapitel 4

Maxim wachte um zehn Uhr mit Kopfschmerzen auf. Kurz fragte er sich, ob er alles geträumt hatte, bis er sich umdrehte und Claras leere Betthälfte sah. Der Knoten, der früher einmal sein Magen gewesen war, meldete sich wieder. Er stand auf, ging in die Küche und saß mehrere Minuten lang da, während er versuchte einen klaren Kopf zu bekommen. Als das nicht funktionierte, stellte er die Kaffeemaschine an. Die gluckerte vor sich hin, als er erneut auf Claras und Neles Handys anrief. Wieder erfolglos. Sein Blick fiel auf den Wandkalender, in dem fast jeder Tag mit mehreren Terminen aller drei Familienmitglieder gefüllt war.

»Breslau und Partner, guten Tag«, meldete sich eine gestresst klingende Dame, als Maxim schließlich in Claras Kanzlei anrief.

»Hallo Katharina, hier ist Maxim.«

»Ach, hallo. Alles in Ordnung?«

Sie hatten sich ein, zwei Mal in der Kanzlei gesehen, bei den wenigen Anlässen, an denen er Clara abgeholt hatte. Katharina war die junge Empfangsmitarbeiterin, die seines Wissens nach noch im Studium steckte und im hektischen Alltag der Kanzlei für Familienrecht immer ein wenig überfordert wirkte.

»Ich wollte nur kurz nachfragen, ob Clara gestern ihr Handy im Büro vergessen hat.«

Er wollte sich die Blöße nicht geben und erklären, dass es nicht nur ihr Handy war, nach dem er verzweifelt suchte.

»Moment, ich schaue mal kurz nach.«

Er hörte ein kurzes Poltern, als sie das Telefon auf den Schreibtisch legte, und stellte sich vor, wie die junge Frau in Claras Büro ging, um nachzusehen. Eigentlich wollte er wissen, ob Clara gestern überhaupt im Büro gewesen war.

»Maxim? Ich finde kein Handy. Wann kommt Clara denn heute rein? Sie hätte eigentlich um 9:00 Uhr hier sein sollen. Teambesprechung. Sieht ihr gar nicht ähnlich, nicht aufzutauchen, ohne Bescheid zu geben.«

Maxim verspürte ein dumpfes Gefühl in der Magengegend und ignorierte Katharinas Frage.

»Wann hat Clara gestern das Büro verlassen?«, fragte er stattdessen. Er wusste nicht, wie er es subtiler hätte verpacken können und eigentlich war es ihm auch egal.

Katharina zögerte kurz. »Äh ... Ich war gestern nicht hier, aber in ihrem Kalender steht, sie war bis spätnachmittags unterwegs bei Mandanten. Wie meinst du das? Ist alles in Ordnung mit Clara? Ist sie krank?«

»Ja, es geht ihr nicht gut. Würdest du sie bitte krankmelden? Danke, Katharina.«

Er überlegte, was er noch tun konnte. Bei den beiden Polizeibeamten hatte er eine Vermisstenmeldung aufgegeben. Neles Schule hatte er kontaktiert. Dort war niemandem etwas Ungewöhnliches aufgefallen. Nele hatte am Unterricht teilgenommen und sich verhalten wie immer. Ob, wann und von wem sie anschließend abgeholt wurde, wusste man nicht.

Eine Weile saß er einfach nur da, starrte auf seine Kaffeetasse und überlegte, ob die Möglichkeit bestand, dass Clara ihn verlassen hatte. Ein Reim kam ihm plötzlich in den Sinn. Nele hatte ihn in der Schule gelernt, die viel Wert auf englischsprachige Früherziehung legte.

Peter, Peter, pumpkin eater,
Had a wife but couldn't keep her;
He put her in a pumpkin shell
And there he kept her very well.

Der Reim hatte eine zweite Strophe, an die konnte er sich allerdings nicht erinnern. Die erste hatte sich in sein Gehirn eingebrannt, vielleicht weil sie so eingängig war. Sicherlich aber wegen des Protestes, den eine der Mütter der verantwortlichen Lehrerin entgegengebracht hatte. Sie hatte herausgefunden, dass es sich bei dem harmlos klingenden Kinderreim um die Geschichte eines Mannes handelte, der erfuhr, dass seine Frau ihn betrogen hatte – *had a wife but couldn't keep her* –, und daraufhin beschloss, sie zu ermorden und die Leiche in der Schale eines Kürbisses zu verstecken – *he put her in a pumpkin shell and there he kept her very well.* Die anderen Eltern hatten sich dem Protest angeschlossen und auch er und Clara hatten es befremdlich gefunden, dass ausgerechnet ein solch düsterer Reim die englische Spracherziehung fördern sollte. Das Thema hatte sich schnell erledigt, nachdem die Lehrerin beteuerte, von der Bedeutung des Gedichts nichts gewusst zu haben, und ihn aus dem Lehrplan strich. Maxim hatte die Zeilen nicht vergessen und er fragte sich, warum sie ihm gerade jetzt in den Sinn kamen. *Had a wife but couldn't keep her* ... War es das? Das Bild von Clara in einer riesigen Kürbisschale schoss ihm durch den Kopf und er schüttelte es schnell ab. Es half niemandem, wenn er jetzt verrückt wurde.

Wie er es drehte und wendete, es ergab für ihn keinen Sinn, dass Clara ihn verlassen hatte. Oder? Sie hatten sich in letzter Zeit öfter gestritten, das musste Maxim sich eingestehen. Aber es waren unwichtige Themen gewesen. Kleinigkeiten, wie gestern früh. Wer bringt Nele zur Schule, wer holt sie ab, wer räumt die Spülmaschine aus. Sie hatten beide sehr viel zu tun und darunter litt nun mal ab und zu der Haussegen. Das war doch normal. Obwohl Maxim sich eingestehen musste, dass meistens er derjenige war, der Dinge vergaß zu erledigen oder viel später nach Hause kam, als er angekündigt hatte. Clara passierte das nicht. Irgendwie bekam sie alles unter einen Hut.

Seine Frau war eine zielstrebige Person. Sie hatte ihr Jurastudium in München innerhalb von fünf Jahren durchgezogen und ihr erstes Staatsexamen mit 23 Jahren abgeschlossen, als eine der Jüngsten ihres Jahrgangs und mit hervorragenden Noten. Für ihr Referendariat zog sie nach Berlin, eine Stadt, die sie schon immer mehr fasziniert hatte als die beschauliche bayerische Landeshauptstadt. Auf einer Juristenparty lernten sie sich schließlich kennen. Maxim erinnerte sich an den Abend, als wäre er nicht bereits neun Jahre her.

Er war mit seinem besten Freund Jakob dort, der immer schon wusste, wo die besten Partys stattfanden – in diesem Fall in einer Bar irgendwo im Prenzlauer Berg, in der ein Bekannter von Jakob sein erstes Staatsexamen feierte. Und wie immer fand Jakob nach kurzer Zeit zahlreiche neue Freunde, mit denen er auf das Leben anstieß. Maxim setzte sich währenddessen mit einem Bier an die Bar und beobachtete die Partygäste. Irgendwann erschien Clara und setzte sich einfach neben ihn. Sie sah mit ihren langen, dichten Haaren wunderschön aus, die auf ihre schmalen Schultern fielen. Alles an ihr wirkte so natürlich und irgendwie ungewollt. Sie war kaum geschminkt und trug Jeans und T-Shirt. Ganz im Gegensatz zu all den aufgebrezelten jungen Frauen um sie herum.

»Hast du Lust, mir einen Drink auszugeben?«, fragte sie.

Maxim lächelte. »So direkt hat mich das noch keine Frau gefragt.«

Sein Gegenüber zuckte mit den Schultern und hielt ihm die Hand hin. »Ich bin Clara. Und meine Intuition sagt mir, ein klassischer Anmachspruch kommt bei dir nicht so gut an. Also frage ich einfach direkt.«

»Du willst mich also anmachen?«, fragte er.

Clara hielt seinem Blick stand, keine Spur von Verlegenheit. »Vielleicht. Vielleicht ist mir aber auch einfach langweilig unter den ganzen Jurastudenten, die sich mit ihren Praktika in den ganzen bekannten Kanzleien gegenseitig übertrumpfen wollen. Oder ich habe nicht mehr genug Geld für einen Whiskey.«

»Du bist also keine Jurastudentin?«

»Doch.« Clara lächelte. »Aber ich habe Lust, mich mal mit jemandem zu unterhalten, der damit nichts am Hut hat.«

»Was sagt dir denn, dass ich kein Jurist bin?«, fragte Maxim.

Sie musterte ihn von oben bis unten. »Du siehst nicht wie einer aus.«

Maxim war sich nicht sicher, ob er sich geschmeichelt fühlen oder beleidigt sein sollte. Und Claras Selbstbewusstsein und Offenheit beeindruckten ihn. So bestellte er zwei Whiskey und verließ die Bar gemeinsam mit Clara erst am frühen Morgen, als der Besitzer sie als letzte Gäste hinauswarf. Da waren sie sturzbetrunken und hatten einander bereits so viel über sich erzählt, dass Maxim scherzhaft sagte, sie müssten nun für immer zusammenbleiben, da sie zu viel übereinander wussten. Eine kitschige Aussage, die ihm jetzt peinlich wäre, hätte sie sich nicht bis heute bewahrheitet.

In ihre erste gemeinsame Wohnung in der Nähe vom Rosenthaler Platz zogen sie ein, als Clara gerade ihr zweites Staatsexamen abgeschlossen hatte. Maxim, der zwei Jahre jünger war, steckte damals noch mitten im Studium. Clara begann ihre Karriere nach einem guten Studienabschluss und der Zusage von Breslau und Partner. Die ersten Monate waren anstrengend. Doch wenn sie abends nach Hause kam, war sie glücklich und berichtete Maxim in allen Einzelheiten, was sie den Tag über erlebt hatte.

Nach nur sieben Monaten war der Karriere-Höhenflug erst einmal vorbei. Der positive Schwangerschaftstest war für sie beide eine Überraschung. Maxim hatte seine Diplomarbeit gerade abgegeben und war dabei, sich auf dem Arbeitsmarkt umzusehen, der für Meteorologen nicht allzu rosig aussah. Er hatte nie den klassischen Weg einschlagen und beim Deutschen Wetterdienst anfangen wollen, wie es die meisten seiner Kommilitonen zu dieser Zeit taten. Sein Ziel war es immer, sich eine Karriere beim Fernsehen aufzubauen. Und wieder war das Timing seiner und Claras Karrieren nicht aufeinander abgestimmt. Als Nele geboren wurde, hatte Maxim gerade bei TeleSpree in der Wetterredaktion begonnen. Und während er sich dort seinen Weg nach oben freischaufelte, ging Clara in ihrer Mutterrolle auf. Maxim erinnerte sich, wie schön es gewesen war, sie in ihrer Rolle als Mutter genauso leidenschaftlich zu sehen, wie sie es vorher im Beruf gewesen war. Er bewunderte sie sehr dafür, wie sie jede Aufgabe meisterte als hätte sie nie etwas anderes getan. Für ihn war es schwerer, sich auf die Herausforderungen einzulassen. Die ersten zwei Jahre in Neles Leben schlief er kaum und gab sein Bestes, sowohl für seine Familie als auch im Beruf hundert Prozent zu geben. Im Sender machte es sich ausbezahlt: Schon bald bekam er die Stelle als Moderator, die er sich immer erträumt hatte. Auch Clara arbeitete bald wieder und war dabei, sich langsam einen guten Ruf in der Branche aufzubauen.

Maxim schreckte auf und sah aus dem Fenster. Die Blätter der alten Eichen vor ihrer Einfahrt flatterten im Wind, als wäre nichts gewesen. Doch im Augenwinkel hatte er einen Schatten zwischen den Bäumen vorbeihuschen sehen. Sein Puls raste. Wenige Sekunden später war er sich allerdings schon nicht mehr sicher, ob sein Gehirn ihm nicht einen Streich gespielt hatte. Er stand auf und betrachtete die von dichten Laubbäumen umsäumte Straße. Sie war leer, alle Menschen waren längst bei der Arbeit. Mehrere Minuten lang beobachtete er die Umgebung und wurde dieses beklemmende Gefühl nicht los. Vielleicht hatte er sich den Schatten nur eingebildet, höchstwahrscheinlich sogar. Der Schatten war es gar nicht, der das ungute, bedrohliche Gefühl in ihm auslöste. Es war etwas anderes, das er nicht genau definieren konnte. Irgendetwas, das tief in ihm schlummerte und vielleicht die Antwort auf das war, was gerade geschah. Ein wenig, wie wenn einem ein Name sprichwörtlich auf der Zunge lag, aber man ihn einfach nicht aus den Tiefen des Gehirns hervorkramen konnte. Es war zum Verrücktwerden.

Kapitel 5

Das Klingeln seines Handys weckte Maxim aus der Lethargie. Sein Herz klopfte, bis er den Namen auf dem Display las. Langsam beruhigte sich sein Puls, als er das Gespräch annahm. »Dr. Trier, hallo.«

»Hallo Herr Fuchs, entschuldigen Sie bitte die Störung. Ich wollte mich nur kurz erkundigen, ob bei Ihnen alles in Ordnung ist.«

Maxim stutzte. Woher kam diese Nachfrage? Wie konnte sein Therapeut ahnen, was bei ihm zu Hause los war? Hatte die Presse bereits ...

»Beim letzten Termin ging es Ihnen ja wieder etwas schlechter«, fuhr er fort. »Nachdem Sie dann heute Morgen nicht erschienen sind, habe ich mir doch etwas Sorgen gemacht.«

Richtig. Er hätte einen Termin gehabt, an den er unter den aktuellen Umständen nicht gedacht hatte. Kurz warf er einen Blick auf den Familienkalender. Dort war der Termin gar nicht eingetragen. Mit einem Arbeitstermin wäre ihm das nicht passiert.

»Das ist sehr aufmerksam von Ihnen. Ich habe unsere Sitzung ehrlich gesagt völlig vergessen.« Mit der Wahrheit fuhr er vermutlich immer noch am besten. »Bei mir ist einiges los und ich hatte den Termin gar nicht mehr auf dem Schirm. Entschuldigen Sie.«

»Ich verstehe. Dann bin ich beruhigt.«

Er klang nicht ganz überzeugt, vielleicht war er beleidigt oder er glaubte ihm nicht. Mit weiteren entschuldigenden Worten beendete Maxim das Gespräch. Dabei wäre es nicht unklug, eine Sitzung bei seinem Therapeuten wahrzunehmen, das wusste er. Um genau das zu ergründen, was irgendwo in ihm steckte und ihm weiterhelfen konnte. Andererseits war es absurd, auf ein vages Gefühl in seinem Hinterkopf zu vertrauen, weil es vermutlich nicht mehr war als das.

Ein Geräusch ließ ihn aufschrecken. Es klang wie ein weit entferntes Tuten, ähnlich einem Telefonfreizeichen, irgendwie aber auch wie eine seltsame eintönige Melodie. Maxim ging in den Flur und suchte das unheimliche Geräusch. Als er sich der Treppe näherte, wurde es lauter. Er stieg langsam hoch, etwas besorgt, was ihn oben erwartete. Sein Herz klopfte, als er das obere Stockwerk erreichte, in dem sich sein und Claras Schlafzimmer, Neles Kinderzimmer, das Bad und das Büro befanden. Maxim hielt kurz inne, bis er sich sicher war, dass die Melodie, die nur aus zwei sich abwechselnden Tönen bestand, aus Neles Zimmer kam. Vorsichtig öffnete er die Tür und fühlte sich augenblicklich wie ein Idiot. Die Ursache des Geräusches war Neles Playmobil-Krankenwagen, dessen Sirene durchs Zimmer tönte. Er hob den lärmenden und blau leuchtenden Wagen vom Boden auf und schaltete ihn mit zusammengekniffenen Augenbrauen aus. Ihm war nicht ganz klar, warum das Spielzeug von alleine angefangen hatte, den mechanischen Sirenen-Sound abzuspielen, doch so oft, wie Nele mit dem Krankenwagen spielte, überraschte es ihn nicht, dass er langsam Macken bekam. Er betrachtete das orangene Spielzeugfahrzeug, das sie Nele zum letzten Geburtstag geschenkt hatten, nachdem sie mehrfach betont hatte, dass kein Geschenk sie glücklicher machen würde als dieses. Tatsächlich hatte sie wochenlang von nichts anderem gesprochen. Warum Nele von ihrem Spielzeug-Krankenwagen so begeistert war, war ihm ein Rätsel. Denn in der Realität hatte sie oft genug negative Erfahrungen mit Krankenwagen machen müssen.

Leichte Asthmaanfälle hatte Nele häufiger und sie alle hatten lernen müssen, damit umzugehen. In den allermeisten Fällen halfen zwei bis vier Stöße ihres Notfallsprays und spezielle Atemtechniken, so dass sich Nele nach einigen Minuten wieder beruhigte. Alle paar Monate passierte es jedoch, dass keine der Sofortmaßnahmen wirkte und auch die Cortison-Tabletten für Notfälle nicht halfen. Dann riefen Clara und Maxim den Notarzt. Die langen Minuten, die es dauerte, bis der Krankenwagen eintraf, waren immer die schlimmsten. Sein Kind so leiden zu sehen, war etwas, das Maxim seinem größten Feind, wenn er denn einen hätte, nicht wünschte.

Er schüttelte den Gedanken aus dem Kopf und stellte den Playmobil-Krankenwagen zurück auf den Spielteppich, auf dem seine Tochter mit viel Hingabe eine Playmobil-Welt aus einem Krankenhaus, einer Katzenpension und einer Ritterburg erschaffen hatte. Die unzusammenhängenden Spielbausätze, die in Neles kindlicher Vorstellung eine völlig logische Verknüpfung hatten, versetzten Maxim einen Stich ins Herz. Wut breitete sich langsam in ihm aus, auf diese ungerechte Situation, aber vor allem auf sich selbst. Was dachte er sich eigentlich dabei, hier herumzustehen? Er musste aktiv werden. Schnellen Schrittes verließ er Neles Zimmer und ging ins Arbeitszimmer. Auf dem Tisch stand Claras Laptop. Würde seine Frau das Haus freiwillig für eine längere Zeit verlassen, ohne den Computer mitzunehmen? Warum nicht, dachte er. So häufig benutzte sie ihn nicht. Außerdem hatte sie ihr Smartphone. Diese Spekulationen frustrierten ihn. Er klappte den Laptop auf und gab das Passwort ein. Sie hatten nie ein großes Geheimnis um Passwörter oder PIN-Nummern gemacht und kannten alle ihre Daten gegenseitig. Für ihn war es immer ein Zeichen ihres großen Vertrauens zueinander gewesen. Jetzt war es vor allem hilfreich.

Er setzte sich an den großen Glasschreibtisch, den Clara nie gemocht hatte, weil er ihr zu modern aussah, und suchte nach irgendeinem Hinweis. Der Desktop war aufgeräumt und alle Daten säuberlich in Ordnern sortiert: Familienfotos, Rechnungen, Versicherungsdokumente, ein paar Lernprogramme für die zweite Klasse. Viel war es nicht – Dokumente, die mit Claras Arbeit zu tun hatten, fand er nicht. Maxim wusste, wie strikt seine Frau Arbeit und Privates trennte. Es war ihr wichtig, zu Hause Zeit mit ihrer Familie zu verbringen und dabei nicht an die Probleme ihrer Mandanten oder eine nahende Deadline zu denken. Ganz im Gegensatz zu Maxim, der sich meist noch spät abends auf dem Sofa mit wissenschaftlichen Artikeln auf seinem iPad beschäftigte. Für ihn war die Arbeit eine Leidenschaft, die sich nicht so einfach aus seinem Privatleben verbannen ließ. Nicht nur gestern beim Frühstück hatte das zu Streit geführt.

Ohne große Hoffnung auf eine brauchbare Spur sah Maxim sich noch Claras Lesezeichen im Browser sowie ihren Webseitenverlauf an.

Clara hatte nach den Öffnungszeiten eines Orthopäden gesucht, ihr Online-Banking-Konto aufgerufen, Kleidung für Nele bestellt und die Webseite einer Schneiderei besucht. Alles nichts Außergewöhnliches. Er schloss den Browser. Kurz überlegte er, dann öffnete er ihn wieder. Etwas ergab keinen Sinn. Es war nur ein vages Gefühl und er konnte es erst nicht greifen. Dann wusste er, was nicht passte. Sie hatten ein kleines Schneideratelier um die Ecke mit einer mütterlichen älteren Dame, der sie schon öfter Vorhänge zum Kürzen oder Kleidung zum Anpassen vorbeigebracht hatten. Clara ging gerne zu ihr und tauschte sich mit ihr über Neuigkeiten in der Nachbarschaft aus, wenn sie die Zeit hatte. Außerdem hatte die Schneiderin ihre Aufträge immer zu ihrer Zufriedenheit erledigt. Warum sollte seine Frau also nach einer Alternative suchen? Er klickte auf die Website, die ihm im Browserverlauf angezeigt wurde und stellte fest, dass sich die Schneiderei in Köpenick befand. Das war am anderen Ende Berlins und damit viel zu weit weg von ihnen, als dass es sich lohnen würde, dort hinzufahren. Was er mit dieser Erkenntnis anfangen sollte, wusste er nun allerdings nicht. Irgendeinen Grund würde Clara schon gehabt haben und er würde ihm sicherlich nicht die Antwort darauf liefern, wo sie und Nele sich jetzt befanden. Orientierungslos betrachtete er die Seite, suchte einen Hinweis und stutzte, als er im Menü auf

›Aktuelles‹ klickte. »Antonia Ferreira steht Ihnen ab jetzt wieder zur Verfügung!«, stand dort über dem Bild einer Frau, etwa Ende zwanzig, die im Atelier stand und in die Kamera lächelte. »Nach längerer Pause ist unsere geschätzte Mitinhaberin wieder bei uns und nimmt gerne Ihre Aufträge an.« Maxim kannte den Namen. Er hatte ihn im Zusammenhang mit Clara gehört. Sie hatte ihm von dieser Frau erzählt. Jetzt verfluchte er sich, weil er wahrscheinlich mal wieder mit den Gedanken woanders gewesen war – bei der Arbeit, bei der Uni, nicht bei dem, was seine Frau beschäftigte. *Antonia Ferreira.* Er versuchte angestrengt aus seinem Hinterkopf die Geschichte zu diesem Namen hervorzuholen, doch es gelang ihm nicht. Die Frau hatte mit einem von Claras Fällen zu tun gehabt, da war er sich relativ sicher. Das war aber schon länger her. Warum hatte sie jetzt nach ihr gesucht? Vielleicht war diese Person wichtig für das, was gerade geschah, was auch immer das war. Er könnte in der Kanzlei anrufen und dort nachfragen, doch sie würden ihm keine Auskunft geben.

Der Knoten in seiner Magengegend zog sich stärker zu und ihn überkam der Wunsch nach einem Schnaps. Vielleicht würde ein Kräuterlikör seinen Magen beruhigen oder seine Erinnerung an Antonia Ferreira anregen. Er sah auf seine Armbanduhr. 12:45 Uhr. Bis er heute im Sender sein musste, hatte er noch ein paar Stunden Zeit. Wobei er sich kaum vorstellen konnte, zur Arbeit zu gehen. Vielleicht sollte er sich krankmelden. Das hatte er noch nie getan.

Er ging zur kleinen Wohnzimmerbar, einem antiken Mahagoniholzschränkchen, das Clara ursprünglich eher zu Dekorationszwecken gekauft hatte als zur tatsächlichen Aufbewahrung von Alkohol. Irgendwie hatte es sich dann doch gefüllt, denn sie stießen abends, wenn Nele im Bett war, gerne mal mit einem Glas Wein auf die Zweisamkeit an. Obwohl das letzte Mal einige Wochen her war. Er nahm den kleinen Schlüssel vom Haken hinter der Bar, steckte ihn ins Schloss und stellte fest, dass es offen gewesen war. Was für eine sinnvolle Sicherheitsmaßnahme, dachte er, wenn man sich nicht daranhielt. Noch während er nach der Flasche Ramazotti suchte, die sich noch irgendwo in dem kleinen Schränkchen befinden musste, war ihm bewusst, dass sie seinem Magen vermutlich wenig helfen würde. Aber vielleicht würden sich seine Nerven etwas beruhigen. Um sicherzugehen, kippte er gleich zwei Gläschen hinunter.

Er wachte auf dem Sofa auf. Verwirrt und orientierungslos hatte er Mühe, die Augen zu öffnen, die vom Schlaf verklebt waren. Warum lag er hier? Was hatte er als Letztes getan? Warum fühlte sich sein Kopf an, als wäre ein Panzer darübergefahren? Wie spät war es? Er sah auf die Uhr und wäre vor Schreck aufgesprungen, hätte er die Energie dazu gehabt. Es war 19:05 Uhr. Unmöglich. Er konnte nicht den ganzen Tag geschlafen haben. Seine Gedanken sprangen hin und her. Claras Computer. Ramazotti. Antonia Ferreira. Schwarze Punkte vor den Augen. Er erinnerte sich, wie ihm nach dem Trinken des Schnapses schwindelig geworden war und er sich kurz aufs Sofa setzen wollte, um wieder zu Kräften zu kommen. Das hatte ja gut funktioniert. Wie konnten zwei kleine Gläschen ihn derart außer Gefecht setzen? Ungläubig sah er die Flasche Ramazotti an, die immer noch als Wurzel des Übels auf dem Mahagonischränkchen stand. Plötzlich wurde Maxim klar, dass er jetzt noch ein weiteres Problem hatte. Die Sendung. Er hatte die heutige Sendung nicht vorbereitet und genauso wenig stand er zur Aufzeichnung, die in eben diesem Moment stattfand, vor der Kamera. Das war ihm noch nie passiert. Panisch versuchte er aufzustehen und scheiterte. Es dauerte mehrere Minuten, bis er sich in der Lage fühlte, aufzustehen, ohne wieder umzukippen. Langsam ging er in die Küche, wo sein Handy auf dem Küchentisch lag. Er entsperrte es und wurde von einer Benachrichtigungsflut begrüßt. Ein Anruf und eine Nachricht stammten von Jakob, die meisten Meldungen jedoch von seinen Kollegen. Von

»Na, verschlafen? Traust dich jetzt wohl nicht mehr her? ;)« (Charlotte, 16:27 Uhr)

Über

»Wo steckst du??« (Charlotte, 17:05 Uhr)

bis hin zu

»Maxim, was ist los? Charlotte ist eingesprungen. Melde dich.« (Alina Rubin, 18:02 Uhr)

ließen sich die Reaktionen auf sein Nichterscheinen gut ablesen. Ihm schwirrte der Kopf.

Kapitel 6

Es war grau und trist draußen. Ein Blick aus dem kleinen Fenster genügte, um zu wissen, wie schwül und bewölkt es heute werden würde. Ein Tag, an dem man im Bett bleiben und sich die Decke über den Kopf ziehen sollte. Nicht, dass dieser Wunsch eine Ausnahme war. Einen Drang, sein Zimmer zu verlassen, verspürte er eigentlich nie, obwohl es ein winzig kleiner Raum war, eher eine Kammer. Er sah sich um. Es war unordentlich, Kleidungsstücke lagen verstreut auf dem Boden herum und bedeckten ihn fast vollständig. Es würde Ärger geben, wenn er heute nicht aufräumte, das war ihm klar. Meistens versuchte er, den Raum so ordentlich wie möglich zu halten, um bloß keine Aufmerksamkeit zu erregen. Doch es war fast unmöglich, seine Hosen und T-Shirts in die winzige Kommode zu quetschen, die gegenüber des Bettes stand. Mehr Möbelstücke gab es nicht. Selbst, wenn er sich bemühte, würde das Zimmer ein paar Stunden später wieder genauso aussehen wie vorher und der Ärger fing von vorne an. Vielleicht bekäme er dieses Mal wenigstens keine Schläge auf den Hinterkopf, wenn er sich brav verhielt und anbot, das Geschirr zu spülen.

Er überlegte kurz, wie spät es war, aber eigentlich interessierte es ihn gar nicht. Es waren Sommerferien und jeder Tag war gleich. Dass noch niemand gekommen war und ungeduldig an seine Tür geklopft hatte, sprach aber dafür, dass es noch früher Morgen war. Bis mindestens 9:00 Uhr schlief der Kloß immer. Eher länger, wenn sie am Vorabend getrunken hatte. Wenn er zur Schule musste, stellte er sich den bunten Plastikwecker selbstständig, stand auf, putzte sich die Zähne und zog sich an. Dann versuchte er sich so leise wie möglich zu bewegen, wenn er das Haus verließ, was nicht einfach war. Denn die alten Holzdielen knarrten und die verrosteten Türscharniere quietschten. Meistens schaffte er es unbemerkt und atmete auf, wenn er in der Schule mehrere Stunden lang seine Ruhe vor den fürchterlichen Bewohnern dieses Hauses hatte.

An manchen Tagen aber war der Kloß schon wach und saß am Küchentisch. Ihr gigantischer Körper, dem sie ihren streng geheimen Spitznamen verdankte, quetschte sich auf den kleinen Holzstuhl, der schon mehrere Male zusammengebrochen und immer wieder notdürftig zusammengeklebt worden war. Wie oft hatte er ihr schon gegenübergesessen, die wackeligen Stuhlbeine angestarrt und gehofft, dass er Superkräfte hätte, um ihr die Beine einfach unter ihrem massigen Körper zusammenklappen zu lassen. Es wäre zumindest ein kleiner Lichtblick in seinem eintönigen Alltag. An diesen Tagen saß der Kloß also missmutig an dem kleinen Küchentisch, ihre dicken schwarzen Haare in alle Richtungen stehend, und wartete nur darauf, dass ihr jemand begegnete, an dem sie ihre schlechte Laune auslassen konnte. Wenn er Glück hatte, war schon einer der Großen vor ihm aufgetaucht und hatte das Geschimpfe über sich ergehen lassen. Wenn er Pech hatte, und das war meistens der Fall, war er der Sündenbock. Die schönsten Morgen waren die, an denen der Kloß verkatert war. Dann lag sie entweder bis mittags im Bett oder hing wie ein Sack Kartoffeln auf dem Stuhl und war nicht in der Lage, ihnen viel Aufmerksamkeit zu schenken. Sie brühten ihr dann meistens eine große Kanne schwarzen Tee mit Zucker auf und hatten bis zum späten Nachmittag ihre Ruhe.

Er starrte auf die Klamotten auf dem Boden. Ihm fehlte jede Motivation. Langsam zog er sich die Decke über den Kopf und zählte bis zehn. Dann steckte er den Kopf wieder hervor. Es hatte nicht funktioniert, das Zimmer sah genauso aus wie vorher. An seinen Zauberkräften musste er noch arbeiten. Er seufzte und beschloss, noch ein paar Minuten in sein geheimes, kloßfreies Land einzutauchen. Wenn er sich in seiner selbstgeschaffenen Welt aufhielt, ging es ihm gut. Es war eine Welt, in der alles schön war. Er nannte es Gegenteilland. Dort lebte er auf einem Bauernhof mit Ziegen, Pferden, Hunden und einem riesigen Hühnerstall. Seine Eltern, denen er wie aus dem Gesicht geschnitten war, saßen in der gemütlichen Wohnküche, tranken Kaffee und unterhielten sich. An seinem Platz stand ein heißer, duftender Kakao und die beiden hielten inne und lächelten ihn an, als er verschlafen durch die Tür hereinkam. Im Gegenteilland war vieles wie bei seinen Klassenkameraden zu Hause. Nicht, dass er dort ein häufiger Gast war, aber so kannte er es aus ihren Erzählungen. Alles war dort anders als im echten Leben. Niemand aus diesem schrecklichen Haus spielte eine Rolle im Gegenteilland. Nur er. Und Mini natürlich.

Im Flur polterte es plötzlich. Genervt schlug er nun doch die Decke zur Seite. So konnte er nicht in seine Welt eintauchen. Jederzeit konnte der Kloß oder einer der Großen auf die Idee kommen, seine Tür aufzureißen und damit einen neuen, schrecklichen Tag beginnen lassen. Es war klüger, ihnen zuvorzukommen. Er richtete sich auf und stieg aus dem Bett, langsam und vorsichtig und trotzdem mit Schmerzen, wie immer. In den letzten Wochen war es mit seinem Bein wieder etwas schlimmer geworden, seitdem er Ferien hatte und nicht am Schulsport teilnahm. Je weniger er es bewegte, desto unangenehmer war es. Vor einigen Jahren hatte ein Arzt ihm deshalb geraten, regelmäßig zu einer Frau zu gehen, die mit ihm Übungen machte. Es war ein kompliziertes Wort gewesen, an das er sich nicht mehr erinnerte. Es spielte auch keine Rolle, denn dem Kloß waren die Übungen natürlich zu teuer gewesen. Er solle sich nicht so anstellen, hatte sie zu ihm gesagt, schließlich ginge es seinem Bein noch gut genug, dass er laufen konnte.

So schnell wie es ihm möglich war, lief er in dem kleinen Zimmer umher und sammelte die Kleidungsstücke ein. Am liebsten würde er sie einfach alle nehmen und aus dem Fenster werfen, dann wäre sofort Ordnung und ein großer Verlust wäre es nicht. So könnte sich in der Schule niemand mehr über ihn lustig machen, weil seine T-Shirts zu klein und Hosen zu abgewetzt waren. Vielleicht würden sie sogar aufhören, ihm gemeine Spitznamen zu geben. Wobei die Alternative, gar keine Kleidung zu besitzen, ihm auch nicht gerade besser vorkam. Wie so oft wünschte er sich, Leon zu sein. Er war der Junge mit den reichsten Eltern der Klasse und immer gut gekleidet. Jeder wollte mit ihm befreundet sein. Richtig befreundet, mit Geburtstagseinladungen und allem Drum und Dran, nicht wie bei ihm, der nur dann nicht von den anderen Kindern gemieden wurde, wenn es wieder besonders schwierige Mathehausaufgaben gab. Dann war er gut genug. Er merkte, wie sich seine Faust ballte, als er an die ganzen gemeinen Kinder dachte, die alle ein so viel besseres Leben führten als er und es nicht einmal zu schätzen wussten. Die in schönen Häusern mit liebevollen Familien wohnten und zum Geburtstag Spielzeug geschenkt bekamen. Er wurde aus seinen Gedanken gerissen, als ein wütendes Brüllen aus der Küche ertönte. Der Kloß war wach und offensichtlich in bester Laune.

Kapitel 7

Maxim sprang ins Auto, das sich über den Tag auf gefühlte vierzig Grad aufgeheizt hatte, was seinem Zustand nicht gerade half. Während der Fahrt musste er sich anstrengen, seine Augen offen zu halten. Immer wieder wurde ihm leicht schwindelig. Der Schweiß lief ihm den Nacken hinunter und er hielt das Lenkrad fest umklammert, bis er völlig verspannt war. Als er beim Sender ankam, fühlte er sich noch schlechter als vorher. Er musste ein paar Minuten im Auto sitzen bleiben, bis die Sterne vor seinen Augen aufgehört hatten zu tanzen.

Langsam stieg er aus und ging in den Sender. Er öffnete die Tür und wünschte sich im selben Moment, er hätte es nicht getan. Die schwere Brandschutztür war noch nicht zugefallen, da hatten sich schon alle umgedreht und starrten ihn an. Maxim sah in das wütende Gesicht von Alina Rubin, seiner Chefin, und in das ungläubige Gesicht von Charlotte. Auch alle anderen am Dreh beteiligten Personen schauten nicht gerade, als würden sie sich über seine Anwesenheit freuen.

»Du hast Nerven«, begrüßte ihn Alina. »Was ist los mit dir? Jetzt brauchst du auch nicht mehr aufzutauchen. Ist dir klar, was hier los war?«

»Alina, es tut mir wirklich leid. Mir geht es nicht gut. Ich war völlig weggetreten.«

Alina schnaubte. Das hatte etwas zu bedeuten. Seine Chefin war normalerweise nicht so leicht aus der Ruhe zu bringen. Tatsächlich war sie als sehr ausgeglichene und liebenswürdige Person bekannt und Maxim hatte schon immer ein gutes Verhältnis zu ihr gehabt. Das dürfte heute wohl anders sein, wobei ihm noch nicht ganz klar war, warum sie so wütend war. Es hätte ihm immerhin auch etwas Schlimmeres passiert sein können. War es da nicht eher angebracht, besorgt zu sein?

»Also wenn es mir schlecht geht, gebe ich Bescheid und lege mich ins Bett«, sagte sie. »Ich verschicke vorher keine E-Mails mit falschen Daten und sabotiere die Sendung. Was ist los mit dir, ernsthaft? Warst du betrunken?«

Sie musterte ihn von oben bis unten und er konnte sich vorstellen, dass sein Anblick diesen Verdacht nicht ausschloss.

»›Starke Gewitter und stürmische Böen sollen besonders im Osten des Landes aufziehen‹«, schaltete sich nun Charlotte ein. »Alle Daten waren komplett falsch. Hättest du dich mit der Vorhersage nicht gestern schon so fatal geirrt, hätte ich das gar nicht nochmal nachgeprüft. Das kam doch bei dir noch nie vor. Klar sind Unwetter nicht punktgenau vorherzusehen, aber du bist doch kein Anfänger. Wir haben es gerade noch so geschafft, die richtigen Daten zu sammeln und eine ordentliche Sendung auf die Beine zu stellen.«

Alina nickte zustimmend. »Mit anderen Worten: Charlotte hat dir den Arsch gerettet.«

Maxim fühlte sich elend, sein Kopf schmerzte, der Hals war völlig ausgetrocknet und er wollte sich nur noch hinsetzen. »Es tut mir leid«, murmelte er und suchte mit den Augen das Studio nach einem Stuhl ab. »Aber die Daten kamen nicht von mir. Ich habe heute keine Prognosen erstellt und schon gar nicht an euch verschickt. Ich lag völlig flach und wäre nicht mal dazu in der Lage gewesen, mich an den Computer zu setzen.«

Was immer sich heute abgespielt hatte, es musste ein Missverständnis sein.

Christoph, der Regisseur, räusperte sich und hielt sein Smartphone hoch. »Maxim, die Mail stammt eindeutig von dir.«

Er klang weder wütend noch enttäuscht, sondern aufrichtig verwirrt. Maxim wusste, dass ihn alle sehr schätzten und sich sein Fehlverhalten nicht erklären konnten. Der perfektionistische Maxim, der eher zu früh als zu spät erschien und seine Prognosen mit Leidenschaft und Präzision erstellte. Er konnte es sich ja genauso wenig erklären. War es möglich, dass er betrunken von zu Hause auf seinem Dienstlaptop Daten analysiert und versendet hatte? Und dass er dabei einen so hohen Pegel gehabt hatte, dass er sich jetzt nicht ansatzweise daran erinnern konnte? Es erschien ihm absurd. Was war hier eigentlich los? Wie konnten so viele unerklärliche Dinge in weniger als 24 Stunden passieren? Und warum stand er überhaupt hier, wenn er doch nach Clara und Nele suchen sollte?

»Maxim, es ist vielleicht besser, wenn Charlotte auch morgen die Sendung übernimmt«, hörte er seine Chefin sagen.

Ihm fehlte die Kraft, zu widersprechen.

Er nickte. »Ich ... Mir geht es nicht so gut. Es tut mir leid. Zur Sendung am Samstag bin ich wieder dabei. Mit vollem Einsatz.«

Würde er das sein? War seine Familie bis dahin wieder aufgetaucht? Andernfalls konnte er sich nicht vorstellen, bei der großen Show auf der Bühne zu stehen, die sie seit Monaten vorbereiteten. Es war die zweite Ausgabe von ›xSPREEriment‹. Die erste hatten sie vor drei Monaten gesendet und sie war ein überraschender Quotenhit gewesen. Fast eine Million Zuschauer hatten eingeschaltet, als Maxim mit seinem Kollegen Dr. Walter Steinbrunn, der Mediziner war und normalerweise sonntagvormittags eine Wissenschaftssendung für Kinder moderierte, um den großen Preis spielte. In ›xSPREEriment‹ wurden Experimente aus den unterschiedlichsten Disziplinen durchgeführt, deren Ausgang die prominenten Gäste erraten sollten. Maxim hatte sich sehr geehrt gefühlt, dass man ihn damals gefragt hatte, an der Sendung teilzunehmen. Zumal es sich um die Premiere handelte und man nicht absehen konnte, wie die Sendung beim Publikum ankommen würde. Er hatte sich wochenlang vorbereitet wie für eine große Prüfung, aus lauter Angst live vor hunderttausenden Zuschauern zu versagen. Die Vorbereitung und eine große Portion Glück hatten dazu geführt, dass er als Sieger aus der Sendung hervorging. Das alles schien jetzt wahnsinnig lange her.

Zurück im Auto musste er kurz die Augen schließen, damit der Schwindel nachließ. Sein Handy klingelte, es waren seine Schwiegereltern. Maxim ließ es klingeln. Es gab sowieso keine Neuigkeiten, die Clara und Nele betrafen. Als der Anruf verstummte, warf er einen kurzen Blick auf die neue Serie an Benachrichtigungen, die auf dem Smartphone aufleuchteten. Das meiste war unwichtig, doch eins zog Maxims Aufmerksamkeit auf sich. Es war eine Benachrichtigung von Google Alerts, wo er eingestellt hatte, dass er regelmäßig informiert wurde, wenn sein Name in der Presse auftauchte. Clara hatte sich anfangs darüber lustig gemacht und ihn gefragt, ob er jetzt Starallüren entwickelte. Seit einiger Zeit war sie eher genervt von den Benachrichtigungen. Maxim beruhigten sie allerdings. Denn sie gaben ihm ein Gefühl von Kontrolle über das, was über ihn verbreitet wurde. Auch wenn das natürlich eine Illusion war. Ungewünschte Presseartikel ließen sich, einmal veröffentlicht, nicht mehr aus dem Internet entfernen. *Wetter-Fuchs allein im Bau*, las er die fettgedruckte Headline. Sein Magen verkrampfte sich wieder. Da war es also. Die Boulevard-Presse hatte zugeschlagen. Mit einem selten dämlichen Titel.

Stürmische Zeiten beim beliebtesten Wetterfrosch Berlins: Maxim Fuchs, bekannt als der ›Wetter-Fuchs‹ von TeleSpree, ist offenbar wieder solo. Der Moderator soll von seiner Frau verlassen worden sein – sie und die gemeinsame Tochter sind über alle Berge. Wie eine anonyme Quelle berichtet, kam dies für Fuchs völlig unerwartet. Er sei nach einer Sendung spätabends nach Hause gekommen und habe das Haus in Berlin-Tegel leer vorgefunden. Aus welchem Grund seine Frau ihn verlassen hat und wo sie und ihre Tochter sich derzeit aufhalten, scheint nicht bekannt. Ein harter Schicksalsschlag für Fuchs, der sich angesichts des Ereignisses nicht in der Lage sah, das Wetter in der heu-

tigen Sendung zu moderieren. Es ist nicht der erste private Schicksalsschlag in Fuchs' Leben. Im Alter von eineinhalb Jahren musste er miterleben, wie sein Vater, ebenfalls Meteorologe, bei einem Forschungsaufenthalt in Mexiko Opfer des verheerenden Hurrikans ›Gilbert‹ wurde. Der Fall hatte damals für großes Aufsehen gesorgt (wir berichteten). Näher betrachtet offenbart sich hinter der erfolgreichen Karriere von Maxim Fuchs daher eine tragische Lebensgeschichte: Immer im Bemühen, das Fehlen des Vaters mit dem Beruf zu kompensieren und fortzuführen, was dieser nicht beenden konnte, gibt Fuchs für die Karriere alles. Kein Wunder, dass die Familie dabei zu kurz kam. In den sozialen Medien spekulieren die Fans des Moderators bereits, was im Hause Fuchs geschehen sein könnte. Ein Twitter-Nutzer schreibt: ...

Maxim schloss den Artikel. Ausnahmsweise wollte er nicht wissen, was über ihn spekuliert wurde. Unter anderen Umständen hätten die dreisten Anschuldigungen und mitleidigen Bemerkungen ihn wütend gemacht. Jetzt konnte er sich nicht einmal darauf konzentrieren. Zu viele Gedanken mussten sich derzeit den Platz in seinem Kopf teilen. Wer war überhaupt die anonyme Quelle, die diese persönlichen Informationen an die Presse gegeben hatte? Er hatte das Gefühl, immer noch nicht begriffen zu haben, was geschehen war und sich in einem seltsamen Schockzustand zu befinden. Vielleicht war es tatsächlich so und er konnte sich deshalb nicht daran erinnern, heute Wetterdaten analysiert und falsche Prognosen an den Sender geschickt zu haben? Er wollte glauben, dass das nicht möglich war. Schließlich war er doch ausgeknockt und nicht in der Lage gewesen, so etwas zu tun. Andererseits musste er sich eingestehen, dass es in der Vergangenheit ähnliche, wenn auch bisher nie so dramatische oder seine Arbeit sabotierende Situationen gegeben hatte. Mit Dr. Trier hatte er versucht, diesen Vorkommnissen auf den Grund zu gehen. Den Auslöser zu finden, der ihn dazu brachte, nicht sehr häufig, aber doch alle paar Monate in ein Loch zu fallen. Eine Leere zu spüren, die er manchmal mit fast manischem Arbeitswahn und manchmal mit Alkohol zu füllen versuchte. Vielleicht war es diesmal beides gewesen. Es war ein erschreckendes Gefühl, sich selbst nicht trauen zu können. Allerdings war es heute anders gewesen als sonst. Dieses Mal hatte ihn nicht diese große, schwere Dunkelheit übermannt, die für kurze Zeit alles verdeckte und ihn nicht einmal traurig machte, sondern für ein erdrückendes Gefühl der Leere und Verlorenheit sorgte. Laut Dr. Trier war es eine Form von Depressionen, was naheliegend klang, besonders in Anbetracht des Zustands seiner Mutter. Doch Maxim wusste, dass es etwas gab, irgendwo in ihm drin, vielleicht aus seiner Vergangenheit, das an die Oberfläche wollte. Aber das alles hatte nichts mit den Geschehnissen heute zu tun. Er war bei vollem Bewusstsein gewesen, rational, hatte kaum getrunken. Es ergab keinen Sinn.

Er sah auf seine Armbanduhr: 22:00 Uhr. Clara und Nele waren nun seit fast 24 Stunden verschwunden. Vielleicht auch einige Stunden länger. Maxim wusste gar nichts. Seine Familie war einfach nicht mehr da und er hatte nicht einen winzigen Anhaltspunkt.

Noch immer auf dem Parkplatz vor dem Sender stehend wählte Maxim die Nummer von Sofia Nikolaidis und war überrascht, als sie persönlich den Anruf annahm. Immerhin war es spät abends. Im Hintergrund hörte er unterschiedliche Geräusche – Stimmengewirr, Tastaturklappern, eine zugeschlagene Tür. Auf der Polizeistation schien einiges los zu sein. Er stellte sich kurz vor und schilderte der Kommissarin, was heute passiert war. Denn irgendwie musste das alles ja zusammenhängen. Es konnten nicht zur gleichen Zeit zufällig so viele seltsame und äußerst beunruhigende Dinge geschehen. Nikolaidis nahm seine Schilderungen sehr geduldig auf und er hörte, wie sie seine Aussagen in ihren Computer tippte. Immer wieder fragte sie nach Details. Maxim schöpfte Hoffnung. Vielleicht konnte ihm die Polizei tatsächlich irgendwie helfen.

»Ich denke, es wäre hilfreich, wenn jemand vorbeikommen könnte, um die Fingerabdrücke im Haus zu überprüfen«, sagte er. »Besonders auf der Flasche. Vielleicht ist jemand eingebrochen und hat etwas ins Getränk getan. Dann müsste es Abdrücke geben.«

Noch während er sie aussprach, merkte er, wie wenig plausibel seine Theorie klang. Nikolaidis seufzte. »Das wird nicht viel bringen. Sie haben die Flasche in der Hand gehalten und mögliche Abdrücke damit verwischt. Wenn es überhaupt welche gab. Denn selbst wenn jemand ins Haus eingedrungen ist – unbemerkt – und sich an der Flasche zu schaffen gemacht hat, wird er wohl nicht so nachlässig gewesen sein, dabei Fingerabdrücke zu hinterlassen.«

Sie klang skeptisch und er war nicht verwundert. Wahrscheinlich klang er ziemlich paranoid.

Im Rückspiegel sah er plötzlich eine Bewegung. Er richtete sich auf und versuchte, durch den Spiegel in der Dunkelheit etwas zu erkennen. Mehrere Autos parkten hinter ihm auf dem Parkplatz von TeleSpree. Nichts Ungewöhnliches. Bis auf ... Hatte sich auf dem Fahrersitz des Renault Clio etwas bewegt? Maxim hatte das Gefühl, völlig paranoid zu werden. Wer sollte dort sitzen? Trotzdem startete er den Motor. Er wollte hier weg.

»Hallo?«, klang es aus seinem Handy. Maxim versuchte, sich wieder auf das Gespräch zu konzentrieren, als er vom Parkplatz fuhr. Den Clio behielt er dabei fest im Blick. Leer.

»Ich kann verstehen, dass Sie mir nicht glauben, Frau Nikolaidis«, sagte er schließlich ins Telefon. »Ich weiß, wie seltsam das alles klingt. Aber welche Erklärung soll es dafür geben, dass ich bewusstlos auf meinem Sofa lag, während von meinem Mail-Account eine ausgedachte Wetterprognose an die Redaktion verschickt wurde? Ich war das nicht. Es ergibt einfach keinen Sinn. Seit 24 Stunden ergibt nichts mehr einen Sinn. Das muss alles irgendwie zusammenhängen.«

»Herr Fuchs, ich will Ihnen wirklich helfen. Aber was würden Sie denn denken? Ich habe alles, was Sie mir gerade geschildert haben, sorgfältig mitgetippt. Und was ich hier lese, ist wirklich mit nur sehr, sehr viel gutem Willen als etwas anderes zu betrachten als die Erzählung eines verzweifelten Mannes, der sich bis zur Besinnungslosigkeit betrunken hat. Wie soll sich denn jemand unbemerkt Zugriff erst zu Ihrem Haus und dann zu Ihrem Mail-Account verschafft haben? Und mit welchem Motiv? Was nützt es jemandem, wenn in

Ihrem Namen falsche Wetterprognosen erstellt werden?«

Ist es nicht Ihre Aufgabe, diese Fragen zu beantworten?, hätte Maxim beinahe gefragt.

»Fakt ist, meine Familie ist verschwunden und es werden unter meinem Namen Dinge getan, über die ich keine Kontrolle habe«, sagte er stattdessen. »Ich glaube, jemand will mir schaden. Warum, weiß ich nicht. Aber Sie müssen mir glauben, damit wir hier vorankommen. Sie müssen endlich ermitteln.«

Die letzten Worte klangen wütender und verzweifelter, als er beabsichtigt hatte, was ihn vermutlich nicht gerade glaubwürdiger klingen ließ.

»Ich werde mein Bestmögliches geben, Herr Fuchs. Rufen Sie mich gerne an, wenn Ihnen noch etwas einfällt, was Ihre Frau und Tochter betrifft.«

Die Polizistin klang höflich und hilfsbereit. Doch sie nahm ihn nicht ernst, nicht im Geringsten, das war Maxim jetzt klar. Vermutlich hatte sie von Anfang an geglaubt, Clara war einfach gegangen, weil sie genug davon hatte, dass ihm seine Arbeit wichtiger war als seine Familie. Maxim stutzte. Der Gedanke machte etwas mit ihm. Was war es? Clara war gegangen und hatte Nele mitgenommen ... Wie hatte ihm diese Parallele nicht auffallen können? Er wusste plötzlich wieder, wer Antonia Ferreira war.

Kapitel 8

Es fiel ihr nicht leicht, das Telefonat in ihr bisheriges Bild von Maxim Fuchs einzuordnen. Sie hatte ihn gestern als rational und abgeklärt erlebt, wenn auch in großer Sorge um seine Familie. Die Geschehnisse heute wollten nicht recht dazu passen. Fuchs hatte verwirrt geklungen, schnell gesprochen und etwas an seiner Geschichte störte sie. Dass er sie angelogen hatte, glaubte sie nicht, sonst hätte er sie wahrscheinlich nicht angerufen. Er schien wirklich nicht zu wissen, was vor sich ging. Es war ihr unangenehm vor ihr selbst, aber sie hatte sich mit seiner Schilderung sofort identifizieren können. Aus zwei, drei Gläsern wurde eine Flasche und die Konsequenzen waren Kopfschmerzen, Orientierungslosigkeit und ein lähmendes Schamgefühl. Sie blickte auf die Rotweinflasche, die seit gestern Abend auf dem Couchtisch stand, noch halb voll, den Korken nur leicht auf den Flaschenhals gesteckt, als müsste sie ihn nur antippen, um ihn zu lösen. Verführerisch glänzte das grüne Glas sie an. Ein paar Schlucke waren in Ordnung, fand Sofia, ignorierte die mahnende Stimme in ihrem Hinterkopf und griff nach dem Glas, das ebenfalls seit vielen Stunden auf ihrem Couchtisch stand. Dann öffnete sie ihren Laptop und sah die letzten Notizen zum Fall Fuchs durch. Neben den jüngsten, einigermaßen wirren Informationen, die sie von dem Meteorologen am

Telefon erhalten hatte, betrachtete sie die Zusammenfassung ihrer umfassenden Recherche, die sie heute zu ihm und seiner Familie betrieben hatte.

Es war heutzutage zu einfach, Dinge über Menschen herauszufinden. Der Moderator besaß Accounts auf Facebook, Twitter und Instagram und war auf allen regelmäßig aktiv. Die meisten Posts bezogen sich auf seine Arbeit. Selfies und kurze Statusupdates aus dem Sender. Aktuelles zum Wetter. Hier und da ein witzig gemeinter Kommentar. Er wusste die Kanäle zu bedienen. Die meisten seiner Beiträge waren gut durchdacht und wirkten professionell. Hin und wieder fanden sich auch private Fotos auf Instagram. Ästhetisch ansprechende Familienbilder von Heiligabend und vom letzten Spaziergang im Tegeler Forst. Zum Glück besaß Fuchs genug Weitsicht, um seine Tochter nicht in den sozialen Medien zu inszenieren. Sobald Nele im Bild war, prangte ein Smiley auf ihrem Gesicht, so dass man es nicht erkennen konnte. Wenn Kim doch über ein wenig mehr Medienkompetenz verfügen würde, dachte Sofia. Nicht nur einmal hatte es intensive Auseinandersetzungen mit ihren Eltern gegeben, weil sie Videos postete, in deren Hintergründen ihre Freunde illegale Substanzen zu sich nahmen. Nach dem Tod ihrer Eltern hatte sie immerhin all ihre Profile auf privat gestellt, so dass sie nicht mehr für jeden einzusehen waren. Leider auch nicht für Sofia.

Der Gedanke an ihre Nichte ließ sie erneut zum Glas greifen. Vielleicht hatte ihre Hand dabei etwas gezittert oder die Aussicht auf den erlösend benebelnden Tropfen hatte sie das dickbäuchige Glas zu schnell bewegen lassen, jedenfalls war die Tastatur ihres Computers plötzlich voller Wein und Scherben. Sofia sprang auf, fluchte und versuchte die Scherben zwischen den Tasten hervorzupulen, wobei sie sich gleich zwei Mal in den Finger schnitt. Das war die Strafe, dachte sie. Sie hätte die Flasche gar nicht anrühren sollen. Ihr Handy klingelte, als sie in der Küche die mitteltiefen Wunden in ihren beiden Zeigefingern notdürftig verarztete. Das Blut tropfte ins Spülbecken, der Anrufer musste warten. Es war nicht einfach, sich selbst Pflaster um die blutenden Zeigefinger zu wickeln, stellte sie fest. Entsprechend lächerlich sahen ihre Hände aus, als sie zurück ins Wohnzimmer kam, wo ihr Handydisplay sie vorwurfsvoll anleuchtete. Die Nummer des verpassten Anrufs war nicht eingespeichert und doch wusste sie sofort, zu wem sie gehörte, schließlich hatte sie die Person gerade erst am Telefon gehabt. Eine weitere Benachrichtigung informierte sie über eine neue Nachricht auf der Mailbox.

Fuchs klang aufgeregt. Er sprach schnell, kam nach einer hastigen Begrüßung gleich zum Punkt. »Meine Frau hat kürzlich den Namen einer ehemaligen Mandantin gegoogelt. Antonia Ferreira. Sie könnte etwas mit ihrem Verschwinden zu tun haben. Sie hatte vor ein paar Jahren Kontakt zu ihr. Clara hatte öfter von ihr erzählt. Nur den Namen wusste ich bis fast zum Schluss nicht, deshalb bin ich nicht gleich darauf gekommen.«

Sofia stellte auf den Smartphone-Lautsprecher um, legte das Handy auf den Tisch, nahm einen großen Schluck aus der Weinflasche und hörte Fuchs zu.

Beim Fall Ferreira handelte es sich um ein junges Ehepaar, beide Mitte zwanzig, das vier Jahre zuvor einen Sohn bekommen hatte. Ungeplant, beide noch in der Ausbildung, überstürzte Hochzeit kurz vor der Geburt – keine allzu seltenen Umstände, vor allem im Bereich des Familienrechts, in dem Clara Fuchs arbeitete. Die Eheprobleme begannen mit der Geburt des Kindes, vielleicht auch direkt nach der Hochzeit, jedenfalls waren beide sich sehr schnell einig, dass es nicht funktionierte. Für den Jungen blieben sie ein paar Jahre weiter zusammen, zumindest lebten sie in einer gemeinsamen Wohnung. Bis der Vater nicht mehr konnte und die Scheidung einreichte. An Clara Fuchs wandte er sich schließlich, weil er Anspruch auf das alleinige Sorgerecht erhob. Er schilderte, dass seine Noch-Ehefrau, die Mitinhaberin eines kleinen Schneiderateliers, über die gemeinsamen Jahre hinweg erst eine Depression und dann eine ausgeprägte Medikamentenabhängigkeit entwickelt hatte, die es ihr unmöglich machte, ihrer Fürsorgepflicht für den Sohn nachzukommen. Die Mutter, Antonia Ferreira, stritt alles ab und warf ihrerseits dem Mann vor, ihr zwanghaft eine Krankheit einreden und sie von der Außenwelt abschirmen zu wollen. Ein langwieriges Verfahren begann, mit moderierten Gesprächen zwischen dem zerstrittenen Paar, Prüfungen durch das Jugendamt und einem Sammeln von Beweisen für das Fehlverhalten des einen oder anderen Elternteils. Bis Antonia Ferreira und ihr dreijähriger Sohn plötzlich verschwunden waren. Nach einigen Wochen tauchten sie in Lissabon wieder auf, von wo aus Ferreiras Cousine, in deren Haus sie Zuflucht gesucht hatte, dem besorgten Vater in Berlin Bescheid gab. Aus dem Sorgerechtsfall war somit Kindesentziehung und damit ein Straftatbestand geworden. Die Geschichte nahm ein unschönes Ende, als Ferreira sich weigerte, ihren Sohn zurück nach Deutschland zu bringen. Ihr Mann reiste nach Lissabon, woraufhin sie das Haus ihrer Cousine verließ und sich mitsamt des Kindes im Restaurant ihres Onkels einschloss. Später stellte man fest, dass sie tatsächlich unter einer beachtlichen Dosis Antidepressiva gehandelt und kaum noch bei klarem Verstand gewesen war. Der Richter hatte dem Vater schließlich das alleinige Sorgerecht zugesprochen und Ferreira zu zwei Jahren Haft wegen Kindesentziehung verurteilt.

»Es kommt hin. Die Haftstrafe müsste jetzt abgesessen sein«, hörte Sofia den Meteorologen durch ihr Smartphone sagen. »Daher die Verkündung auf der Webseite der Schneiderei. Vielleicht wollte Ferreira sich an Clara rächen. Vielleicht hat sie die beiden entführt.«

Sofia bedankte sich, beendete das Gespräch und ließ sich das eben Gehörte durch den Kopf gehen. Wenn die Geschichte stimmte, war Ferreira durchaus eine interessante Spur. Doch was hatte sie davon, Clara Fuchs und ihre Tochter zu entführen? War es ein Racheakt? Sie zog ihren Laptop zu sich heran, um Ferreira zu googeln, so wie Fuchs es getan hatte, bis ihr einfiel, dass das Gerät voller Rotwein war. Das Display leuchtete noch und zeigte den Sperrbildschirm, doch es ließ sich keine der klebrigen Tasten mehr drücken. Sie seufzte. Das würde sie Ivan erklären müssen. Schließlich griff sie zum Handy. Ferreira sah aus wie eine nette, harmlose Kleinunternehmerin, doch so war es ja meistens. Der Schein trog nur zu häufig, das hatte sie nach vielen Jahren in ihrem Beruf gelernt. Sie öffnete Instagram und das Profil von Maxim Fuchs. Ein Selfie vor dem Gebäude von TeleSpree war der letzte Post, der vor fünf Tagen hochgeladen worden war. Fuchs grinste, sympathisch und mit lachenden Augen. Jetzt meinte Sofia, noch etwas anderes im Gesicht des Moderators erkennen zu können. Vielleicht waren es die leichten Falten auf der Stirn, die auf Kummer und Sorgen schließen ließen, oder die etwas zu fröhlich aufgerissenen Augen. Wer war Maxim Fuchs wirklich?

Kapitel 9

Seit ein paar Tagen liefen die Geschäfte nicht mehr gut. Kim überlegte, woran es lag. Vielleicht war es zu warm. Vielleicht hatte Mads wieder Lügen über die Qualität ihrer Ware verbreitet, damit sie sich nicht verkaufte. Sehr wahrscheinlich lag es aber eher daran, dass sie sich nicht mehr so oft an den üblichen Plätzen aufhalten konnte und wenn doch, dann nur im Dunklen. So wie jetzt. Zu dieser Jahreszeit dauerte es viel zu lange, bis es endlich dämmerte. Sorgfältig sah sie sich um. In den Gebüschen raschelte etwas, doch es war niemand zu sehen. Kim war nie ängstlich gewesen. Im Gegenteil hatte sie sich viel Respekt verschafft, weil sie so furchtlos war. Das hatte sich gestern geändert. Hier am Tegeler Kanonenplatz hatte sie sich immer wohl gefühlt, mit dem Blick auf den See, der völlig ruhig dalag. Jetzt wirkte der Platz bedrohlich auf sie. Es schien, als starrten sie hunderte Augenpaare aus den umsäumenden Büschen heraus an.

Sie zündete sich einen Joint an, nahm einen tiefen Zug und wartete auf das beruhigende Gefühl, das sich erst in ihrer Lunge, dann im Oberkörper und schließlich in ihrem wirren Kopf ausbreitete. In den letzten zwei Tagen hatte sie viel zu viel von ihrem Stoff selbst verraucht. Wenn sie so weiter machte, würde sie bald nichts mehr zum Verkaufen haben. Dann müsste sie sich hier draußen wenigstens nicht herumtreiben, die

Gefahr war sowieso viel zu groß. Allerdings würde sie dann auch kein Geld einnehmen. Und welche Konsequenz das haben würde, wollte sie sich gar nicht ausmalen. Klar, sie brauchte das Geld, um bei Sofia ausziehen und sich etwas Eigenes suchen zu können. Am besten eine WG mit Hanna zusammen, das wäre nicht ganz so teuer. Aber vor allem musste sie ihre Schulden zurückzahlen. Und die waren nicht ohne. Wie war sie nur in diese Situation geraten? Es war, als befände sie sich, seitdem ihre Eltern nicht mehr da waren, in einem Abwärtsstrudel, der sie immer und immer weiter nach unten zog. Ohne Halt. Es gelang ihr nicht, sich von Anderen nach oben ziehen zu lassen. Sie schaffte es nicht einmal, das auch nur zu wollen. Sofern das Sinn ergab. Tut es nicht, sagte Kim zu sich selbst. Was du denkst, ergibt keinen Sinn und was du tust, ergibt erst recht keinen. Sie zog noch einmal kräftig und inhalierte das besänftigende THC tief in ihren Körper. Das gab ihr zumindest vorübergehend das Gefühl, ihre Gedanken in sich hineinzudrücken und mit niemandem teilen zu müssen. Denn das war keine Option. Sie konnte mit niemandem über all das sprechen, was momentan geschah. Nicht einmal mit Grete. Sie war völlig alleine.

Trotz des Marihuanas fühlte sich Kims Gehirn an, als würden tausend Bienen darin herumschwirren und laut summen. In einem Bienenstock aus Angst und Sorgen. Plötzlich raschelte es wieder hinter ihr und sie schreckte auf. Aber da war nichts. Wahrscheinlich ein Vogel oder eine dieser ekligen, riesigen Ratten. Warum war denn niemand hier? Sie müsste ein paar Leute anrufen oder über ihren Telegram-Kanal kontaktieren, aber ihr war überhaupt nicht nach Verkaufsgesprächen zumute. Außerdem würde ihr Handy wahrscheinlich zehn verpasste Anrufe von Sofia anzeigen und darauf hatte sie noch weniger Lust. Wut und Trotz stiegen in ihr auf und bauschten sich hinter ihrer Stirn auf, als sie an ihre Tante dachte. Diese mitleidigen Blicke. Sie konnte sie nicht mehr ertragen. Wenn Sofia in der Nähe war, fühlte sie sich eingeengt. Ständig hatte sie das Gefühl, von der Sorge und dem Mitleid ihrer Tante erdrückt zu werden. Dabei war sie eine genauso erbärmliche Person wie sie selbst. Jeden Abend saß sie alleine in ihrem kleinen Wohnzimmer und trank. Lustig eigentlich, dass sie sich um Kims Drogenkonsum sorgte, wenn sie selbst doch genauso abhängig war. Kim warf den letzten Stummel ihres Joints auf den Boden und trat ihn aus.

Ihre Mutter war so anders gewesen. Sie war wütend geworden, hatte ihr Hausarrest verordnet – oder es zumindest versucht. Manchmal hatten sie tagelang nicht miteinander gesprochen. Aber sie hatte sie nie mit diesen unerträglichen, mitleidigen Blicken bestraft. Kim hatte sich wertgeschätzt gefühlt. Egal, was sie wieder angestellt hatte. Und das war Einiges gewesen. Sie hatte ihren Eltern sehr viel Kummer bereitet. Schnell versuchte sie, diesen Gedanken beiseite zu schieben, er war zu schmerzhaft. Nicht, dass sie anfangen würde, zu weinen. Das konnte sie immer noch nicht.

Wieder hörte sie ein raschelndes Geräusch hinter sich. War er das? Hatte er sie gefunden? Plötzlich wünschte Kim sich einfach nur, im gemütlichen Bett ihres Kinderzimmers zu liegen. Nachts, im Wohnzimmer hörte sie ihre Eltern reden, am nächsten Tag war Schule. Dachte sie gerade sehnsüchtig an die Schule zurück? Was für ein Blödsinn. Das war wohl der letzte Ort, an dem sie sein wollte. Oder der vorletzte, nach diesem hier. Sie musste hier weg. Mit zusammengekniffenen Augen spähte sie in die Büsche. Dann hörte sie es. Ein Räuspern. Oder hatte sie sich das eingebildet? Es hatte geklungen wie das leise Husten eines Mannes. Nicht wie ein Tier. War er es? Worauf wartete sie noch? Wenn er gekommen war, um sie unschädlich zu machen, hatte ihr letztes Stündlein geschlagen, daran hatte sie keinen Zweifel. So leise sie konnte, setzte sie ihre Beine in Bewegung, weg vom Platz, weg vom Wasser in Richtung Straße. Ihr Herz raste. Um sie herum herrschte eine vollkommene Stille. Nur sie knisterte mit jedem Schritt die Blätter auf dem Boden entzwei und atmete wie eine Dampflok vor Aufregung. Selbst die Schwäne, die sonst vor sich hin schnatterten, waren verstummt, damit ihr Verfolger genau hören konnte, in welche Richtung sie lief. Obwohl das vielleicht nicht einmal nötig war, falls er sie vom Gebüsch aus beobachten konnte.

Während Kim noch darüber nachdachte, ob sich alle Lebewesen um sie herum gegen sie verschworen hatten, tauchte ein Schatten auf. Eine hohe, schwarze Silhouette erhob sich aus den Büschen und sah so unwirklich aus, dass Kim es kurz nicht glauben konnte. Für ein paar Sekunden war sie gelähmt. Dann drehte sie sich um und rannte los. Ihre Gelenke knackten, als hätte sie sie seit Stunden nicht benutzt. Und obwohl jeder Muskel in ihr vor Aufregung brannte, bewegte sie sich wie in Trance. Letzte Nacht hatte sie genau diesen

Albtraum gehabt. Oder bildete sie sich das ein und es war ein Déjà-vu? Vielleicht befand sie sich auch jetzt gerade in einem Albtraum? Die Situation erschien ihr alles andere als real. Obwohl sie mal gelesen hatte, dass man im Traum meist nicht wusste, dass man träumte. Zumindest war das bei ihr noch nie vorgekommen. All diese irrelevanten Gedanken schossen ihr durch den Kopf, während sie quer über das dunkle Rasenstück rannte, so schnell sie konnte, zur rettenden Straße. Doch der Borsigdamm war leer. Die enge und schwach beleuchtete Straße war von Bäumen umsäumt, von Autos oder Spaziergängern war keine Spur. Sie hörte ihn dicht hinter sich. Die Schuhe klackerten laut auf dem Asphalt. Wie hatte er sie gefunden? War er ihr die ganze Zeit gefolgt? Vor sich sah sie eine Kreuzung. Dort musste doch irgendjemand sein. Kim spürte ihren Verfolger immer dichter hinter sich. Ihre Haare standen ihr zu Berge, so dass der Wind ihren feuchten Nacken kitzelte. Oder war es sein Atem? Mit ihrer allerletzten Kraft holte sie zum Sprint aus. Sie musste ihm entkommen. Es war ihre letzte Chance. Sie wollte sich nicht ausmalen, was sonst mit ihr geschehen würde. Er hatte einen Grund, sie umzubringen. Vielleicht war es diese Erkenntnis, die ihr plötzlich die Kraft raubte und ihren Beinen die Geschwindigkeit nahm. Oder aber ihre offensichtliche Panik hatte ihren Verfolger auf den letzten Metern beflügelt. Sie wusste, es war vorbei, als sie seine Hand an ihrem Hinterkopf spürte. Ein Blitz aus Schmerzen schoss durch ihren Kopf, als er ihre Haare packte und kräftig an ihnen zog. Mit einem Ruck blieb sie stehen. Ihr Verfolger festigte seinen Griff noch mehr, bis ihre Haare beinahe rissen. Er drehte ihren

Kopf. Sie musste ihn ansehen. Seine Augen glitzerten voller Triumph.

Kapitel 10

Es dauerte eine Weile, bis Maxim realisierte, dass das Klingeln nicht aus seinen wirren Träumen, sondern von seinem Smartphone kam. Bis er es in der Tasche seiner Jeans fand, die er vor dem Schlafengehen achtlos auf den Boden geworfen hatte, war das Klingeln längst verstummt. Er sah auf das Display. Es war 2:18 Uhr morgens und der verpasste Anruf kam von seiner Mutter. Nächtliche Anrufe von ihr waren keine Seltenheit, doch sie konnten auch Anlass zur Sorge bereiten. Sofort meldete sich sein schlechtes Gewissen. Wann hatte er das letzte Mal bei ihr angerufen? Oft drückte er sich davor, denn es konnte sehr schwierig sein, mit ihr umzugehen. Eva Fuchs war mit ihren 64 Jahren noch nicht alt und könnte aktiv im Leben stehen. An manchen Tagen war sie auch gut drauf, lud Maxim, Clara und Nele zum Kaffee in ihrer kleinen Parterrewohnung in Friedenau ein und servierte Obstkuchen. Sie stellte dann interessierte Fragen, wollte über den letzten ›Tatort‹ diskutieren und überschüttete Nele mit Süßigkeiten und Büchern aus ihrem Laden. An solchen Tagen dachte er, das Leben seiner Mutter war eigentlich in Ordnung. Zwar hatte sie nur wenige soziale Kontakte und bis auf Masha Baronova, die sie seit ihrer Jugend kannte und die ebenfalls allein lebte, niemanden, den sie als Freundin bezeichnete. Doch vielleicht brauchte sie auch nicht mehr Menschen um sich herum. Vielleicht reichte es aus, wenn Maxim mit seiner Familie ab und zu zum Erdbeerkuchenessen vorbeikam.

Dann gab es aber diese Momente, in denen klar war, dass Evas Leben ganz und gar nicht in Ordnung war. Zum Beispiel wenn sie in dem kleinen Buchgeschäft in Schöneberg anrief und sich krankmeldete. Es gab diese Tage, an denen sie sich nicht in der Lage fühlte, das Haus zu verlassen und einfach daheimblieb. Immer wieder litt sie unter Depressionen, Panikattacken und zeitweiligem Realitätsverlust. Dann igelte sie sich zu Hause ein und ließ niemanden an sich heran. Maxim war daher dauerhaft in Sorge um seine Mutter, die so weit ging, dass er immer ein ungutes Gefühl hatte, sobald er nur an sie dachte. Wenn er lange nichts mehr von ihr gehört hatte – und er musste sich eingestehen, dass das oft seine Schuld war –, fuhr er bei ihr vorbei, um nach ihr zu sehen. Oft freute sie sich über den Überraschungsbesuch ihres Sohnes und die Ablenkung tat ihr gut. Nicht selten öffnete sie ihm aber nicht die Tür. Dann konnte er klingeln, so oft er wollte. Er hörte seine Mutter im Flur herumschleichen, doch geöffnet wurde nicht. In diesen Fällen verschaffte er sich mit seinem Zweitschlüssel selbst Zugang zur Wohnung. Eva saß dann meist zusammengekauert in einer Ecke im Flur oder auf dem Sofa im Wohnzimmer und weitete überrascht die Augen, wenn sie sah, dass er es war.

»Gott sei Dank, Maxim. Ich war mir sicher, gleich würden sie die Tür eintreten«, sagte sie dann.

Er hatte es aufgegeben, nachzufragen, wen sie mit ›sie‹ meinte und ihr klarzumachen, dass Einbrecher vorher nicht klingeln und »Mama, ich bin's« rufen würden.

Wenn er seine Mutter in solchen Momenten sah, mit vor Angst geweiteten Augen, blasser Haut und eingefallenen Gesichtszügen, verspürte er immer eine traurige Schwere auf der Brust. Dieses Gefühl verstärkte sich und wurde noch angereichert mit einer tiefen Hoffnungslosigkeit, wenn er merkte, dass er seiner Mutter nicht helfen konnte. In ihren manischen Phasen ließ sie nicht mit sich reden und tat nichts, das ihre Situation verbessern würde. Das hatte sie in den letzten Jahrzehnten einen Job nach dem anderen gekostet. Mit ihrem jetzigen hatte sie sehr großes Glück, denn der Inhaber des familiären, kleinen Buchhandels war ein älterer Herr, der viel Geduld und wenig Geschäftssinn hatte. Bisher hatte er sehr viel Verständnis für die häufigen Fehlzeiten seiner Mitarbeiterin gehabt. Maxim fragte sich, wie lange es diesmal gutgehen würde.

Gedankenverloren entsperrte Maxim den Bildschirm des Smartphones und tippte auf das Mailbox-Symbol, an dem ein aufdringliches, rotes Benachrichtigungssymbol leuchtete.

»Maxim«, hörte er die aufgeregte Stimme seiner Mutter und er wusste sofort, dass dies einer der schlechten Tage war.

»Bitte komm her. Ich werde beobachtet. Draußen schleicht jemand um die Fenster. Ich weiß nicht, was er vorhat, aber ich habe sehr große Angst. Komm bitte her, so schnell wie möglich.« Sie machte eine kurze Pause.

Maxim stellte sich vor, wie seine Mutter ihre altmodischen Vorhänge leicht zur Seite schob und misstrauisch aus dem Fenster spähte.

»Bitte, Maxim.«

Der panische und zugleich flehende Unterton in Evas Stimme beunruhigte ihn, auch wenn er wusste, dass ihre paranoiden Wahnvorstellungen bisher immer unbegründet gewesen waren. Er sah auf sein Display. Die Mailbox-Nachricht war vor drei Stunden eingegangen, also mitten in der Nacht. Maxim drückte auf die Wahlwiederholung und das Freizeichen ertönte. Und dabei blieb es. Seine Mutter ging nicht ans Telefon. Maxim überlegte kurz. Er musste dringend weiter recherchieren und herausfinden, wie er Clara und Nele ausfindig machen konnte. Er hatte keine Zeit zu verlieren. Seine Mutter litt unter Wahnvorstellungen und würde sich von ihm nicht helfen lassen. Vermutlich hatte sie sich nach dem Anruf irgendwann schlafen gelegt und sein Klingeln würde sie nur aufschrecken. Doch den Anruf völlig ignorieren konnte er auch nicht. Was, wenn an ihren Ängsten doch etwas dran war? Nach allem, was in den letzten Tagen geschehen war, war Sorge doch durchaus angebracht. Schnell zog er sich an und machte sich auf den Weg nach Friedenau.

Er parkte direkt am Friedrich-Wilhelm-Platz und lief zur Wohnung seiner Mutter. Es war 3:00 Uhr morgens, aber die Luft hatte sich noch immer nicht abgekühlt. Wie jedes Mal, wenn er das Mehrfamilienhaus aus den Siebzigerjahren vor sich sah, in dem seine Mutter seit zwölf Jahren wohnte, stellte sich ein ungutes Gefühl bei ihm ein. Das hatte nicht nur mit dem Anruf zu tun, den er heute von Eva erhalten hatte, sondern auch mit den vielen besorgniserregenden Szenen, die sich in diesem Haus bereits abgespielt hatten. Maxim klingelte und wartete auf das blecherne Summen des Türöffners. Doch auch nach dem zweiten Klingeln geschah nichts. Er hielt den Haustürschlüssel seiner Mutter bereits in der Hand, doch er zögerte, wollte ihr noch die Gelegenheit geben, selbst zu öffnen. Der schockierte Gesichtsausdruck von Eva Fuchs, wenn er ihre Wohnungstür öffnete, war immer schwer zu ertragen. Maxim lief ums Haus herum, um durch das kleine Fenster in die Küche zu sehen, der Raum, in dem seine Mutter sich die meiste Zeit aufhielt, um am Küchentisch Tee zu trinken und Bücher zu lesen. Noch während er zum Fenster lief, wurde ihm bewusst, dass es seine Mutter vermutlich genauso erschrecken würde, wenn plötzlich jemand durchs Fenster sah.

Doch so weit kam es gar nicht, denn viel Einblick gewährte das Küchenfenster nicht. Zwar war der Raum dahinter erleuchtet, doch es waren nur graue Nebelschwaden zu erkennen. Maxims Herz klopfte.

Mit wenigen schnellen Schritten war er zurück an der Haustür und schloss mit zitternden Fingern erst diese und dann die Wohnungstür auf. Sofort schlug ihm eine unangenehme Hitze, beißender Geruch und dichter Rauch ins Gesicht. Er holte im Hausflur tief Luft, zog sein T-Shirt über die Nase und betrat die Wohnung. Obwohl er die Räume gut kannte, fiel ihm die Orientierung schwer. Der dichte Rauch war wie eine schwarze Wand, die nichts erkennen ließ. Er tastete sich zur Küche vor und riss das Fenster auf. Die schwüle Luft, die draußen stand, verbesserte das

Raumklima nicht, aber der Rauch lichtete sich etwas und Maxim fand die Ursache für die Nebelschwaden. Auf dem Herd stand eine Pfanne mit völlig verkohltem, nicht identifizierbarem Essen – vielleicht Gemüse – und das rote Licht am Elektroherd brannte. Maxim schaltete den Herd aus. Was war hier los? Eva Fuchs hatte viele Probleme, aber Schusseligkeit hatte bisher nicht dazugehört. Er fragte sich, wie lange das Essen bereits auf dem Herd stand. Vermutlich hatte seine Mutter sich wieder einen Mitternachtssnack zubereiten wollen. Das tat sie oft, war sie doch meistens bis spät in die Morgenstunden noch wach. Sie litt schon seit Jahren unter Schlaflosigkeit. Warum war der Rauchmelder eigentlich nicht angegangen? Er schaute nach oben und sah die leere Halterung, in der das Gerät hätte stecken sollen. Richtig. Seine Mutter war zeitweise davon überzeugt, in den Rauchmeldern seien Überwachungskameras versteckt, und hatte sie abmontiert. Sein Mund fühlte sich trocken an und er verspürte einen brennenden Durst, hervorgerufen durch die Hitze und den Rauch, aber auch eine zunehmende Angst.

Vorsichtig tastete er sich durch den Nebel ins Wohnzimmer vor. Auch dort wollte er die Fenster aufreißen, als er über einen schweren Gegenstand stolperte. Schnell beugte er sich hinunter und konnte halb erkennen, halb ertasten, dass der weiche Gegenstand neben dem Esstisch seine bewusstlose Mutter war. Sein Puls beschleunigte sich. Das Atmen fiel ihm schwerer. Für einige Augenblicke war er zu paralysiert, um zu merken, dass er gleich neben seiner Mutter liegen würde, wenn er nichts unternahm. Mit letzter

Kraft richtete er sich wieder auf, schleppte sich zum Fenster und riss es auf. Nur langsam konnte er wieder klar denken. Und als er seine Mutter deutlich auf dem Boden liegen sah, meldete sich auch sein Verstand zurück. Am Kopf von Eva Fuchs klaffte eine tiefe Wunde. Eine dunkelrote Lache floss unter ihren grauen Haaren hervor, die ihr blasses Gesicht umspielten. Leblos lag sie da. Nur das schwache Licht der gläsernen Deckenlampe verfing sich in ihrem Blut, das bereits starr geworden war.

Kapitel 11

Die Wartezeit verging unglaublich langsam und es roch nach Desinfektionsmittel. Maxim war bereits übel, seitdem er mit seinem Auto dem Notfallwagen gefolgt war. Er fühlte sich in Krankenhäusern immer unwohl, obwohl er nach den zahlreichen Aufenthalten, die Neles Krankheit mit sich brachte, zumindest daran gewöhnt sein sollte. Vielleicht war es die negative Assoziation, wobei er sich fragte, ob Menschen überhaupt positive Assoziationen mit Krankenhäusern hatten. Aus dem Behandlungszimmer drangen keine Geräusche nach außen und er fühlte sich nutzlos. Langsam realisierte er, was in den letzten Stunden geschehen war. Seine Mutter lag bewusstlos im Krankenhaus, seine Familie war verschwunden und beides hing irgendwie zusammen. Oder hatte das eine mit dem anderen nichts zu tun? War seine Mutter einem gewöhnlichen Raubüberfall zum Opfer gefallen? Er hatte nicht nachgesehen, ob etwas gestohlen worden war. Irgendetwas sagte ihm aber, dass das die falsche Fährte war. Mit Antonia Ferreira ließ sich das Ganze allerdings auch nicht in Verbindung bringen. Es sei denn, er übersah etwas. Im Moment schien es ihm allerdings vielmehr, als hätte es jemand auf ihn abgesehen und ließe das an allen ihm nahestehenden Personen aus. Ihm wurde klar, dass er die Gefahr unterschätzt hatte. Seine Mutter war nicht einfach umgefallen und gegen die Tischkante geknallt. Es waren zu viele Zufälle. Was auch die These, dass Clara mit Nele einfach weggelaufen sein sollte, nur noch unvorstellbarer machte, als sie ohnehin schon gewesen war.

Ein junger, blonder Arzt kam aus dem Behandlungsraum und Maxim sprang vom Stuhl auf.

»Beruhigen Sie sich, Herr Fuchs. Wir tun alles dafür, dass sich der Zustand ihrer Mutter bessert.«

»Wie geht es ihr? Ist sie wach?«

»Leider nicht. Ihre Mutter hat ein schweres Schädel-Hirn-Trauma erlitten. Sie ist komatös und muss künstlich beatmet werden.«

Der Knoten in Maxims Magen zog sich wieder zusammen.

»Das heißt ... Ist es lebensbedrohlich? Sie wird wieder aufwachen, oder?«

»Wir sind zuversichtlich.«

Die Aussage beruhigte Maxim, wenn auch nur geringfügig, denn sie sagte nichts über den physischen wie psychischen Zustand seiner Mutter aus, nachdem sie aufgewacht war. Doch welche Aussichten auf eine vollständige Genesung es gab, traute Maxim sich nicht zu fragen. Er konnte keine weiteren schlechten Nachrichten ertragen.

Auf dem Krankenhausflur zog er sein Handy aus der Tasche, das genau in diesem Moment anfing zu klingeln. Alina. Er drückte sie weg, was er früher nie getan hätte. Früher. Die schöne, unbeschwerte Zeit, die vor gerade mal zwei Tagen geendet hatte. Es kam ihm sehr viel länger her vor, dass er am Küchentisch gesessen und sich mit Clara über Bagatellen gestritten hatte. Der Gedanke versetzte ihm einen Stich. Er schüttelte kurz den Kopf, um wieder klar denken zu können, und wählte eine Nummer im Telefonbuch aus. Es klingelte drei Mal, bis Nikolaidis abnahm.

***

Die Digitalanzeige des Dienstwagens zeigte 36 Grad Außentemperatur an, als Sofia und Manuel in Friedenau ankamen. Im Radio sprachen sie von einem Rekordsommer, die Moderatoren jammerten über fehlende Klimaanlagen und tropische Nächte. Probleme, die Sofia nicht hatte. Ihr machte die Hitze nichts aus. Sie erinnerte sie an Griechenland – ihre Heimat. Auch wenn sich der Sommer am Mittelmeer besser ertragen ließ als im stickigen Berlin. Manuel hingegen hatte zustimmend geschnauft, als die Moderatoren scherzhaft verkündet hatten, gemeinsam nach Skandinavien auszuwandern, sollte das Thermometer auch nur um ein weiteres Grad steigen. Trotz der auf Hochtouren laufenden Klimaanlage im Auto glänzte das Gesicht ihres Kollegen vor Schweiß. Dass ihm die Hitze so viel mehr zusetzte als ihr selbst, lag wohl auch an seinem starken Übergewicht. Sofia ertappte sich dabei, wie sie auf den großen Bauch starrte, der über dem Gürtel der Uniform hing. Im Präsidium war es bekannt, dass der 56-Jährige ein großer Sportgegner war, denn er ließ keine Gelegenheit aus, es zu erwähnen. Was besonders ironisch war, angesichts der Tatsache, dass körperliche Fitness eine der Grundvoraussetzungen für die Ausübung des Polizeiberufs war. Doch der

Sporteignungstest und die Ausbildung waren bei Manuel lange her. Sofia arbeitete trotzdem gerne mit ihm zusammen, denn er verfügte über einen wahnsinnig scharfen Verstand. Manuel konnte Details, die anderen zusammenhangslos erschienen, blitzschnell zu wertvollen Erkenntnissen kombinieren. Seine jahrzehntelange Ermittlererfahrung hatte sich schon in vielen ihrer gemeinsamen Fälle bezahlt gemacht. Er war ein angenehmer Kollege mit einer väterlichen Art, aber nie belehrend. Seine beiden Töchter hatten Glück, dachte Sofia. Der Gedanke brachte sie zurück zu Maxim Fuchs.

Der sah deutlich schlechter aus als vor zwei Tagen. Schlafmangel und Sorge standen ihm ins Gesicht geschrieben. Seine Haare waren zerzaust und das T-Shirt sah aus, als hätte er darin geschlafen. Trotzdem war er ein attraktiver Mann, dachte Sofia nicht zum ersten Mal. Fuchs begrüßte sie und bat sie in die Wohnung seiner Mutter, die unangenehm warm und stickig war, obwohl alle Fenster offenstanden. Sofia und Manuel begannen, Raum für Raum zu prüfen. Sie öffneten Schränke und Schubladen, ohne genau zu wissen, wonach sie suchten. Fuchs lief ihnen verloren hinterher. Auf etwas Ungewöhnliches stießen sie nicht. Überhaupt schien Eva Fuchs vor allem eines in großer Menge zu besitzen: Bücher. Die Wände des Wohn- und Schlafzimmers waren zu großen Teilen mit hohen Bücherregalen bedeckt, selbst im Abstellraum lagen Bücher auf der Waschmaschine. Die Wohnung wirkte wie eine kleine Bibliothek. Irgendwie bewundernswert, dass es so etwas noch gab, dachte Sofia. Eines Tages würden eBooks und das Internet

Büchereien überflüssig machen – und Buchhändlerinnen wie Eva Fuchs arbeitslos. Ansonsten war die Wohnung spärlich dekoriert. Einige Kunstdrucke hingen in altmodischen, goldenen Barockrahmen an den Stellen an der Wand, die noch nicht von Büchern bedeckt waren. Persönliche Fotos fand Sofia keine, bis auf ein Bild von Nele Fuchs als Baby. Im Flur hing außerdem ein eingerahmter Zeitungsausschnitt mit einem Foto, auf dem ein Mann stolz vor einem imposanten, massiv gebauten Turm posierte. »Bernd Fuchs, Eröffnung des ehemaligen Wasserturms aus dem 19. Jahrhundert zum Wetterturm der Freien Universität Berlin, 1982«, lautete die Bildunterschrift. Das musste Maxim Fuchs' Vater sein. Sie war bei ihren Recherchen natürlich auf dessen Geschichte gestoßen.

Es dauerte zwanzig Minuten, bis Manuel fündig wurde. Mit skeptischem Blick betrachtete er den zylinderförmigen Gegenstand im Wohnzimmer, unauffällig im Regal zwischen zahlreichen Büchern platziert.

»Ich habe es meiner Mutter zu Weihnachten geschenkt«, sagte Fuchs. »Sie war nicht besonders begeistert.«

»Das ist der Amazon Echo, richtig?«, fragte Sofia.

Sie hatte kürzlich überlegt, sich eine ›Alexa‹ in die Wohnung zu holen, die Idee dann aber wieder verworfen. Eine Roboterstimme würde sie sich nicht weniger allein fühlen lassen. Außerdem hatte sie Angst, abgehört zu werden. Nicht, dass es in ihrer Wohnung etwas Spannendes gab.

Fuchs nickte. »Man sollte meinen, ich hätte mir denken können, dass eine Buchhändlerin sich nicht gerne den digitalen Feind ins Haus stellt. Sie wollte nicht undankbar sein, daher hat sie ihn letztendlich doch behalten. Ich bezweifle aber, dass sie weiß, wie es funktioniert.«

»Wissen Sie es denn?«, fragte Manuel und wischte sich mit einem Taschentuch über die verschwitzte Stirn.

Fuchs holte sein Handy aus der Hosentasche. »Ich habe ihr das Gerät damals eingerichtet und die App auf ihrem Smartphone installiert.«

»Theoretisch können sich dort Aufzeichnungen befinden, die für uns interessant sind«, sagte Sofia. »Kommen Sie da ran?«

Fuchs überlegte kurz. »Ich kenne ihr Passwort. Ich könnte auf meinem Handy ein Profil anlegen und somit auf die Alexa zugreifen.«

Sofia wechselte einen Blick mit Manuel, der scheinbar das Gleiche dachte. Ganz korrekt war das nicht. Es verstieß gegen sämtliche Datenschutzrichtlinien.

»Machen Sie das bitte«, sagte Manuel schließlich.

Er war ein Mann pragmatischer Lösungen. Sofia fragte sich allerdings, wie sie das später im Protokoll und vor Ivan rechtfertigen würden.

Tatsächlich gelang es Fuchs, in der App eine Liste mehrerer Sprachaufzeichnungen aufzurufen.

»Ich kann mir nicht vorstellen, dass meine Mutter die alle bewusst aufgenommen hat. Sie ist nun wirklich keine Verfechterin künstlicher Intelligenz. Und die letzte Aufnahme ist von heute früh um 2:45 Uhr.«

Sofia erinnerte sich an ihre eigenen Recherchen zum Thema ›Alexa‹ und wusste jetzt auch wieder, warum sie sich endgültig gegen einen Kauf entschieden hatte. »Das Gerät kann die Aufnahme auch starten, wenn es das Schlagwort ›Alexa‹ irgendwo hineininterpretiert, auch wenn etwas anderes gesagt wurde, das vielleicht so ähnlich klingt. Zum Beispiel im Fernsehen.«

»Oder im Radio«, sagte Fuchs. »Das läuft fast immer bei meiner Mutter.«

»Auch um 3:00 Uhr nachts?«, fragte Manuel.

Fuchs kräuselte die Stirn und tippte auf die letzte Sprachaufzeichnung. Klar und deutlich ertönte die Stimme von Eva Fuchs aus dem Lautsprecher. »Maxim, ich glaube, dir geht es nicht gut. Brauchst du einen Arzt?«

Sofia starrte erst auf den schwarzen Zylinder, dann auf Fuchs.

»Du machst mir Angst«, fuhr die Stimme fort. »Was ist los?«

Die letzten Worte waren geflüstert und hatten einen zitterigen Klang. Ein kurzes Rauschen, dann war die Aufnahme zu Ende. Fuchs hob den Kopf und sah Sofia mit geweiteten Augen an.

Kapitel 12

Der Tag war wie im Flug vergangen und erst jetzt merkte er, wie spät es war. Es war fast dunkel und die Straßenhändler waren schon dabei, ihre Stände zusammenzuräumen. Mini und er hatten den ganzen Tag draußen verbracht und Abenteuer erlebt. Im Gegenteilland hatte es ein großes Stadtfest gegeben und all seine Freunde waren dort gewesen. Sie hatten gegessen, gelacht und Mini hatte mit den anderen großen und kleinen Hunden seiner Freunde gespielt. Es war der perfekte Tag gewesen und er hatte überhaupt nicht bemerkt, dass er sich dem Ende zuneigte. Das würde dem Kloß nicht gefallen. Er sah sie bereits vor sich, wie sie mit hochrotem Kopf am Küchentisch saß und mit ihren dicken Armen fuchtelte. Sie würde ihn anbrüllen, dass er sich an Regeln zu halten hatte und er es überhaupt nicht verdiente, dass sie ihm ein Dach über dem Kopf bot. Dann würde sie damit fortfahren, dass er nichts wert war, und zum hundertsten Mal darüber jammern, dass sie nicht so gutmütig hätte sein sollen, ihn auch noch aufzunehmen. Je nach ihrer Stimmung versank sie dann entweder in Selbstmitleid oder sie ließ ihre Wut an ihm aus. Meistens geschah letzteres. Dann griff sie den Kochlöffel, die Bratpfanne oder was auch immer in Reichweite ihrer kurzen, dicken Ärmchen zu finden war, und prügelte auf ihn ein. Es war jedes Mal sehr schmerzhaft, aber er hatte gelernt, damit umzugehen.

Es gelang ihm inzwischen ganz gut, auf Knopfdruck ins Gegenteilland einzutauchen. Sobald er die Prügel kommen sah, konnte er im Kopf einen Schalter umlegen. Dann machte er die echte Welt einfach aus und befand sich mit Mini im Gegenteilland. Meistens beim Spielen in ihrem riesigen Garten hinter dem Haus oder bei einem seiner Freunde. Ihm war selber nicht ganz klar, warum das so gut funktionierte, aber so gelang es ihm fast immer, die Schläge fast auszublenden. Der eigentliche Schmerz kam hinterher, wenn sich an seinem Körper Blutergüsse bildeten, die von blau über grün zu gelb wechselten. Ganz abgesehen von seinem Bein, das er dann für eine Woche kaum bewegen konnte.

Er sah an sich herunter. Heute war definitiv ein Bratpfannentag, so wie er aussah. Sein T-Shirt und seine Hose waren voller Flecken, seitdem Mini erst im Dreck herum- und dann an ihm hochgesprungen war. Er könnte noch kurz zum Brunnen gehen und seine Kleidung waschen, aber dann wäre sie nass und darüber würde der Kloß sich genauso aufregen. Und wenn er noch wartete, bis sie trocken war, würde er noch später kommen. Es half nichts. Er konnte nur hoffen, dass die Dicke heute in Jammerlaune und mehr mit sich selbst beschäftigt war als mit ihm. Er sah Mini an.

»Wagen wir uns nach Hause?«, fragte er die winzige Hündin mit ihrem verdreckten und zerzausten Fell. Sie sah ihn mit großen Augen an und hechelte erwartungsvoll. Er hockte sich hin und strich ihr über den wuscheligen Kopf. Sein kleiner Schatz. Das einzige

Lebewesen, das ihn liebte. Wie zur Bestätigung leckte Mini ihm einmal über das ganze Gesicht.

Der Kloß war betrunken, das sah er sofort. Ihr linkes Auge schaute in eine andere Richtung als das rechte, während sie mit viel zu viel Schwung die Tür des Ofens zuknallte, in dem irgendetwas vor sich hin schmorte. Es roch nach Hühnchen. Einer der Großen saß ebenfalls am Küchentisch. Er hatte ihn insgeheim Zombie getauft, weil er wirkte, als hätte er kein Gehirn. Seine Augen starrten meistens ins Leere, selbst wenn er einen ansah, und er redete unglaublich langsam. Was er sagte, war meistens gemein, denn anderes als Beleidigungen schien er nicht zu kennen, oder vergessen zu haben, seitdem er beim Kloß lebte. Vielleicht hatten die vielen Schläge ihm auch alle schlauen Worte aus dem Kopf katapultiert.

Jetzt jedenfalls sah Zombie nicht nur dumm, sondern auch streitlustig aus, nachdem Mini und er sich zur Tür hereingeschlichen hatten. Mit einem schiefen Grinsen im Gesicht baute der kräftige Junge sich vor ihm auf.

»Sieh mal einer an, wer auch mal nach Hause kommt und aussieht wie ein Stück Dreck«, rief er mit einem abschätzigen Blick auf seine Kleidung.

Der Kloß gab ein undefinierbares Schnaufen von sich.

»Ich gehe gleich in mein Zimmer«, sagte er schnell und senkte den Blick, denn alles andere machte Zombie immer furchtbar wütend. Er wollte sich an ihm vorbeischleichen, als Zombie ihn fest am Arm packte.

»Nicht so schnell.« Er zog ihn in die Küche, wo der Kloß schon halb über dem Tisch hing, mehrere

Flaschen Bier vor sich. Sie hob leicht den Kopf und starrte ihn an.

»Du undankbares Kind«, lallte sie. »Es gibt kein Essen mehr, das kannst du vergessen.«

Er wollte ihr sagen, dass er nichts essen, sondern einfach nur in sein Zimmer gehen wollte, da tapste Mini an ihm vorbei zum Kloß. Bitte nicht, flehte er, und hoffte, er würde seine Hündin über seine Gedanken erreichen. Der Kloß hasste Mini. Besonders wenn sie viel getrunken hatte. Nicht selten hatte auch sie schon Schläge einstecken müssen. Das war für ihn noch schlimmer, als wenn er selbst verprügelt wurde. Denn die arme Mini konnte nun wirklich nichts für irgendetwas. Und obwohl der Kloß ihr schon so oft gezeigt hatte, wozu sie fähig war, kam Mini immer wieder auf sie zu. Er konnte sich nicht erklären, warum. Vielleicht war sie einfach viel zu lieb und gutmütig für die Menschenwelt.

Der betrunken über dem Stuhl hängende fette Kloß schien eine Art Beschützerinstinkt in Mini auszulösen. Sie leckte ihr über den herunterhängenden Arm. Schnell machte er einen Satz nach vorne, um den Hund vom Kloß wegzuziehen, doch es war zu spät. Mit einer für ihren Zustand erstaunlichen Schnelligkeit drehte sich der Kloß und schlug Mini mit ihrer dicken Hand gegen den Kopf. Mini jaulte auf und versteckte sich unter dem nächstgelegenen Holzstuhl. Warum hatte sie das nicht kommen sehen? Vielleicht war ihr Gehirn schon beeinträchtigt von den vielen Schlägen. Bald würden er und Mini genauso aussehen wie Zombie. Der gluckste nur von hinten.

»Kleiner, verschwinde einfach.«

Nichts lieber als das, dachte er. Mini wimmerte leise unter dem Stuhl. Der Schlag war heftig gewesen. Sie musste starke Schmerzen haben. Er hockte sich zu ihr und streichelte sanft ihre Pfote. Normalerweise beruhigte sie das nach einer Weile. Diesmal ging es allerdings nicht so schnell. Mini winselte und sah ihn aus ihren großen schwarzen Augen traurig an.

»Das ist deine letzte Chance. Hau ab jetzt«, hörte er Zombie von hinten.

Wenn er ungeduldig wurde, konnte das schnell in unkontrollierter Wut enden, also musste er sich beeilen. Mit beiden Händen zog er Mini unter dem Stuhl hervor, als sie laut aufbellte. Sie roch die Gefahr, die im Raum schwebte.

»Bitte, Mini«, flüsterte er. Aber es war zu spät.

»Du sollst gehen, sonst landet dein hässlicher Hund im Ofen.« Zombie stand jetzt neben ihm. Mit einem gezielten Tritt gegen den kleinen Hund unterstrich er seine Aussage. Mini gab einen herzzerreißenden Laut von sich.

In diesem Moment schaltete in seinem Gehirn etwas um. Es fühlte sich an, als trat er aus einem langen, dunklen Tunnel, in dem er nicht aufrecht hatte stehen können, heraus. Hinein in eine weite Landschaft mit blutrotem Himmel. Zornesrotem Himmel. Wut stieg in ihm auf, bis sein Kopf sich ganz heiß anfühlte. Wie konnten diese abscheulichen Personen es wagen, seinen unschuldigen Hund zu quälen? Ehe er darüber nachdenken konnte, was er tat, stürzte er sich auf Zombie. Mit aller Kraft schlug er auf seine Brust ein, zielte auf seinen Kopf, schrie und ließ alle Wut heraus, die sich beim Gang durch den langen Tunnel angestaut hatte. Es dauerte wenige Sekunden, bis er auf Widerstand stieß. Zombie hatte seine Handgelenke gepackt und starrte ihn an. Erst überrascht, dann breitete sich langsam ein Lächeln auf seinem Gesicht aus. Kein freundliches, sondern ein bedrohliches, abgrundtief böses Lächeln. Dann ließ er ihn los, hob mit einer Hand die wimmernde Mini vom Boden auf, öffnete die Ofentür und steckte sie hinein. Zombie baute sich vor dem Ofen auf und lächelte ihn wieder an, diesmal mit einem Ausdruck von Zufriedenheit. Er konnte nicht hinsehen. Er konnte nicht hinsehen und er konnte nichts tun. Zombie wartete nur darauf, dass er versuchte, an die Ofentür zu kommen. Am liebsten würde er ihn gleich mit in den Ofen stecken, das konnte er an seinem Gesicht ablesen. Und eigentlich wünschte er sich, dass er das tat. Denn was gerade passierte, war das Schlimmste, das er sich vorstellen konnte. Er stand einfach nur da und starrte auf Zombies Beine vor dem Ofen, unfähig, sich zu bewegen. Alles verschwamm vor seinen Augen, bis er nichts mehr sah und nichts mehr hörte, außer einem schrillen, pfeifenden Ton in seinen Ohren. Er wusste nicht, ob aus dem Ofen Geräusche kamen. Ob Zombie oder der Kloß etwas sagten. Er wollte nichts mehr hören. Er wollte nur noch bei Mini sein.

Kapitel 13

Plötzlich waren alle gegen ihn. Mehrere Male hatte er bereits versucht ihnen klarzumachen, dass es absolut keinen Sinn ergab, dass er seine Mutter attackiert haben sollte. Warum hätte er anschließend erst den Notruf und dann auch noch die Polizei verständigen sollen? Auf der anderen Seite konnte er verstehen, dass die Alexa-Aufzeichnung ihn mehr als verdächtig aussehen ließ. Deshalb hatte er den Kommissaren erklärt, welche wahnhaften Episoden seine Mutter durchmachte. Halluzinationen, in denen Eva Fuchs sich von ihrem eigenen Sohn bedroht fühlte, hatte es zwar seines Wissens nach noch nie gegeben, aber vollkommen abwegig waren sie nicht.

»Herr Fuchs«, sprach Nikolaidis ihn an.

Er saß ihr gegenüber in ihrem kleinen Büro auf der Polizeiwache. »Ich benötige noch einmal eine Beschreibung Ihres exakten Tagesablaufs von gestern bis heute.«

Maxim stand kurz vor der Verzweiflung. »Sollten Sie das nicht schon aus dem Gedächtnis rezitieren können, so oft wie ich das bereits erklärt habe? Haben Sie Antonia Ferreira überprüft?«

»Es bringt niemandem etwas, wenn Sie jetzt unsachlich werden. Und um die Überprüfung kümmern sich die Kollegen bereits.«

Ihr Ton klang härter als zuvor und Maxim hatte das Gefühl, es schwankte auch etwas Enttäuschung mit, dass sie sich in ihm geirrt hatte.

»Wenn Sie nichts zu verbergen haben, kann Ihnen auch nichts passieren. Wiederholen Sie den Tagesablauf bitte noch einmal für mich, damit ich ihn mittippen kann.«

Maxim atmete einmal tief ein und aus, bevor er die Ereignisse noch einmal herunterleierte. Die Kommissarin tippte währenddessen lauter als normal auf ihrer Tastatur herum. Er fragte sich, ob sie sich gerade über sich selbst ärgerte, weil er ihr ursprünglich sympathisch gewesen war. Es hätte ja niemand ahnen können, dass der so harmlos wirkende Meteorologe anschließend zu seiner Mutter fahren und sie gegen die Tischkante stoßen würde. Wer weiß, was er wohl mit dem Rest seiner Familie angestellt hatte. Es sah nicht gut für ihn aus. Er hatte das Gefühl, in einer Falle zu sitzen.

Endlich ließ Nikolaidis ihre Tastatur in Ruhe und blickte ihn wieder an, offensichtlich um einen neutralen Gesichtsausdruck bemüht.

»Gut, Herr Fuchs, Sie können erstmal nach Hause gehen. Halten Sie sich bitte für Rückfragen bereit und verlassen Sie die Stadt nicht.«

»Es wäre toll, wenn Sie in der Zwischenzeit herausfinden könnten, wer wirklich dafür verantwortlich ist, dass meine Mutter im Koma liegt«, sagte Maxim. »Auch wenn Sie überzeugt davon sind, dass ich es war.«

Er stand auf und sah der Kommissarin in die Augen. Sie wirkte wieder professionell wie eh und je und nickte ihm nur kurz zu, bevor sie sich wieder ihrem Bildschirm zuwandte. Maxim lief zur Tür des Büros und wollte sie gerade öffnen, da klopfte es. Die Tür öffnete sich von außen. Eine junge und sehr kleine, zierliche Frau steckte den Kopf herein. Sie sah Maxim kurz mit einem seltsamen Ausdruck an und wandte sich dann Nikolaidis zu. »Sofia, ich müsste dich dringend sprechen.«

»Komm rein, Elli. Herr Fuchs geht gerade.«

Maxim verließ den Raum mit einem flauen Gefühl im Magen. Was stimmte hier nicht? Kaum trat er aus der Tür der Polizeistation, schlug ihm wieder eine Hitzewand entgegen. Er sah in den Himmel – keine einzige Wolke. Kurz wurde ihm schwindelig, als er so in die Sonne starrte und er überhörte fast die Stimme hinter ihm. Er drehte sich um. Es war Nikolaidis. »Würden Sie bitte noch einmal mitkommen, Herr Fuchs?«

Er folgte ihr zurück durch die trostlosen Gänge des alten Gebäudes. Vor ihrem Büro wies sie ihn an, noch einmal auf den Besucherstühlen im Flur Platz zu nehmen. Sie verschwand wieder hinter der Holztür und er wartete. Die Zeit verging, während er die Raufasertapete anstarrte und zum hundertsten Mal versuchte, sich einen Reim aus den letzten Stunden zu machen. Wie er es drehte und wendete, die Alexa-Aufnahme ergab für ihn keinen Sinn. Die einzige Erklärung, die ihm einigermaßen plausibel vorkam, war eine Wahnvorstellung seiner Mutter. Doch ein solches Ausmaß an Schizophrenie hatte er bei ihr noch nie beobachtet. Er überlegte, was jetzt noch kommen sollte. Viel schlimmer konnte es für ihn eigentlich nicht werden. Für ihn, überlegte er. Und was war mit Clara und Nele? Während er auf der Wache herumsaß, schwebten die beiden wichtigsten Menschen in seinem Leben vielleicht in größter Gefahr. Maxim schloss die Augen und alles in ihm spannte sich an, weil er es kaum aushielt, dass er seiner Familie nicht helfen konnte. Wie auch, wenn er hier saß und nichts unternahm? Er stand auf und lief vor der Bürotür auf und ab, bis sie sich endlich öffnete. Nikolaidis zuckte kurz zusammen, als Maxim unmittelbar vor ihr stand, hatte sich aber gleich wieder gefasst. Sie schlängelte sich an ihm vorbei und verschwand wortlos hinter der gegenüberliegenden Tür. Er konnte es kaum noch ertragen, in diesem verdammten Gebäude eingesperrt zu sein und sah auf die Uhr. Es war bereits nach vier. Bald waren es 48 Stunden, seitdem er Clara und Nele als vermisst gemeldet hatte. Weitere Minuten vergingen, Maxim hatte sich wieder auf den unbequemen Holzstuhl gesetzt. Es war ruhig in den Gängen der Wache, wahrscheinlich ein entspannter Nachmittag, zumindest für Frau Nikolaidis' Kollegen. Sie hingegen musste die Woche mit den Ermittlungen erst für und dann gegen einen verwirrten Meteorologen verbringen, der möglicherweise seine Familie auf dem Gewissen hatte. Maxim stützte den Kopf in die Hände und seufzte. Er musste aufpassen. Selbstmitleid brachte ihn auch nicht weiter.

Plötzlich hörte er, wie sich von links Schritte näherten und er blickte auf. Sofort wusste er, wer es war, noch bevor die Person um die Ecke kam. Der Gang war unverkennbar: langsam, schlurfend und auf jeden zweiten Schritt folgte ein hölzernes Klackern. Anton Hofmann kam um die Ecke und sah ihn nicht gleich.

Maxim stand auf und lief auf ihn zu. Als er etwa drei Meter von ihm entfernt war, blickte der alte Mann von seinem Gehstock auf und sah ihn an. Ein Schreck fuhr über sein Gesicht und er erstarrte kurz.

»Herr Fuchs ...«, sagte er leise und trat einen Schritt zurück.

Das passte nicht zu ihm. Herr Hofmann konnte sehr sonderbar wirken, aber Maxim kannte ihn als einen einsamen, etwas bemitleidenswerten Herrn, der stets freundlich zu ihm gewesen war.

»Hallo Herr Hofmann, was führt Sie denn hierher?«

Der alte Herr wich seinem Blick aus. »Ich ... Eine ... Angelegenheit.«

Eine Tür ging hinter Maxim auf und Herr Hofmann nutzte die Gelegenheit, um sich noch weiter von Maxim zu entfernen.

»Kommen Sie gerne zu mir, Herr Hofmann«, sagte eine bekannte Stimme schräg hinter Maxim.

Sein Nachbar setzte sich schneller als sonst in Bewegung und schlurfte zur Tür, die die Beamtin namens Elli für ihn offenhielt. Maxim folgte ihm mit offenem Mund und ließ sich schwer auf seinen Besucherstuhl fallen. Was hatte sein verschrobener Nachbar jetzt mit der ganzen Geschichte zu tun? Er war offensichtlich wegen ihm hier. So viele Zufälle in wenigen Tagen konnte es nicht geben. Er wartete fast zwanzig Minuten, während er sich vorstellte, wie der alte Hofmann mit den beiden Polizistinnen in seiner unendlich langsamen Art redete. Als endlich die Tür aufging, würdigte der alte Mann ihn keines Blickes. Schnellstmöglich tippelte er davon, während sein Stock immer wieder auf den Boden hämmerte. Aus der noch offenstehenden Tür hörte er es schließlich rufen. »Herr Fuchs, bitte.«

Der Gesichtsausdruck von Sofia Nikolaidis war schwer zu lesen. Was sich verändert hatte, war ihre Frisur. Sie musste sich in den letzten Minuten mehrmals durch die Haare gefahren sein, denn diese standen zu allen Seiten ab. Kein gutes Zeichen. Die junge Polizistin ließ sich hingegen lesen wie ein offenes Buch. Aus ihrem Blick sprach Abschätzigkeit, ihre Arme hatte sie fest vor der Brust verschränkt.

»Ihr Nachbar hatte eine sehr interessante Information für uns.« Nikolaidis machte eine kurze Pause und wartete auf seine Reaktion.

Als er nur fragend die Augenbrauen hochzog, fuhr sie fort.

»Am Mittwoch, als Ihre Frau und Ihre Tochter verschwanden, war Herr Hofmann zu Hause und hat beobachtet, wie Sie das Haus verlassen haben.«

»Er ist ein alter, einsamer Mann mit sehr viel Freizeit«, sagte Maxim. »Dass er uns aus seinem Küchenfenster heraus beobachtet, ist tatsächlich keine Neuigkeit, so störend es auch manchmal ist. Und dass ich das Haus verlassen habe, ist wohl bekannt, oder nicht?«

Er hörte selbst, was für eine defensive Haltung er automatisch eingenommen hatte, um sich vor kommenden Anschuldigungen zu schützen. Vermutlich machte ihn das nicht glaubwürdiger.

»Richtig, das ist bekannt«, fuhr die Kommissarin fort, während sie ihn mit ihren dunklen, durchdringenden Augen genau musterte. »Neu sind die Umstände, unter denen Sie das Haus laut Ihrem Nachbarn verlassen haben sollen: nachmittags gegen 14:00 Uhr ...«

Maxim stieß ungläubig die Luft aus.

»... in Begleitung Ihrer Frau und Ihrer Tochter.«

Die Behauptung fühlte sich an wie ein dumpfer Schlag in den Magen.

Er schüttelte den Kopf. »Wie will er das gesehen haben? Ich habe morgens vor acht Uhr das Haus mit Nele verlassen und sie auf direktem Weg in die Schule gebracht. Nicht mittags und nicht zusammen mit Clara.«

»Warum sollte Herr Hofmann sich das ausdenken, Herr Fuchs?«

»Gegenfrage: Warum glauben Sie ihm?«

»Ihr Nachbar hat mehrere Male betont, wie sehr er Sie schätzt und wie gerne er sich die Wettervorhersage ansieht, wenn Sie sie moderieren. Er scheint Ihnen sehr zugetan und hat mir mehrfach versichert, dass er Ihnen eigentlich nicht schaden möchte. Soweit ich das beurteilen kann, mag er Sie und Ihre Familie sehr gerne. Mir kam es so vor, als hätte er sich sehr schlecht dafür gefühlt, dass er hierhergekommen ist, um über Sie auszusagen.«

Sie lehnte sich auf ihrem Stuhl zurück, der laut quietschte. »Jedenfalls hat Herr Hofmann heute in der Zeitung gelesen, dass Sie Ihr Kind und Ihre Frau als vermisst gemeldet haben. Er erinnerte sich daran, dass er Sie um die besagte Zeit gesehen hat.«

»Gut, aber leider irrt sich Herr Hofmann. Seine Erinnerung ist einfach nicht richtig. Es steht Aussage gegen Aussage, oder nicht? «

»Das, was seine Aussage glaubwürdig macht, ist die genaue Beschreibung der Beobachtung«, entgegnete die Kommissarin. »Herr Hofmann konnte fast penibel genau beschreiben, welche Kleidung Sie, Ihre Frau und Ihre Tochter trugen, dass Sie einen Strauß Pfingstrosen dabei hatten – und das sind Informationen, die nicht in dieser Genauigkeit in der öffentlichen Vermisstenmeldung erwähnt wurden. Würden Sie das einmal überprüfen?«

Sie drehte ihren Computermonitor in seine Richtung, so dass er die detaillierte Beschreibung von Herrn Hofmann lesen konnte.

»Das stimmt alles«, gab er zu. »Zumindest soweit ich mich erinnern kann. Ich habe kein ganz so brillant funktionierendes fotografisches Gedächtnis wie mein Nachbar. Oder hat er ihnen auch noch Fotos mitgeliefert?«

Nikolaidis ging auf seinen Kommentar nicht ein. »Wir müssten noch einmal überprüfen, wo Sie sich am Mittwoch von morgens gegen 7:00 Uhr bis zu dem Zeitpunkt, an dem Sie mich angerufen haben, befunden haben. Ihr Aufenthalt im Sender wurde mehrfach bestätigt, daran besteht kein Zweifel. Und vorher waren Sie in der Freien Universität mit Ihrer Doktorarbeit beschäftigt, sagten Sie?«

»Richtig«, antwortete Maxim.

»Kann uns das jemand bestätigen?«

»Ich war die ganze Zeit alleine. Es sind Semesterferien und nur wenige Studenten sind in der Uni. Und mein Doktorvater ist im Urlaub.« Maxim versuchte ruhig zu bleiben.

Natürlich war es ungünstig, dass niemand sein Alibi bestätigen konnte. Aber sie würden ihm am Ende nichts nachweisen können, denn er hatte nichts getan.

Das wird sich zeigen, meldete sich die flüsternde Stimme in seinem Kopf zurück. Ein Schauer lief ihm den Rücken hinunter.

»Also, Herr Fuchs, ich will offen mit Ihnen sein. Sie zählen nun offiziell zu unseren Verdächtigen.« Nikolaidis schlug den Laptop vor sich mit einem Wumms zu, als hätte sie ihn mit einem Richterhammer bereits verurteilt. »Es wäre besser, Sie suchen sich schon einmal einen Anwalt.«

Kapitel 14

Als Maxim sich auf seinen Autositz fallen ließ, wünschte er sich mehr als alles andere, mit Clara zu sprechen. Ihr gelang es immer, ihn zu beruhigen. *Wo bist du?*, fragte er sich im Stillen und nahm sein Handy zur Hand. Er ignorierte die zahlreichen verpassten Anrufe und öffnete den Nachrichtenverlauf von Jakob.

»Ruf mich an, wenn du reden möchtest. Ich habe es vorhin bei dir zu Hause versucht, du warst nicht da. Bin für dich da, es wird sich alles klären«

lautete die letzte Nachricht seines besten Freundes, eingegangen vor weniger als einer Stunde. Irgendwie gab ihm der Optimismus der Nachricht ein beruhigendes Gefühl, so wie Jakob es immer tat. Er war ein hoffnungsloser Optimist und verbreitete gute Laune, wann immer man mit ihm zusammen war.

Sie hatten sich im Studium kennengelernt, am ersten Vorlesungstag, und sich sofort angefreundet. Jakob war genauso glücklich über die Aufnahme zum Meteorologie-Studium an der FU wie Maxim und fuhr Hals über Kopf nach Berlin, ohne eine Wohnung und ohne jemanden zu kennen. Maxim imponierte diese Abenteuerlust damals wahnsinnig und er mochte den blonden Schönling sofort. So bot er ihm kurzerhand an, in seinem kleinen Wohnheimzimmer in der Nollendorfstraße auf der Couch zu schlafen. Diese Übergangslösung dauerte schließlich acht Monate an. Eine Zeit, in der die beiden Studenten durch dick und dünn gingen.

Sie meisterten die anfangs sehr trockenen Grundlagenvorlesungen und aufwändigen Klausuren gemeinsam und machten zur gleichen Zeit das Berliner Nachtleben unsicher. Irgendwo gab es immer eine Party. Doch beide Jungs waren sich sehr ähnlich in ihrem Ehrgeiz, erfolgreiche Prüfungen abzulegen. Das führte zu sehr kurzen Nächten und erforderte eine sorgfältige Planung, wer wann in welche Univeranstaltung ging und den Stoff für den anderen mitschrieb. Viele ihrer Kommilitonen beneideten sie darum, dass sie ein so eingeschweißtes Team waren und darauf waren die beiden noch heute stolz. Ihre Freundschaft überdauerte das Studium und Jakob wurde Maxims Trauzeuge.

Als Maxim nach dem Studium seinen Traumjob bei TeleSpree bekam, fing Jakob beim Deutschen Wetterdienst an, wo viele ihrer Kommilitonen landeten. Maxim erinnerte sich, wie überrascht er beobachtete, wie sein bester Freund, der ehemalige Partykönig der FU, ein immer bodenständigeres und geregelteres Leben führte. Bis er das Kapitel von einem auf den anderen Tag beendete.

»Ich fühle mich wie lebendig begraben«, sagte Jakob ihm damals und Maxim musste lächeln angesichts der dramatischen Wortwahl. Innerhalb weniger Tage steckte Jakob dann einen Großteil seiner Ersparnisse in

Kameras, Mikrofone und Lichtequipment und richtete sich in seinem Wohnzimmer ein Videostudio ein.

»Ich mache das Gleiche wie du«, eröffnete Jakob ihm kurzerhand. »Aber alleine. Ich mache Wetter spannend.«

Er startete einen YouTube-Kanal namens ›Der Wetter-Retter‹ mit lockerem Infotainment in Form von kurzen Videos, die den Zuschauern Wetterphänomene nahebringen sollten. Maxim bewunderte Jakob einerseits für seinen Mut. Dass er seinen Job gekündigt hatte, um sein eigener Chef zu sein und das zu tun, was ihm Spaß machte, imponierte ihm. Auf der anderen Seite konnte er sich schwer vorstellen, dass ein Nischen-Kanal auf YouTube Jakobs Einkommen sichern sollte.

Tatsächlich gestaltete sich das Vorhaben alles andere als einfach und kostete Jakob anfangs sehr viel mehr Geld als es einbrachte. Etwa ein Jahr lang steckte er unendlich viel Energie in sein Projekt, konzipierte, drehte und vermarktete seine Videos. Sie waren witzig und lehrreich und Maxim unterstützte seinen Freund, so gut er konnte. Als er schließlich an Bekanntheit als Moderator gewann, tauchte er ab und zu in Jakobs Videos auf und machte über Social Media auf den Kanal aufmerksam. So wuchs die Abonnentenzahl langsam. Doch es dauerte eineinhalb Jahre, bis Jakob mit den Videos ein bisschen Geld verdienen konnte. Heute hatte sich die Arbeit bezahlt gemacht und Jakob konnte ganz gut von den Einnahmen leben.

Es war inzwischen 17:45 Uhr und Maxim konnte sich nicht erinnern, wann er das letzte Mal gegessen hatte.

Er startete den Motor, fuhr zu seinem Lieblings-Chinesen und machte sich schließlich mit zwei Mal gebratenem Reis auf den Weg Richtung Wedding. Dort parkte er am Saatwinkler Damm und lief die Straße entlang zum kleinen Uferpfad, der den Eingang der Kolonie bildete und hinter dichten Bäumen und kniehohem Gras versteckt lag.

Wie jedes Mal, wenn er hier war, betrachtete Maxim fasziniert die kleinen und großen Hausboote, die friedlich nebeneinander im Hafenbecken des Westhafens lagen. Die meisten waren ausgediente Lastkähne, die einen verlassenen Eindruck machten, auch wenn in manchen von ihnen ganze Familien lebten. Viele der Boote sahen aus wie längliche, unscheinbare Baracken, andere verfügten über liebevoll gestaltete Außendecks mit Pflanzen, Tischen und Stühlen. Zwischen den Hausbooten hatten manche Bewohner kleine Motorboote oder Kanus angelegt. Die Hausbootsiedlung nahe der Schleuse Plötzensee war ein faszinierendes Stück Berlins. Blickte man in die eine Richtung, hatte man die laute Straße vor sich, die zum ehemaligen Flughafen Tegel führte. Bis dieser geschlossen worden war, hatte auch das Rauschen der Flugzeuge zur Kulisse gehört, wenn der Wind in die richtige Richtung wehte. Die vielbefahrene Seestraße, die nur wenige Luftmeter entfernt direkt auf die Stadtautobahn führte, trug dafür ihren Teil zur Geräuschkulisse bei. Stellte man sich aber mit dem Rücken gegen die lärmende Großstadt, sah man auf das idyllische Hafenbecken an der Beusselbrücke. Ringsherum standen grüne Bäume, die einen Teil der Alltagsgeräusche schluckten. Direkt gegenüber der Hausbootsiedlung erhob sich das graue, klotzartige Veranstaltungsgebäude, das sich eigentlich nicht ganz in die idyllische Landschaft einfügte, aber dann irgendwie doch passte, einfach weil das Ungewöhnliche hier normal war. Es gab nur etwa hundert Hausboote in Berlin. Kein Wunder, lebte man auf so einem Boot doch unter erschwerten Bedingungen, besonders im Winter. Maxim erinnerte sich an einen Beitrag, den sie dazu gedreht hatten. Abgesehen von den harten Wintern, die nicht alle Bootsbewohner auf dem Wasser verbrachten, war es außerdem ein riesiger bürokratischer Aufwand, überhaupt die Genehmigungen für ein Leben auf dem Boot zu erhalten. Er hatte aus nächster Nähe mitbekommen, wie viele graue Haare es Jakob gekostet hatte, seinen Traum zu verwirklichen.

Inzwischen hatte er es geschafft und Jakobs Boot konnte definitiv als das Highlight der Siedlung bezeichnet werden. Es lag ganz am Rand, war etwa vierzig Meter lang und fast fünf Meter breit. Die Holzlamellen waren in einem satten Grün gestrichen und damit nicht gerade unscheinbar. Doch von der Straße aus war es nicht einsehbar. Wenn man ans Ufer lief, musste man sich erst durch allerlei Gestrüpp kämpfen, bevor man vor dem dunklen Holzzaun stand, den Jakob um seine Anlegestelle gebaut hatte. Maxim betätigte die kleine Klingel am Zauntor, die im Boot ein mechanisches Rasseln auslöste, das kaum zu überhören war.

Jakobs Gesicht erhellte sich, als er ihm die Tür zum Hausboot öffnete. »Mann, da bist du ja. Wie geht's dir? Ich habe mir wirklich Sorgen gemacht, weil du gar nicht reagiert hast.«

Maxim hielt das Essen hoch. »Hunger?«

Erst als beide aufgegessen hatten, war Maxim fertig mit seiner detailreichen Schilderung der letzten 48 Stunden. Die meiste Zeit über hatte Jakob ungläubig den Kopf geschüttelt. »Ich weiß gar nicht, was von alldem mir am komischsten vorkommt«, sagte er schließlich, als Maxim mit der Aussage seines Nachbarn auf der Polizeiwache schloss. »Es ist so viel passiert – wir müssen das strukturiert angehen.«

Jakob stand vom Küchentisch auf und stellte sich neben den Kühlschrank, als wäre dieser ein Flipchart. Mit seiner Gabel stach er unsichtbare Aufzählungszeichen in die Luft.

»Mittwochabend: Clara und Nele verschwinden. Donnerstagmittag: Du entdeckst Antonia Ferreira in Claras Suchverlauf. Nachmittags findest du dich ausgeknockt auf dem Sofa wieder, hast die Sendung verschlafen. Jemand hat von deinem Mailaccount ein falsches Skript an den Sender geschickt. Freitag früh: Du findest deine Mutter bewusstlos in ihrer Wohnung. Laut Alexa hat sie sich in der letzten Nacht von dir bedroht gefühlt, du warst aber nicht bei ihr. Freitagnachmittag: Der alte Hofmann behauptet, er habe dich Mittwochmittag zusammen mit Clara und Nele das Haus verlassen sehen.«

Jakob sah ihn mit hochgezogenen Augenbrauen an, als wartete er auf seine Bestätigung. Kurz überlegte er, ob er ihm erzählen sollte, dass er sich mehrere Male beobachtet gefühlt hatte. Da er sich aber relativ sicher war, dass seine Nerven ihm einen Streich gespielt hatten und er nicht weinerlich klingen wollte, entschied er sich dagegen. Wie sollte ihnen das auch weiterhelfen?

»Korrekt«, bestätigte er Jakobs Zusammenfassung. »Und jetzt die Eine-Million-Euro-Frage: Wie hängt das alles zusammen? Was ist der Dreh- und Angelpunkt zwischen Nele, Clara, meiner Mutter und meinem Job?«

Jakob sah ihn mit schiefem Kopf und zusammengezogenen Augenbrauen an, als hätte er lange keine dümmere Frage mehr gehört.

»Ich«, stellte Maxim unnötigerweise selbst fest. »Schon klar. Aber wer will mir schaden? So sehr, dass er meine Familie da mitreinziehen muss? Das mit Ferreira ergibt irgendwie keinen Sinn. Vielleicht ist das ja auch alles ein Missverständnis. Eine Verwechslung.«

»Dafür ist der- oder diejenige aber schon ganz schön weit gegangen.«

»Allerdings.«

»Eine Erpressernachricht hast du noch nicht erhalten«, stellte Jakob fest. »Oder könnte es sein, dass du eine Nachricht übersehen hast?«

»Nein. Ich hatte Handy, E-Mail und Briefkasten die ganze Zeit im Blick. Es kam keine Nachricht. Weder von den beiden noch von einem Entführer.«

»Das ist erstmal ein gutes Zeichen.«

»Dein Optimismus in allen Ehren, Jakob, aber nichts von alledem ist ein gutes Zeichen.«

Jakob sah ihn einige Sekunden lang mit gekräuselter Stirn an und lief dabei langsam auf und ab. Maxim fragte sich, ob sein Freund wirklich bedingungslos hinter ihm stand oder Zweifel an seiner Unschuld hatte. Er wusste, wie die Dinge für ihn aussahen und er könnte es ihm nicht verübeln. Nicht zum ersten Mal fragte er sich, ob er sich selbst überhaupt zu hundert

Prozent trauen konnte. Die Antwort wollte er im Moment allerdings gar nicht finden und schon gar nicht würde er seine Zweifel Jakob gegenüber auch nur erwähnen. Nie hatte er einen Verbündeten so sehr gebraucht wie jetzt.

Jakob hörte auf, hin und her zu laufen, und hob ergeben die Arme. »Gut, also erstmal kannst du natürlich hierbleiben. Ich mache dir das Schlafsofa fertig.«

»Danke, aber ich sollte besser nach Hause gehen.«

»Wozu? Glaubst du, sie tauchen einfach wieder auf? Dein Handy hast du bei dir und Klamotten können wir holen.«

Kurz stellte Maxim sich vor, wie er alleine in dem leeren Haus in der Gabrielenstraße saß und sich bedroht fühlte, weil er sich einbildete, draußen würden Gestalten ums Haus schleichen. Außerdem war der alte Hofmann seit heute Nachmittag auch nicht gerade die Person, die er gern als nächsten Menschen in der Umgebung hatte. Und zu guter Letzt war da noch die Polizei. Offensichtlich hatte Nikolaidis ihn nun ganz oben auf die Liste der Verdächtigen geschrieben. Sehr wahrscheinlich würde sie ihn in den nächsten Tagen ganz genau beobachten. Das konnte er ihr wenigstens erschweren, wenn er sich an einem anderen Ort aufhielt.

Das Schlafsofa war relativ bequem. Maxim war froh, dass er Jakobs Angebot angenommen hatte und sich jetzt nicht alleine in seinem leeren Haus befand. Die Gedanken schwirrten in seinem Kopf herum. Gleichzeitig fühlte er sich erschöpft wie schon lange nicht mehr und wusste, dass er dringend Schlaf brauchte. Während er noch versuchte, sich aufs Einschlafen zu konzentrieren, klingelte sein Handy. Alina. Sofort war er alarmiert. Ein Anruf seiner Chefin um 22:10 Uhr konnte nichts Gutes bedeuten.

»Alina, alles in Ordnung?«, meldete er sich.

Ein kurzes, trockenes Lachen am anderen Ende der Leitung. »Das wüsste ich gerne von dir«, sagte Alina. »Was ist denn los bei dir?« Sie klang aufgebracht.

»Ich weiß nicht, was du meinst. Was ist passiert?«

»Ich spreche von deinen Nachrichten im Firmenchat. Pass auf, ich hatte wirklich Verständnis für deine Situation und du weißt, dass ich dich mag. Du hast immer einen tollen Job gemacht und die Zuschauer lieben dich. Aber das, was gerade passiert, kann ich nicht mehr tolerieren.«

Maxim spürte, wie sich der Knoten, der früher sein Magen gewesen war, wieder zuzog. Zum zweiten Mal innerhalb von zwei Tagen wurde er von seiner Chefin einer Sache beschuldigt, von der er zuvor nie etwas gehört hatte.

»Alina, hier geschehen gerade Dinge, auf die ich keinen Einfluss habe. Clara und Nele sind nicht einfach so davongelaufen. Jemand will mir schaden. Und was auch immer gerade so aussieht, als würde ich dahinterstecken, es stimmt nicht. Wenn du es genau wissen willst, ich habe den gesamten Tag mit der Polizei verbracht und als letztes im Sinn, dir oder dem Sender zu schaden.«

Aus dem anderen Ende der Leitung drang eine beunruhigende Stille, bis Alina hörbar einatmete. Es klang, als versuchte sie sich zu beruhigen, bevor sie ihm antwortete. »Ich will dir glauben, Maxim. Aber es ergibt für mich keinen Sinn. Warum verschickst du diese Nachrichten? Sie stammen eindeutig von dir und ...«

»Von welchen Nachrichten sprichst du überhaupt?«

»Diese offensichtlich bewusst gestreuten Fehlinformationen. Unwahrheiten über Kollegen. Haltlose Anschuldigungen. Du hast einige Leute sehr verärgert.«

Maxim hatte kurz das Gefühl, keine Luft mehr zu bekommen.

»Andere Vorgesetzte hätten dir schon längst gekündigt. Und lange kann ich auch nicht mehr rechtfertigen, dass ich es nicht tue.« Sie zog hörbar die Luft ein. »Das ist meine letzte Warnung.«

Die Wut der letzten Tage, die sich mit jeder Sekunde angestaut hatte, drohte ihn plötzlich zu überwältigen. Was sollten diese ganzen Anschuldigungen? Immer höher kochten die zornigen Wogen in ihm empor, bis er die Worte nicht mehr aufhalten konnte, die er die ganze Zeit heruntergeschluckt hatte.

»Ehrlich gesagt reicht es mir, Alina«, schrie er beinahe ins Telefon. »Ich brauche keine Warnung von dir, denn ich habe nichts getan. Wie wäre es, wenn du versuchst, mich zu verstehen? Wie wäre es, wenn irgendjemand das mal versucht? Glaubst du nicht, ich habe in meiner Situation gerade anderes zu tun, als Lügen über Kollegen zu verbreiten? Mich interessiert nur meine Familie und nicht der verdammte Firmenchat. Schmeiß mich doch raus. Ich glaube nicht, dass du dem Sender damit einen Gefallen tust. Aber wenn ich in so einer Situation nicht auf deine Unterstützung zählen kann, sondern mich von dir noch weiter unter Druck setzen lassen muss, dann ist TeleSpree vielleicht nicht mehr mein Platz. Und jetzt lass mich in Ruhe.« Er knallte sein

Smartphone in die Ecke, ohne auf eine Antwort zu warten.

Kapitel 15

Kim öffnete die Augen. Hatte sie etwa geschlafen? Es war dunkel draußen, sie fühlte sich desorientiert, ihr Mund war fürchterlich trocken und ihre Blase drückte. War es nachts? Es musste nach 21:30 Uhr sein, wenn es draußen dunkel war, und sie fühlte sich nicht, als läge sie erst seit Kurzem hier. Sie war schon bestimmt einen ganzen Tag hier. Konnte das sein? Sie hatte versucht sich mit allen Kräften zu wehren, sich aus seinem Griff zu befreien und irgendjemanden auf sich aufmerksam zu machen. Aber er war zu stark gewesen, hatte nur noch fester zugepackt und ihr die Hand vor Mund und Nase gehalten, bis sie kaum noch Luft bekommen hatte. Ihre Kopfhaut brannte noch immer, seitdem der Mann ihr fast die Haare ausgerissen hatte, zumindest hatte es sich so angefühlt. Außerdem schmerzten ihre Arme. Er hatte ihre Handgelenke mit irgendeinem harten Seil oder Draht hinter ihrem Rücken am Bettgestell festgebunden.

Sie sah sich um. Offensichtlich lag sie in einem kleinen, altmodisch eingerichteten Hotelzimmer. Es roch muffig. Das Letzte, woran sie sich erinnerte, war, dass ihr Verfolger ihr gedroht hatte, dass er sie töten würde, sollte sie versuchen, das Hotelpersonal auf sich aufmerksam zu machen. Sie setzte sich etwas aufrechter hin und bereute es sofort. Die Drahtseile schnitten in ihre Handgelenke, die schon vollkommen wund sein mussten, dem Schmerz nach zu urteilen. Sie horchte in sich hinein. Aus irgendeinem Grund verspürte sie keinen Hunger, obwohl sie seit gestern Mittag nichts gegessen hatte. Zudem hatte sie einen Joint geraucht, der bei ihr normalerweise Appetit und Hungergefühle auslöste. Vielleicht schränkten Angst und Extremzustände die Vitalfunktionen des Körpers ein. Kim wusste es nicht. Sie hatte in Biologie nie aufgepasst, wobei sie bezweifelte, dass ihr Biologielehrer ihnen jemals erklärt hatte, wie sich Entführungen auf den Körper auswirkten. Warum war sie hier? Und wo war der Entführer? Das Warum konnte sie sich selbst beantworten, gestand sie sich ein. Sie wusste ganz genau, warum sie hier war. Womit sie das verdient hatte, wusste sie allerdings nicht. Als ob sie gerade nicht genug Probleme hatte. Was würde er mit ihr tun? Sie versuchte, sich das nicht vorzustellen. Kim wusste nicht genau, ob sie sich wünschen sollte, dass er zurück kam – vielleicht würde er sie ja befreien und ihr etwas zum Trinken geben – oder ob es besser wäre, wenn er sie hier zurückgelassen hätte. Wie lange würde es wohl dauern, bis man sie fand? Warum war eigentlich noch niemand hier aufgetaucht, um das Zimmer zu reinigen? So blöd wird er wohl nicht sein, dachte sie sich gleich. Er wird schon darum gebeten haben, dass hier niemand hereinkommt. Irgendwann würde das aber trotzdem geschehen und in dem Fall wäre es dumm von ihm, mich hier verhungern und verdursten zu lassen, dachte Kim. Das Hotelpersonal wüsste schließlich genau, wie der Mörder aussah, selbst wenn er unter falscher Identität eingecheckt hatte. Je länger sie darüber nachdachte, desto unsinniger erschien ihr das Ganze. Ein Hotel war wirklich kein guter Ort für eine Entführung, geschweige denn einen Mord. Viel zu öffentlich. Als wollte er erwischt werden. Aber das war nun wirklich Unsinn. Die Gedanken sprangen in ihrem Kopf hin und her. Sie fühlte sie sich wie in einem Film. Ohne die angenehme Spannung, die man empfand, wenn man auf dem Sofa saß, Chips aß und das Entführungsopfer im Fernsehen bemitleidete.

Plötzlich ging die Tür auf. Kim schreckte auf und die Drahtseile rieben schmerzhaft an ihren Handgelenken. Sie ließ sich nichts anmerken. Irgendetwas sagte ihr, dass sie nicht zu viel Schwäche zeigen sollte. Vielleicht war es ja doch ein Zimmermädchen, überlegte sie noch kurz und verspürte Hoffnung. Da kam der Entführer aus dem winzigen Eingangsflur. Er stellte sich vor das Bett und ihr fiel als erstes auf, wie groß er war.

»Was wollen Sie von mir?«, fragte sie und versuchte mutig zu klingen. Es gelang ihr fast.

»Das weißt du ganz genau«, sagte der Mann.

Er hatte eine seltsame Art zu sprechen, das war ihr gleich aufgefallen. Aber sie konnte nicht sagen, was es war.

Sie schüttelte den Kopf. »Keine Ahnung.«

Sie merkte selbst, wie unglaubwürdig sie klang. Ihre Stimme war viel zu hoch. Lügen war noch nie ihre Stärke gewesen. Der Mann trat mit einem schnellen Schritt auf sie zu und versetzte ihr eine schallende Ohrfeige. Kim war so überrascht, dass sie im ersten Moment gar keinen Schmerz spürte.

»Lüg mich nicht an. Hast du keinen Respekt? Glaubst du, ich bin dumm?«

In seiner Wut verfiel er plötzlich in eine veränderte Sprachmelodie. Er hatte einen Akzent, das war es. Wenn er ruhig und bemüht sprach, war er nicht hörbar. Jetzt war der Gesichtsausdruck des Mannes alles andere als ruhig. Seine Augenbrauen waren hasserfüllt zusammengezogen. Schnell schüttelte sie den Kopf und starrte auf die Hand, die sich schon wieder erhob. Ihre Wange brannte.

»Ich ... Geht es um letzten Mittwoch?«

»Ah! Du kannst dich also erinnern.« Der Mund des Mannes verzog sich zu einem Lächeln, während seine Augen sie weiterhin anstarrten.

»Nicht wirklich«, sagte Kim. »Also, eigentlich habe ich gar nichts gesehen. Nur, dass Sie in ein Auto gestiegen sind.«

Die nächste Ohrfeige. Diesmal schrie sie laut auf.

»Sei still! Das passiert nun mal, wenn man mich für dumm verkauft. Das würde dir doch auch nicht gefallen, oder?« Wieder dieses Lächeln mit den kalten Augen.

»Nein«, sagte sie.

Der Mann nickte. »Dann sind wir uns ja einig. Bist du ab jetzt ehrlich zu mir?«

Kim nickte ebenfalls. Wieder lächelte der Mann, dieses Mal schien es schon freundlicher. Er strich ihr sanft über die glühende Wange. Ein unangenehmer Schauer fuhr ihr über den Rücken.

»Dann erzähl mir doch mal, was du am Mittwoch gesehen hast. Und denk dran: Ich merke es, wenn du lügst. Damit ist keinem von uns beiden geholfen.«

Kim dachte an den Mittwochnachmittag zurück.

Sie hatte mit Hanna am Kanonenplatz gesessen. Beide waren sehr schlecht drauf, teils wegen der drückenden Hitze, die es fast unerträglich machte, sich draußen aufzuhalten, teils wegen der schlecht laufenden Geschäfte. Sie stritten sich, Kim wusste nicht einmal mehr worüber. Aber darauf kam es bei Hanna auch nicht an. Wenn sie lange nichts mehr geraucht oder genommen hatte, wurde sie irgendwann streitlustig. Dann konnte es nur eine falsche Aussage von Kim sein, die sie zur Weißglut brachte. Irgendwann wurde es Kim zu viel und sie tat, was sie in solchen Fällen immer tat. Sie ließ ihre wütende Freundin einfach sitzen und lief durch die Straßen Tegels. Eine Weile am Wasser entlang, was sehr beruhigend war, jetzt wo sich die üblichen Rentner und Familien dort nicht aufhielten. Die saßen wahrscheinlich in ihren schönen klimatisierten Stadtvillen um den Tegeler See herum. Irgendwann wurde es ihr doch zu heiß und sie setzte sich in den Schatten einer großen Eiche in der Gabrielenstraße. Und dann?

Kim versuchte sich zu erinnern, was genau sie dann gesehen hatte. Ihre Erinnerung war an dieser Stelle seltsam verschwommen. Vielleicht war sie kurz eingeschlafen.

Jäh wurde Kim aus ihren Gedanken gerissen, als der Mann sie an den Schultern packte und schüttelte. »Ich rede mit dir, Mädchen! Was genau hast du gesehen?«

»Ich ... da war ein Auto. Ein silbernes, kleines. Es stand vor einem der Häuser in der Gabrielenstraße. Eins der besonders schönen.«

Er sah sie wachsam an.

»Ich glaube, ich habe nicht gesehen, wie es angekommen ist«, fuhr sie fort. »Das Nächste, das ich weiß, ist, dass Sie aus dem Haus gekommen sind. Zusammen mit einer Frau und einem Mädchen.«

»Könntest du sie beschreiben?«

Kim überlegte kurz.

»Würdest du sie wieder erkennen?«, fragte der Mann weiter.

»Ich glaube nicht«, antwortete Kim wahrheitsgemäß. »Die Frau hatte dunkle Haare und das Kind war noch relativ klein. Vielleicht sechs? Ich weiß es nicht. Ich kenne mich überhaupt nicht mit Kindern aus.«

»Und dann?«

»Dann ...« Sie sah ihn ängstlich an.

Wie viel sollte sie zugeben? Was wollte er hören? Je weniger sie wusste, desto ungefährlicher war sie doch für ihn.

»So viel habe ich eigentlich nicht gesehen. Nur dass Sie zu dritt ins Auto gestiegen und weggefahren sind.«

Davor haben Sie sich im Auto hektisch umgezogen, dachte sie, sprach es aber nicht aus. Denn das war es gewesen, das erst ihr Interesse geweckt hatte. Sie hatte ihn zufällig durch die Scheiben des Kleinwagens gesehen und sich gewundert, warum er sich schnell ein anderes Hemd angezogen und dabei das Haus nicht aus dem Blick gelassen hatte. Das alles sprach sie nicht laut aus und schon gar nicht, was sie beobachtet hatte, nachdem der Mann mit der Frau und dem Mädchen aus dem Haus gekommen war. Es hatte erst ganz normal gewirkt, dann war die Situation plötzlich umgeschlagen.

Das Mädchen wollte zurück ins Haus und quengelte, während die Frau den Mann, der in der schattigen Straße eine Sonnenbrille trug, seltsam musterte. Sie sagte etwas, das Kim nicht verstehen konnte. Der Mann reagierte nicht oder kaum merkbar. Schließlich stiegen sie doch alle drei ins Auto. Kim wollte den Blick schon abwenden, als im Wagen ein Tumult entstand. Es sah aus, als wollte die Frau aussteigen, konnte die Beifahrertür aber nicht öffnen. Das Kind auf dem Rücksitz weinte jetzt. Kim hatte sich danach lange gefragt, ob ihre Augen ihr einen Streich spielten, als sie sah, wie der Mann der Frau eine Art Waschlappen auf Mund und Nase hielt. Sie war sich nicht sicher, weil es so surreal wirkte. Nicht wie etwas, das man im echten Leben sah. Daher hätte sie im Nachhinein kein Geld darauf verwettet, dass die Frau bewusstlos zusammensackte und der Mann sich nach hinten beugte, um auch das kleine Mädchen zu betäuben. Wenige Augenblicke später startete er das Auto, fuhr weg und ließ Kim mit dem Vorhaben zurück, weniger Marihuana zu rauchen.

Angesichts der aktuellen Situation erschienen ihr die Abläufe nun doch nicht mehr so abwegig. Sie sah dem Mann ins Gesicht und erkannte, dass er genau wusste, dass sie mehr gesehen hatte, als sie zugab.

»Du hast gesehen, was im Auto passiert ist, oder?«

Kims erster Impuls war, die Frage zu verneinen. Dann entschied sie sich dagegen, damit er nicht wieder wütend wurde, weil sie ihn offensichtlich anlog. Sie nickte. Ihr Entführer nickte ebenfalls und lächelte breit, fast glücklich.

»Und was ich davor getan habe, hast du auch gesehen. Oder besser gehört.«

Wieder wollte Kim verneinen, dann überlegte sie. Was sie gesehen hatte, nachdem der Mann die Frau und das Kind aus dem Haus geholt hatte, war so schockierend gewesen, dass sie die Abläufe davor vergessen hatte. Jetzt fiel ihr wieder ein, dass der Mann vorher telefoniert hatte. Sie musste nicht zugeben, dass sie das Telefonat mitbekommen hatte, er wusste es auch so. Er stand von der Bettkante auf, langsam und immer noch lächelnd, und lief zur gegenüberliegenden Wand, an der ein großer Rucksack stand. Er beugte sich darüber, öffnete den Reißverschluss und zog etwas heraus. Die Klinge des Taschenmessers blitzte kurz auf, als er sich zu ihr umdrehte. Der Mann lächelte jetzt nicht mehr. Stattdessen hatte sein Gesicht einen seltsamen Ausdruck angenommen. Sein Blick ging ins Leere, als würde er etwas fokussieren, das sich nur in seinem Kopf befand. Er lief auf das Bett zu. Erst jetzt fiel ihr auf, dass er ein Bein seltsam hinter sich herzog.

»Ich wurde ständig angelogen in meinem Leben. Immer und immer wieder. Die Leute denken, ich bin die Wahrheit nicht wert. Weißt du, wie sich das anfühlt?«

Kim schüttelte den Kopf, während sie überlegte, ob es einen Weg gab, sich aus den Fesseln zu befreien, an den sie noch nicht gedacht hatte.

»Natürlich weißt du das nicht. Du bist wohlbehütet aufgewachsen, das sehe ich sofort. Deine Klamotten sind schmutzig und du warst bestimmt länger nicht zu Hause. Aber du hast eins. Weißt du, woher ich das weiß?«

Wieder schüttelte Kim den Kopf.

»Es ist diese Ausstrahlung, die ihr alle habt. Diese selbstgefällige, arrogante Art, mit der ihr auf mich herabblickt.«

»Das tu ich nicht, wirklich nicht.«

Wie konnte sie ihn auf seine Seite bringen? Sie musste das Bild von sich zerstören, das er offensichtlich von ihr hatte. »Meine Eltern sind tot.«

Ein Schauer fuhr ihr über den Rücken. Das hatte sie noch nie ausgesprochen. »Ich habe kein Zuhause mehr.«

Der Mann lachte kurz auf. »Interessant. Vielleicht habe ich dich doch falsch eingeschätzt. Schade.«

»Schade?«

»Dass ich dich trotzdem töten muss.«

Innerhalb weniger Sekunden war er ans Kopfende des Bettes herangetreten, hatte das Messer gezückt und begann sorgfältig, ihre Handgelenke, die immer noch ans Bettgestell gefesselt waren, aufzuschneiden.

Kapitel 16

Gerade noch hatte sie es geschafft, sich die Zähne zu putzen und kurz mit der Bürste durch die nach einer unruhigen Nacht in alle Richtungen abstehenden Haare zu fahren, als Manuel schon vor dem Haus stand und hupte. Die Kaffeemaschine röchelte noch vor sich hin und Sofia überlegte, den Kaffee einfach stehen und ihren Kollegen nicht weiter warten zu lassen. Andererseits würde sie einen klaren Verstand brauchen, von daher half es niemandem, wenn sie heute auf Kaffee verzichtete. Sie war wieder viel zu lange wach gewesen, hatte mehrere Gläser Wein getrunken und daher nicht gehört, wie ihr Handy um 8:00 Uhr geklingelt hatte. Beim vierten Mal war sie schließlich aufgeschreckt und hatte einen gestresst klingenden Manuel am Ohr, der sie darüber informierte, dass er bereits vor ihrer Tür stand. Sofia sah auf die Digitalanzeige ihres Ofens. 8:15 Uhr. Kim war noch immer nicht zu Hause aufgetaucht. Sofia konnte es sich inzwischen nicht mehr schönreden. Dem Mädchen konnte alles Mögliche passiert sein, ohne dass sie davon die geringste Ahnung hatte. Andererseits war sie bei Kims Krankenkasse als Notfallkontakt hinterlegt. Man hätte sie also benachrichtigt, wäre tatsächlich etwas Schlimmes passiert. Sie warf einen Blick durch den Flur zu Kims leerem Zimmer, das ihr förmlich entgegenschrie, dass sie als Erziehungsberechtigte versagt hatte. Mehrmals hatte sie gestern

Nacht überlegt, ihre Nichte als vermisst zu melden. Doch niemand wusste so gut wie sie, was bei der Polizei passierte, wenn ein sechzehnjähriges, verhaltensauffälliges Mädchen für ein paar Tage nicht zu Hause aufkreuzte: Nichts. Abgesehen davon, dass sie sich Schöneres vorstellen konnte, als ihre Kollegen in ihre familiäre Situation einzuweihen. Vielleicht würde sie noch bis Montag abwarten. Sie hatte Kim schon mindestens zehn Mal angerufen. Von keinem ihrer Freunde hatte sie Kontaktinformationen, sonst hätte sie es auch dort versucht. Tatsächlich kannte sie nicht einmal die Namen der Jugendlichen, mit denen ihre Nichte Tag für Tag abhing. Bis auf Hanna. Das Mädchen war ein paar Mal bei ihnen zu Hause gewesen und hatte sich Sofia gegenüber recht höflich verhalten. Doch auch von ihr hatte sie keine Nummer. Vielleicht konnte sie später mal in Kims Zimmer nachschauen, ob es irgendwelche Kontaktinformationen gab.

Hektisch kippte sie den heißen Kaffee aus der Maschine in ihre Thermoskanne und schüttete einen Teil davon über ihre Hand.

»Au!«, rief sie laut und hielt ihre Hand umständlich unter den Wasserhahn, um nicht die Pflaster aufzuweichen, die ihre Tollpatschigkeit bereits zur Schau stellten. Sie war selbst schuld. Warum hatte sie gestern auch wieder getrunken? Sie spürte ein Hämmern hinter ihrer Stirn, das die vorwurfsvolle Frage unterstrich. Von draußen ertönte ein erneutes Hupen.

Im Auto ließ Manuel ihr Zeit, um ihren Kaffee zu trinken. Langsam ließen die Kopfschmerzen nach.

»Danke fürs Abholen. Kaffee?«

»Nein, danke. Alles klar? Dicker Kopf?« Er kannte sie zu gut.

»Geht schon«, erwiderte sie und winkte ab.

»Gibt es etwas Neues von Kim?«

»Nichts«, sagte sie.

Manuel drehte das Radio leiser. »Wann hast du das letzte Mal von ihr gehört?«

»Mittwochnacht hat sie mir geschrieben. ›Bin unterwegs. ‹ Sehr hilfreich.«

»Hilfreich insofern, als dass du es als Lebenszeichen werten kannst. Ich verstehe deine Sorge – glaub mir, ich habe Töchter. Aber es ist ja nicht das erste Mal, dass sie sich ein paar Tage nicht blicken lässt, oder?«

»Nein, es ist nicht das erste Mal. Vielleicht hast du Recht. Ich wünschte nur, sie würde wenigstens ans Telefon gehen.« Sie leerte ihren Kaffee aus und versuchte, einen klaren Kopf zu bekommen. Ein wenig hatte Manuel sie beruhigt.

»Also. Es geht um einen Mord?«, fragte sie.

»Todesfall. Könnte auch eine natürliche Ursache haben. Das müssen die Kollegen noch klären.«

Ungewöhnlich, dass dann sofort die Ermittler hinzugezogen werden, dachte Sofia.

»Es wird dich interessieren, wer die Tote ist«, sagte Manuel, als habe er ihre Gedanken gelesen.

Sie sah ihn erwartungsvoll an.

»Alina Rubin.«

»Sagt mir nichts.«

»Sie ist die Geschäftsführerin von TeleSpree.«

Sofia verschluckte sich fast an ihrem Kaffee.

Ivan winkte ihnen zu, als sie auf die Auffahrt des beeindruckenden Einfamilienhauses in Staaken fuhren. Eine alte Stadtvilla, aufwendig restauriert, mit weißer Fassade und dunkelblauen Dachziegeln. Sie war umgeben von einem sonst vermutlich wunderschönen Garten. Im Moment fiel jedoch besonders der verdorrte Rasen ins Auge. Kein Wunder bei der andauernden Hitze, dachte Sofia.

»Na endlich«, begrüßte Ivan sie und verschaffte ihnen einen ersten Überblick.

Alina Rubin war von einem Nachbarn bewusstlos im Auto vor ihrem Haus gefunden worden. Der junge Mann, ein vor wenigen Monaten zugezogener Australier, hatte sich gewundert, warum seine Nachbarin so lange zusammengesackt auf dem Fahrersitz verweilte, ohne den Wagen zu starten. Als er näher an das Auto herangetreten war und gemerkt hatte, dass etwas nicht stimmte, hatte er schnell reagiert und den Notruf gewählt. Die Einsatzkräfte waren sofort gekommen, hatten jedoch nur noch ihren Tod feststellen können.

»Gibt es Überwachungskameras?«, fragte Sofia ihren Chef.

»Leider nicht. Dabei sollte man das annehmen bei der Hütte.«

»Hm. Habt ihr Herrn Rubin schon befragt?«

Ivan schüttelte den Kopf und deutete zum Haus. »Er ist traumatisiert. Sitzt in der Küche mit Marta.«

Marta war die Seelsorgerin, die bei ihren Einsätzen immer einen bewundernswert guten Job machte. Sofia war froh, wenn sie als Betreuerin von Opfern und Angehörigen dabei war, denn es war alles andere als einfach, die richtigen Worte zu finden. Zumindest ging es

Sofia so. Besonders, wenn es sich um tragische Todesfälle oder Morde handelte. Sofia sah zu Manuel und sie nickten sich zu.

Franz Rubin sah deutlich älter aus als seine Frau, wobei er auch einfach durch die Umstände erschöpft sein konnte. In sich zusammengefallen saß er am Küchentisch und blickte sie mit roten Augen an. Marta, die ihm gegenübergesessen hatte, stand auf, verabschiedete sich und versicherte Rubin, bald wiederzukommen.

»Guten Morgen«, sagte Sofia in ihrem einfühlsamsten Tonfall. »Mein aufrichtiges Beileid.«

Der Mann nickte.

»Fühlen Sie sich bereit, uns zwei, drei Fragen zu beantworten?«, fragte sie. »Wir möchten so schnell wie möglich herausfinden, was mit Ihrer Frau passiert ist.«

Rubin reagierte nicht. *Was macht das für einen Unterschied?*, sagte sein Blick. Manuel und Sofia setzten sich an den Tisch und stellten sich kurz vor.

»Würden Sie uns kurz beschreiben, wie der heutige Morgen abgelaufen ist?«, fragte Sofia. »Wann haben Sie Ihre Frau zuletzt gesehen?«

Rubin atmete einmal tief ein, bevor er sprach. »Ich bin früh aufgestanden, um 6:00 Uhr. Wir haben einen wichtigen Workshop heute. Ich bin im Vorstand einer Pharmafirma, ich weiß nicht, ob Sie das schon wissen.« Er räusperte sich und es schien, als hätte er kurz den Faden verloren, bevor er weitersprach. »Jedenfalls wollte ich meinen Vortrag noch einmal durchgehen, der den Workshop eröffnen sollte. Dazu bin ich ins Arbeitszimmer gegangen.«

»Ein Workshop an einem Samstag? Ist das üblich bei Ihnen?«, fragte Sofia.

»Ja, es kommt vor. Heute sollte es um die Zulassung eines neuen Wirkstoffes gehen. Ein sehr wichtiger Termin, den wir lange vorbereitet haben. Also ... Ich glaube, Alina war im Bad.«

Sofia brauchte ein paar Sekunden, um zu schalten, dass Rubin in seiner Erzählung wieder heute früh im Arbeitszimmer war. Ihr Kopf war immer noch etwas schwer.

»Sie musste auch früh aufstehen, wegen der Sendung heute. xSPREEriment. Sie ist die Geschäftsführerin von TeleSpree, wissen sie?«

Er sprach im Präsens von seiner Frau, bemerkte Sofia. Offensichtlich hatte er ihren Tod noch nicht komplett realisiert.

»Als ich gegen 6:40 Uhr in die Küche kam, saß sie am Tisch und trank Kaffee«, fuhr Rubin fort. »Sie sagte, meine Krawatte sähe aus wie eine 70er-Jahre-Tapete und lachte. Was meinen Sie? Ich hatte keine Zeit mehr, eine andere anzuziehen.« Er sah Sofia und Manuel an, seine Lippen zu einem seltsam gekräuselten Lächeln verzogen. Sofia warf ihrem Kollegen einen schnellen Blick zu. Sie kannte diese Fälle von Angehörigen, die kurz nach einer Tragödie den Ernst der Situation noch nicht begreifen konnten. Es war zu surreal. Oft dauerte es einige Stunden oder sogar Tage, bis die Erkenntnis kam und mit ihr die Trauer. Verdächtig wirkte Franz Rubin auf sie nicht. Würde er sich dann nicht mehr Mühe geben, den geschockten Ehemann zu spielen? Oder war genau das der Trick? Falls Manuel die gleichen Überlegungen anstellte, ließ er es sich nicht anmerken.

»Welchen Eindruck hat Ihre Frau auf Sie gemacht?«, fragte er. »Wirkte sie normal? Ging es ihr gut?«

»Sie war ein wenig aufgedreht wegen der Sendung. Die Vorbereitungen liefen seit Monaten und sie hatte viele Überstunden gemacht, damit heute alles gut läuft. Alina ist sehr perfektionistisch.«

»Wie sah sie aus?«, fragte Sofia. »Blass, gestresst? Überarbeitet? Ein Burnout kann sich auf ganz unterschiedliche Arten äußern.«

»Im Gegenteil. Sie war sehr positiv, hat gesummt, als sie sich ihren Kaffee in die Thermoskanne gegossen hat. Ich hatte nicht das Gefühl, dass sie irgendwelche Beschwerden hatte. Das hätte sie doch auch gesagt. Dann haben wir uns gegenseitig viel Erfolg gewünscht und – ich bin gegangen.« Er schluckte. »Und jetzt ...«

Er blickte sie hilflos an, seine Augenlider zuckten. Plötzlich drehte er ruckartig seinen Kopf und sah aus dem Fenster auf seine Einfahrt.

»Alina«, flüsterte er.

»Ist Ihnen sonst irgendetwas aufgefallen?«, fragte Sofia. »Hat Ihre Frau jemanden erwähnt? War irgendetwas anders als sonst?«

»Vielleicht gestern? Oder in den letzten Tagen?«, ergänzte Manuel.

Rubins Augenbrauen zuckten kurz. »Ja ... Das Telefonat gestern Abend. Alina war ziemlich aufgewühlt danach.«

»Mit wem hat sie telefoniert?«, fragte Sofia, als er nicht weitersprach. Einige Sekunden starrte der Mann sie an, als hätte er vergessen, worum es ging.

»Herr Rubin?«, fragte Manuel. »Was war das für ein Telefonat?«

»Alina war sehr aufgeregt. Ich habe ihr gesagt, sie soll um die Uhrzeit keine Telefonate mehr führen, schon gar nicht geschäftliche. Es muss nach 22:00 Uhr gewesen sein. Und es ging um diese Nachrichten ...«

»Nachrichten von wem?« Sofia wurde langsam ungeduldig.

»Der Meteorologe. Ich mag ihn eigentlich gerne, er ist immer sehr höflich. Maxim Fuchs. Er war wohl sehr wütend. Ich saß neben Alina und habe seine Stimme durch das Handy schreien gehört.«

Eine Stunde später saß Sofia in ihrem Büro. Irgendwie hatte sie es geahnt, seitdem sie am Tatort erschienen waren. Alles hing zusammen. Frau und Kind von Maxim Fuchs: Verschwunden. Seine Mutter: Im Krankenhaus. Seine Chefin: Tot. Er selbst befand sich im Zentrum eines Tornados, der um ihn herumwirbelte und die ihm nahestehenden Personen ausschaltete. War er selbst der Tornado? Hatte Antonia Ferreira etwas damit zu tun? Oder war sie eine bewusst gelegte falsche Fährte, um von Fuchs selbst abzulenken?

Bisher hatten die Kollegen zu Ferreira nichts herausfinden können, das ihnen Anlass gab, sie zu verdächtigen. Sie war für den Tatvorwurf der Kindesentziehung zu zwei Jahren Freiheitsstrafe verurteilt worden. In der JVA hatte sie einen Drogenentzug gemacht, um von ihrer Medikamentenabhängigkeit loszukommen, die laut Gericht zu der Tat geführt hatte. Nach erfolgreicher Therapie hatte man die Reststrafe zur Bewährung ausgesetzt und Ferreira konnte vorzeitig in ihren Alltag zurückkehren. Manuel hatte sie in ihrem Schneideratelier aufgesucht und seiner Aussage nach eine vernünftig scheinende und höfliche Frau vorgefunden, die nicht den Eindruck machte, von Rachegefühlen erfüllt zu sein. Was natürlich auch bedeuten konnte, dass sie eine gute Schauspielerin war. Für den Mittwoch, den Tag des Verschwindens von Clara Fuchs und ihrer Tochter, hatte sie ein ganztägiges Alibi, da sie von morgens bis abends mit ihrer Kollegin in der Schneiderei gearbeitet, diverse Telefonate geführt und zahlreiche Kunden bedient hatte. Das Gleiche galt für den Donnerstag. Kein Alibi hatte sie für Donnerstagnacht, als Eva Fuchs attackiert wurde, da Ferreira sich alleine in ihrer Wohnung befunden und ihrer Aussage nach fest geschlafen hatte. Sie würden weiter an ihr dranbleiben, doch etwas sagte Sofia, dass sie nicht die Person war, nach der sie suchten.

Manuel kam zur Tür herein, eine Bäckereitüte in der Hand. Direkt knurrte ihr Magen. Sie war dankbar, dass ihr Kollege noch schnell zum Bäcker gegangen war, nachdem sie vom Tatort zurückgekommen waren. Vermutlich wäre sie sonst in spätestens einer Stunde nicht mehr in der Lage gewesen, klar zu denken. Und das war jetzt mehr als notwendig.

»Ich habe ein ungutes Gefühl bei Fuchs«, sagte Manuel ohne ein Wort der Begrüßung.

»Die Erkenntnis hast du beim Bäcker gewonnen? «, fragte sie und riss ihm die Tüte fast aus der Hand.

Manuel setzte sich auf die Kante von Sofias Schreibtisch, der bedrohlich knarrte. »Unser Star-Meteorologe verschickt diffamierende Nachrichten im Firmenchat ... «

»Was noch nicht bewiesen ist«, warf Sofia ein.

»Gut. Selbst wenn die Nachrichten nicht von ihm stammen – seine Chefin ruft ihn an, sauer und enttäuscht, und verwarnt ihn. Das macht wiederum Fuchs wütend und er geht Rubin am Telefon an. Ein paar Stunden später ist sie tot. Ich ziehe keine voreiligen Schlüsse«, fügte er schnell hinzu, als er sah, wie Sofia bereits Luft holte. »Aber wir müssen den noch viel genauer unter die Lupe nehmen, als wir es bisher getan haben. Mir gefällt das alles nicht. Gibt es etwas Neues von seiner Mutter?«

Sofia schüttelte den Kopf. Sie hatte gerade erst im Krankenhaus angerufen. »Ihr Zustand ist unverändert. Ich frage mich die ganze Zeit, wie das alles zusammenpasst. Nehmen wir an, Fuchs ist für das Verschwinden seiner Familie verantwortlich. Es könnte hunderte Motive geben und viel zu viele Möglichkeiten, was er mit ihnen gemacht hat. Aber warum bedroht er seine Mutter? Und seine Chefin?«

»Narzisstische Züge? Ein sexuelles Motiv? Sadismus? Komplexe? Es kann alles dahinterstecken, du kennst die menschlichen Abgründe genauso gut wie ich. Wir müssen mehr über ihn herausfinden. Wie war seine Kindheit?«

»Ich habe es schon bei seinem Psychiater versucht. Der rückt natürlich nichts raus«, sagte Sofia.

In dem Moment klopfte es stürmisch an ihrer Bürotür.

»Ja?«, rief sie.

Elli öffnete schwungvoll die Tür. »Das wird euch interessieren.« Sie genoss es sichtbar, in zwei gespannte Gesichter zu blicken. »Im Kaffee von Alina Rubin wurde Zyankali gefunden.«

»Zyankali?« Sofia war überrascht. Das hatten sie lange nicht gehabt. Obwohl es sich dabei um ein recht klassisches Vergiftungsmittel handelte.

»Und die Kaffeetasse stand noch rum? Oder woher weiß man das?«, fragte Manuel.

»Ja. Zyankali schmeckt bitter. Die Kollegen vermuten, dass Rubin ein paar Schlucke ihres Kaffees genommen und die Tasse dann in die Spüle gestellt hat, weil er ihr zu bitter war. Die paar Schlucke müssen aber ausgereicht haben. Zyankali wirkt ja innerhalb weniger Minuten.«

»Das weiß ich«, sagte Sofia. »Und es ist nichts, was man in einem normalen Haushalt rumstehen hat. In irgendeiner Apotheke muss es erworben worden sein, sofern der Täter keine Kontakte hat, die ihm das Zeug unter der Hand vermittelt haben.«

»Guter Punkt.« Manuel erhob sich schwerfällig von der Tischkante. »In Apotheken bekommt man Zyankali ja rezeptfrei. Theoretisch könnte es also jeder kaufen.« Er sah Sofia mit leicht hochgezogenen Augenbrauen an und sie wusste, was er damit andeuten wollte.

Sie seufzte. »Elli, telefonierst du alle relevanten Apotheken ab?«

Kapitel 17

Nach wenigen Stunden Schlaf wachte Maxim auf, entweder vom hellen Tageslicht, das das Wohnzimmer durchflutete, oder von seinem schwirrenden Kopf. Wieder war die kurze Nacht voller wirrer Träume gewesen und es dauerte ein wenig, bis er realisierte, dass die Realität schlimmer war als seine Albträume. Er stand auf und ging in das kleine, beige gekachelte Badezimmer, das bedrückend auf ihn wirkte. Von Jakob war noch nichts zu hören. Für einen Moment sehnte Maxim sich einfach nur nach dem Duft von frischem Kaffee und seiner kleinen Familie, die in der Küche hektisch in den Tag startete. Er sah in den Spiegel und erschrak. Sein Gesicht war eingefallen, unter seinen Augen lagen tiefe, blaue Schatten. Die Falte zwischen seinen Augenbrauen, die sonst nur erschien, wenn er besonders wütend oder besorgt war, stach ihm entgegen, als hätte sie schon immer sein Gesicht verunstaltet. Seine Haare waren strähnig und zerzaust und er war sich sicher, dass die Schläfen grauer waren als noch zum Beginn der Woche. Insgesamt sah er aus, als wäre er in drei Tagen um acht Jahre gealtert. Die hängenden Schultern verbesserten den Anblick nicht gerade. Maxim konnte nicht anders, als sich selbst furchtbar bemitleidenswert zu finden. Es war erbärmlich. Er stand hier im Bad seines besten Freundes und traute sich nicht nach Hause, weil dort vielleicht die

Polizei, ganz sicher aber eine unheimliche, fast verhöhnende Leere auf ihn wartete. *Peter, Peter, pumpkin eater; had a wife but couldn't keep her.*

Und plötzlich wurde ihm klar, dass er an allem schuld war. Wie gut hatte er seine Familie beschützt? Wie viel Zeit hatte er in den letzten Jahren wirklich mit ihnen verbracht? Seit seinem Studienabschluss war seine erste Priorität die Karriere gewesen. Eigentlich auch schon davor. Seit seiner Kindheit war ihm das Wetter immer wichtiger gewesen als alles andere. Während andere Kinder mit Lego gespielt und Figuren gesammelt hatten, war er immer der sonderbare Außenseiter gewesen. Er hatte einige Freunde gehabt, allerdings waren ihm immer die am liebsten gewesen, die ruhig waren und ihn sein Ding machen ließen. Das war in der Regel das Beobachten des Himmels und das Dokumentieren von Wetterphänomenen. In einem Schrank in seinem Arbeitszimmer stand noch heute ein Pappkarton voll mit seinen Notizbüchern von damals, in die er akribisch und mit einer ausdauernden Regelmäßigkeit über Jahre hinweg Temperaturen, Niederschlagswerte, Windstärken und alles, was ihm sonst noch so aufgefallen war, notiert hatte. Diese Daten waren nicht etwa seiner kindlichen Fantasie entsprungen, sondern basierten auf fundierten Messungen, die er damals mit seinen zahlreichen Instrumenten auf ihrem Vier-Quadratmeter-Balkon durchgeführt hatte. Der Balkon und sein kleines Kinderzimmer hatten ausgesehen wie eine fast professionelle Wetterstation. Er war unheimlich stolz darauf gewesen. Es war für ihn immer klar gewesen, was sein Traumberuf war und dass es nicht schaden konnte, dafür schon in jungen Jahren so viel wie möglich zu üben. Seine Mutter hatte viel mit ihm geschimpft und sich regelmäßig darüber beklagt, wie sehr sich seine meteorologischen Forschungstätigkeiten auf die ganze Wohnung erstreckten und dabei ein Chaos verursachten. Das war aber nur ihr Eindruck gewesen. Maxim konnte sich erinnern, dass jedes Messinstrument seinen ordentlichen Platz gehabt hatte. Die Instrumente hatte er regelmäßig von Masha, der Freundin seiner Mutter, geschenkt bekommen, die im Gegensatz zu Letzterer verstanden hatte, wie wichtig Maxim sein Hobby war.

Viele Jahre später hatte seine Mutter ihm erzählt, dass die Eltern der anderen Kinder sein kindliches Forschen am Anfang süß gefunden hatten. Einige hatten gewusst, was in seiner frühen Kindheit mit seinem Vater geschehen war und fanden Maxims unermüdliches Bestreben, ihm nachzueifern, erstaunlich. Die Bewunderung hatte allmählich nachgelassen, je älter er wurde und je mehr er sich in sein Hobby hineinsteigerte. In seiner Zeit am Gymnasium hatte er sehr wenige und nicht besonders enge Freunde gehabt. Das Beobachten des Wetters und die Auswertung seiner gesammelten Daten waren für Maxim immer der deutlich spannendere Zeitvertreib gewesen, als mit Klassenkameraden ins Kino zu gehen. Erst in der Oberstufe hatte er gemerkt, dass sich fast alle von ihm abgewandt hatten. Es war nicht so, dass die anderen ihn nicht mochten. Doch er war eben auch niemandem wichtig gewesen. Damals hatte Maxim seine Leidenschaft das erste Mal in Frage gestellt. Der Meteorologie weniger Zeit zu widmen, war jedoch auch nicht in Frage gekommen, denn irgendwie war dieses Pflichtgefühl in ihm immer stärker gewesen als jeder Zweifel.

Dass es sich um ein Pflichtgefühl handelte, war ihm erst später so richtig klar geworden, als Dr. Trier ihn darauf gestoßen hatte. Seit seiner frühen Kindheit hatte Maxim das Gefühl gehabt, er müsste fortführen, was sein Vater nicht hatte beenden können. Noch heute sah er darin grundsätzlich nichts Falsches. Er sah aber ein, dass er für seine Leidenschaft bereits einige Opfer gebracht hatte. Waren die Geschehnisse der letzten Tage solche Opfer? Hätte er sie verhindern können? Zumindest hätte er mit den Menschen, die er liebte, mehr Zeit verbringen können. Am Ende hatte er seinem Vater nicht nur beruflich nachgeeifert, sondern ebenso in der Tatsache, dass er dafür seine Familie vernachlässigte. Dieser Gedanke tat weh. So sehr, dass Maxim für einige Sekunden das Gefühl hatte, keine Luft mehr zu bekommen. Kam daher auch diese Leere und Unvollständigkeit, die er konstant in sich spürte und wöchentlich mit Dr. Trier zu ergründen versuchte? Vielleicht war er psychisch labiler als er bisher gedacht hatte. Vielleicht war er wirklich an allem schuld. Konnte er mit Sicherheit sagen, was er getan hatte, nachdem er vorgestern den Schnaps getrunken hatte und bevor er auf dem Sofa aufgewacht war?

Er betrachtete den müden, alten Mann im Spiegel. Viel schlimmer konnte es eigentlich nicht kommen. Da klingelte sein Handy.

Erst einmal verstand er gar nichts. Unterschiedliche Geräusche, die Maxim nicht genau zuordnen konnte, waren zu hören. Es mussten sich viele Menschen an dem Ort befinden, von dem Charlotte ihn gerade anrief. Ohne weitere Grußworte kam sie zum Punkt.

»Alina ist tot.«

Der Knoten in seinem Magen war zurück. Nur dass es sich kurz so anfühlte, als würde er alle seine Organe zusammenschnüren und ihn nicht mehr atmen lassen. Zusätzlich wurde ihm kalt, eiskalt.

»Sie wurde heute Morgen tot aufgefunden, viel mehr weiß ich bisher nicht. Ich ... Maxim ...« Ihre Stimme versagte.

»Wie ...?«, fragte er. »Bitte sag mir, dass es wenigstens eine natürliche Todesursache war. War Alina krank? War es ein Unfall?«

Es klang makaber, aber er wollte im Moment einfach nur ausschließen, dass er, warum auch immer, an einer weiteren Tragödie schuld war.

»Wohl kaum«, sagte Charlotte, hörbar um Fassung ringend. »Die Polizei ist hier im Sender.«

Richtig, es war Samstag. Die Sendung wurde seit früh morgens vorbereitet.

»Sie befragen uns. Deshalb rufe ich auch an ... Sie wollten wissen, wo du bist. Ich glaube, sie haben dich irgendwie unter Verdacht.« Sie machte eine Pause, als erwartete sie von Maxim, dass er den Verdacht bestätigte.

Wandte sich jetzt auch seine Kollegin gegen ihn? Er wusste nicht, was er sagen sollte. Das alles war einfach nur absurd.

»Die Polizei hat ziemlich schnell herausgefunden, dass es hier in den letzten Tagen einige ... Verstimmungen gab«, fuhr sie fort. »Die Sache mit deiner verpassten Moderation, die falschen Prognosen, die ... Nachrichten im Chat.«

Er hörte, dass sie sich unwohl fühlte, die Vorfälle aufzuzählen. Sie arbeiteten seit Langem zusammen und der stressige Arbeitsalltag hatte sie nach einigen Startschwierigkeiten fest zusammengeschweißt. Charlotte war eine gute Seele, gab immer hundert Prozent für ihre Arbeit. Sie war etwas einsam, das wusste Maxim, und sehr sensibel. Daher nahm sie sich schon Kleinigkeiten oft zu Herzen. Er konnte nur erahnen, wie sie sich jetzt fühlen musste. Er konnte sich vorstellen, dass sie auf seiner Seite stehen wollte. Vermutlich rang sie gerade mit sich selbst, was sie glauben sollte. Er schwieg weiterhin und sie fuhr fort.

»Sie sagten, Alina habe dich gestern Abend angerufen. Stimmt das?«

»Ja, das stimmt. Sie war wütend über mein Verhalten in den letzten Tagen. Und über die Nachrichten, die herumgehen sollen. Mit denen habe ich nichts zu tun, Charlotte. Glaubst du mir das? Ich weiß nicht, was hier los ist. Ich verstehe nicht, wie das alles zusammenhängt.«

»Ich verstehe das alles wahrscheinlich noch weniger als du. Aber ich glaube dir, deshalb rufe ich dich auch an, bevor die Polizei bei dir ist. Die hat sich das alles auch zusammengereimt. Dass Alina dich nicht angerufen hat, um dich zum Mitarbeiter des Monats zu machen. Sie wissen, dass euer Gespräch nicht gerade positiv geendet hat. Die denken, dass du sie ermordet hast, Maxim.«

Kapitel 18

Es war kurz nach 9:00 Uhr. Er klopfte an Jakobs Schlafzimmertür und öffnete sie, als er keine Rückmeldung erhielt. Das Zimmer war leer. Ein Gefühl der Einsamkeit überkam Maxim, als befände er sich vollkommen alleine auf dem Boot inmitten eines großen, ungemütlichen Gewässers und nicht im Zentrum einer dicht besiedelten Großstadt. Er hätte Jakob mit seiner sachlichen Art jetzt gut gebrauchen können. Vielleicht war er einkaufen. Jakob war schon immer ein Frühaufsteher gewesen. Maxim begann in dem engen Flur auf- und abzulaufen, wobei die Holzdielen unter seinen Füßen knarrten. Alina. Tot, vielleicht ermordet. Und er war verdächtig. Wie passte das ins Bild? Bisher hatte es Personen getroffen, die ihm sehr nahestanden und deren Verschwinden beziehungsweise Außergefechtsetzen ihn persönlich trafen. Auch Alinas Tod schockte ihn. Vermutlich war ihm die ganze Tragweite noch nicht einmal richtig bewusst, aber es war anders. Sie war seine Chefin gewesen. Zwar hatten sie ein gutes Verhältnis gehabt, aber irgendwie passte es nicht zusammen. Sollte wirklich jemand so weit gegangen sein und ein Menschenleben geopfert haben, nur damit Maxim als Verdächtiger dastand? Sie würden ihm doch nicht einmal etwas nachweisen können. Kaum hatte er den

Gedanken zu Ende gedacht, wurde ihm klar, dass jemand, der zu so etwas fähig war, vermutlich auch dafür sorgen konnte, dass handfeste Beweise gegen ihn vorlagen. Woher aber hatte derjenige wissen können, dass Alina ihn gestern Abend anrufen würde? War das auch inszeniert worden? Oder war die Gelegenheit einfach günstig gewesen, es nach dem Anruf zu tun, so dass er ein Mordmotiv hatte? Doch wie stichfest war dieses Motiv? Der Polizei musste doch klar sein, dass es völlig irrational von ihm wäre, seine Chefin umzubringen, nur weil sie ein ernstes Wort mit ihm geredet hatte. Auch seine Ferreira-Theorie schien jetzt nicht mehr plausibel, ging man davon aus, dass die Umstände zusammenhingen. Es sei denn, Nikolaidis und Landmann hatten in der Zwischenzeit etwas über sie herausgefunden und wussten mehr als er. Hauptsache, sie hatten sich nicht zu sehr auf ihn eingeschossen, denn er wollte von ganzem Herzen glauben, dass ihn in der ganzen Geschichte keine Schuld traf. Zumindest keine mittelbare. Ob die Kommissare mit Dr. Trier gesprochen hatten? Durfte er der Polizei preisgeben, worüber er mit Maxim in ihren Sitzungen sprach? Denn das würde ihn vermutlich nicht gut aussehen lassen. *Wer psychisch so instabil ist, dem ist alles zuzutrauen*, hörte er in seinem Kopf Nikolaidis ihrem kräftigen Kollegen zuraunen. *He put her in a pumpkin shell*, wisperte eine andere, unangenehm anklagende Stimme in ihm.

Er hörte den Schlüssel in der Wohnungstür und lief ihr entgegen wie ein Hund, der den ganzen Tag auf seinen Besitzer gewartet hatte. Jakob hörte sich Maxims Schilderung noch im Flur stehend an und sagte erst einmal gar nichts. Dann ging er in die Küche, öffnete eine Tür im Hängeschrank und nahm eine Flasche heraus. Noch mit Schuhen und Jacke bekleidet füllte er zwei Schnapsgläser mit Pfefferminzlikör, kippte eins herunter und hielt Maxim das andere hin. Er schüttelte den Kopf.

»Ich brauche einen klaren Kopf. Das hilft mir jetzt nicht.«

»Doch, tut es. Nimm.«

Jakob hielt ihm das Glas dicht unter die Nase, bis er es endlich annahm. Der Minzgeschmack breitete sich in seinem Mund aus. Der Schnaps brannte sich seine Kehle herunter bis in seinen Magen, wo er eine wohlige Wärme zurückließ. Ohne Worte schenkte Jakob zwei weitere Gläser ein.

»Ich kann mich mit der Polizei jetzt nicht auseinandersetzen«, sagte Maxim schließlich. »Das alles kostet mich wertvolle Zeit. Ich muss Nele und Clara finden. Kann ich erstmal hierbleiben, bis ich einen Plan habe?«

Er wusste, dass er konnte. Seitdem er Jakob im Studium bei sich aufgenommen hatte, war es ein unausgesprochenes Gesetz, dass einer dem anderen in Notsituationen half.

Sein Freund rollte mit den Augen, als wäre die reine Frage eine Beleidigung ihrer Freundschaft. Dann sah er ihn nachdenklich an. »Ich denke nicht, dass sie so schnell darauf kommen werden, hier zu suchen. Irgendwann vielleicht, aber ein bisschen Zeit verschafft es dir auf jeden Fall. Mach erstmal dein Handy aus. Wahrscheinlich haben sie dich schon zehn Mal versucht anzurufen. Können die dich orten? In Filmen ist das doch immer so.«

»Ich fühle mich wie ein Schwerverbrecher«, entgegnete Maxim. »Nur dass ich nichts verbrochen habe. Vielleicht bin ich ja verrückt geworden. Schizophren oder so.«

Sofort bereute er, was er gesagt hatte, und sah Jakob verunsichert an. Nicht, dass der an dieser Theorie Gefallen fand. Zu seiner Beruhigung lächelte sein Freund ihn an.

»Alles wird sich aufklären. Du wirst schon sehen. Wir finden Clara und Nele. Und deiner Mutter wird es auch bald wieder besser gehen.« Den Mord, der vor ein paar Stunden begangen wurde, erwähnte er nicht.

»Ich gehe erstmal einkaufen, damit wir was im Haus haben«, sagte Jakob. »Brauchst du noch etwas? Kann ich irgendwas tun?«

Es gab tatsächlich etwas, doch er wollte seinen Freund, der ihm schon so sehr half, nicht um noch mehr bitten. Andererseits passte es nicht wirklich zu den Umständen, jetzt bescheiden zu sein.

»Also ... Du hast es schon erwähnt. Glaubst du, du könntest bei meiner Mutter vorbeischauen? Ich wollte heute hinfahren, aber jetzt bin ich nicht mal sicher, ob ich im Krankenhaus anrufen sollte. Damit wird die Polizei wohl rechnen. Du weißt, ich würde dich nicht darum bitten ...«

»Kein Problem«, sagte Jakob.

Zehn Minuten nachdem Jakob gegangen war, hatte Maxim noch zwei weitere Gläser Pfefferminzlikör intus und konnte dem leicht benebelten Zustand durchaus etwas abgewinnen. Ihm fiel ein, dass er sein Handy hatte ausschalten wollen, und lief ins Badezimmer, wo es noch immer neben dem Waschbecken lag. Gerade als er danach griff, begann es zu klingeln. Bereit, das Gerät noch im Anruf auszuschalten, um ja keine Verbindung zwischen ihm und der Polizei aufzubauen, erstarrte er plötzlich. Der Name auf dem Display löste hundert verschiedene Gefühle gleichzeitig in ihm aus. Endlich drückte er auf den Annahmebutton.

»Nele! Wo bist du?« Er hörte ein leises, undefinierbares Geräusch, ein Rauschen. Mit klopfendem Herzen stellte er die Lautstärke auf die höchste Stufe und presste das Smartphone fest an sein Ohr. »Ich kann dich nicht hören, Nele. Kannst du lauter sprechen?«

Wirklich lauter wurde das Geräusch nicht, aber er konnte jetzt hören, was es war. Jemand flüsterte. Nicht jemand, sondern Nele. Es war definitiv Nele, da war er sich sicher. Seine Tochter mit dem kleinen zarten Stimmchen, das er bis vor kurzem jeden Tag hatte hören dürfen.

»Bitte sag mir, wo du bist, mein Schatz. Ich kann dich nicht verstehen. Kannst du es lauter sagen? Ist Mama bei dir?«

Das Flüstern wurde nicht deutlicher, es war zum Verrücktwerden.

»Kannst du versuchen, klar und deutlich ja oder nein zu sagen? Geht es dir gut?«

Stille. Warum antwortete sie nicht? Er merkte, dass er sich vor Nervosität in den Knöchel seines Zeigefingers gebissen hatte und ließ ihn los.

»... Sturm ...«, meinte er plötzlich aus dem Lautsprecher zu hören. Neles Flüstern war deutlicher geworden.

»Sturm?«, schrie er fast ins Telefon. Er zwang sich ruhig zu bleiben. »Ist es das, was du gesagt hast? Wo bist du?«

»... Maschine ...«

Plötzlich ertönte ein lautes, dumpfes Geräusch aus der Leitung und die Verbindung war unterbrochen. Maxim starrte auf das Telefon in seiner Hand.

»Nein, nein ...«, murmelte er und drückte auf die Wahlwiederholung. Mailbox. Was hatte das zu bedeuten? *Sturm. Maschine.* Er konnte sich absolut keinen Reim aus diesen Worten machen. Auf jeden Fall klangen sie alles andere als positiv. Er musste herausfinden, von wo aus Nele angerufen hatte. Das musste doch irgendwie machbar sein. Konnte man Mobiltelefone nicht orten? Er erinnerte sich an einen ehemaligen Kollegen beim Sender, der ihm bei einem Feierabendbier gestanden hatte, dass er seine Freundin seit Monaten überwachte. Er hatte ihm die App gezeigt, die das möglich machte, und Maxim dabei mit einem etwas beschämten, aber auch irgendwie stolzen Gesichtsausdruck angesehen. Maxim erinnerte sich, wie angewidert er gewesen war. Es war sein letztes Feierabendbier mit besagtem Kollegen gewesen. Jetzt ärgerte er sich, dass er sich das Prinzip der App von ihm nicht hatte erklären lassen. Legal war sie ganz bestimmt nicht gewesen, was Maxim unter den aktuellen Umständen aber auch ziemlich wenig interessierte. Hastig lief er durch die Wohnung und suchte einen

Laptop. Ohne Erfolg. Wo bewahrte Jakob seinen Computer auf? Er hatte ihn wohl kaum zum Einkaufen und ins Krankenhaus mitgenommen. Sein Geduldsfaden riss und er stoppte. Stattdessen tippte er mit schwitzigen Fingern die Worte ›Smartphone orten‹ bei Google ein. Die Ergebnisse waren ernüchternd. Ob legal oder illegal, ohne vorherige Einrichtung eines Ortungsdienstes auf dem entsprechenden Gerät war nichts zu machen. Zumindest wusste Maxim jetzt, dass er sein Smartphone eingeschaltet lassen musste, für den Fall, dass Nele ihn erneut anrief. Er stellte die Lautstärke des Klingeltons auf die höchste Stufe und legte das Smartphone in eines der Regalfächer im schmalen Flur des Hausboots, die Jakob angebracht hatte, um Stauraum zu schaffen. Dabei fiel sein Blick auf seinen Rucksack, den er gestern achtlos auf den Boden geworfen hatte. Der Inhalt lugte aus der geöffneten Tasche. Warum hatte er daran noch nicht gedacht? Er musste sofort los.

Kapitel 19

Am Schienbein des rechten Mittelfeldspielers klaffte eine große, offene Wunde, das konnte er selbst von hier oben sehen. Fast alle Spieler hatten sich um den Jungen herum versammelt, der leichenblass war und krampfhaft versuchte, nicht die Wunde anzusehen. Von irgendwoher kam ein Mann mit einem Verbandskasten und schob sich durch die aufgeregten Jugendlichen. Ein Verband würde bei dieser Verletzung nicht ausreichen, dachte er und lächelte. Es sah schlimm aus. Die Heilung würde lange dauern, vielleicht könnte der Junge sogar nie wieder Fußball spielen. Das war ein schöner Gedanke: einer weniger. Er hatte kein Mitleid mit den Spielern des örtlichen Fußballvereins. Sie waren laut, arrogant und hielten sich für etwas Besseres. Wer hier etwas gelten wollte, spielte entweder im Verein, war Mitglied in einer anderen Funktion des Clubs oder zumindest gut befreundet mit den richtigen Personen. Ganz zu schweigen von den peinlichen Mädchen, die bei jedem Training auf der Zuschauertribüne saßen und die Spieler anhimmelten und anfeuerten. Er wollte gar nicht zu ihnen gehören. Früher hatte er sich nichts sehnlicher gewünscht, heute wusste er es besser. Sie waren alle schlechte Menschen – nett und freundlich, wenn es ihnen einen Vorteil brachte, und hinterhältig zu denen, die sie nicht in ihren elitären Kreis aufgenommen hatten. Wie ihn.

Er hätte niemals im Verein spielen können. Zum einen wegen seines Beines, das schon schnelles Gehen zu einer Herausforderung machte, geschweige denn hinter einem Ball herzurennen. Zum anderen hätte er die Vereinsgebühr gar nicht bezahlen können. Niemals hätte der Kloß ihm Geld dafür gegeben – oder für überhaupt irgendetwas. Jahrelang hatten sie ihn behandelt wie ein Stück Dreck. Alle. Die Spieler, die grausam lachenden Mädchen. Selbst die Älteren schauten auf ihn herab. Sie fanden ihn seltsam, weil er mit niemandem sprach. Dabei war das doch nur die logische Konsequenz. Keiner von ihnen hatte es verdient, mit ihm zu tun zu haben. Er brauchte sie nicht. Er hatte nie jemanden gebraucht, außer Mini. Und sie war fort.

Die ältere Frau, die am Computer ihm gegenübersaß, räusperte sich geräuschvoll und riss ihn aus seinen Gedanken. Er wandte den Blick vom Fußballfeld ab, von dem der verletzte Junge inzwischen auf einer Bahre abtransportiert wurde, und sah die Frau an. Die schob mit einer großen Geste ein Buch von sich weg, das von seinem Platz auf ihren gerutscht war, weil sein Tisch um die Computertastatur herum vollkommen bedeckt mit Notizen und Nachschlagewerken war. Dann positionierte sie betont aufwändig ihre Tastatur neu, um ihm zu signalisieren, dass sie nicht genug Platz hatte. Er hasste sie. Die hässliche alte Frau war nach ihm gekommen und hatte kein Recht, seine Ordnung – und die gab es, auch wenn sein Tisch für andere vielleicht chaotisch aussah – zu zerstören. Er schob das Buch an seinen Platz zurück und überlegte, ob er der Frau unauffällig, aber wirkungsvoll unter dem Tisch gegen das Schienbein treten oder ihr irgendwie anderweitig Schmerzen zufügen konnte. Da stand sie auf und setzte sich an einen weiter entfernten Platz. Vielleicht hatte sein Blick ausgereicht. Wer war sie überhaupt? Er hatte sie noch nie hier gesehen und er wusste genau, wer in der Stadtbibliothek ein und aus ging. Schließlich war er jeden Tag hier, manchmal auch nachts, wenn es ihm gelang, sich vor den Bibliotheksangestellten zu verstecken, bevor sie ihre Runde machten und die Türen schlossen. Er kannte jeden Winkel des alten Gebäudes und wusste, wo man sich aufhalten musste, um nicht entdeckt zu werden. Oder wo man schlafen konnte: im letzten Gang der Musikabteilung, bei den Klaviernotenheften. Es war der einzige Teil der Bibliothek, in dem Teppich auslag, und es gab kein Fenster, durch das das Licht der Straßenlaternen scheinen konnte. Mit den Kissen der Lesesessel ließ sich auf dem Boden ein passabler Schlafplatz herrichten. Tatsächlich schlief er dort besser als beim Kloß im Haus, denn hier war er allein. Niemand, der ungefragt seine Tür aufriss, die Treppen auf und ab polterte oder ihn morgens in der Küche tyrannisierte. In der Bibliothek war er ganz bei sich, umgeben von den hohen, trostspendenden Regalen mit ihrer geballten Ansammlung von Wissen – also das Gegenteil von seinem eigentlichen Zuhause, in dem alle Bewohner zusammen vermutlich nicht auf den Intelligenzquotienten eines einzelnen Bibliotheksangestellten kamen. Und die gehörten nicht gerade zu den schlausten Menschen des Landes, schließlich hatten sie ihn bisher nie entdeckt. Manchmal beäugten sie ihn etwas misstrauisch, doch im Allgemeinen schien man sich damit abgefunden zu haben, dass er sehr häufig hier war. Immerhin war es eine öffentliche Bibliothek. Er hatte das Recht, hier zu sein. Und damit fühlte er sich an diesem Ort so willkommen wie nirgendwo sonst.

Er richtete seine Aufmerksamkeit wieder auf den Bildschirm des uralten Computers vor sich. Der surrte viel zu laut vor sich hin, aber er funktionierte. Das war wichtig, denn einen eigenen PC hätte er sich niemals leisten können. Drei Tage hatte er noch Zeit. Dann mussten alle Bewerbungsunterlagen fertiggestellt und das Testverfahren abgeschlossen sein. Ersteres war kein Problem und lange erledigt. Der Aufnahmetest für das Stipendium hingegen hatte es in sich. Wer Studiengebühren und Lebenshaltungskosten von der Regierung gezahlt bekommen wollte, musste sich in jeglicher Hinsicht beweisen. Ein Testmodul umfasste Allgemeinwissen, das in kürzester Zeit abgerufen werden musste. Anschließend folgte Textverständnis mit englischsprachigen Fachtexten aus Politik, Wirtschaft oder Wissenschaft. Im dritten Modul waren logisches Denken und analytisches Geschick gefragt. Und erst dann ging es zum fachlichen Teil, in dem Grundlagen der Mathematik, Algorithmen und Datenstrukturen abgefragt wurden. Das alles ließ sich vorbereiten und nichts anderes tat er seit Monaten. Er lernte und lernte, weil alles vom Ergebnis dieses Tests abhing. Ihm sträubten sich die Nackenhaare, wenn er den ›Test starten‹-Button nur ansah. Sobald er diesen drückte, hatte er zwei Stunden Zeit. Zwei Stunden, die über sein weiteres Leben entscheiden würden. Er musste fokussiert bleiben, denn es gab nur eine Option: Er musste das Stipendium bekommen. Er musste einer der wenigen Jugendlichen sein, die aus tausenden Bewerbern ausgewählt wurden. Nur so kam er hier raus. Er wusste, dass es ihm gelingen konnte, denn er war intelligenter als alle, die er kannte. Er hatte das Stipendium verdient. Nichts im Leben hatte er geschenkt bekommen, ganz im Gegenteil. Man hatte ihn wie Dreck behandelt. Und jetzt hatte er einen Ausweg gefunden. Etwas, das ihn erfüllte, worin er gut war und vor allem etwas, bei dem er nicht allzu viel mit Menschen zu tun haben musste: Informatik.

Computer waren dankbare Gesellen. Sie standen einfach da, ruhig und gehorsam, und boten ein Tor zu sämtlichen Welten, die es zu betreten oder gar selbst zu erstellen gab. Im Programmieren konnte man sich verlieren, stundenlang in abstrakten Problemen abtauchen, die nichts mit den Grausamkeiten des realen Alltags zu tun hatten. Ein wohliger Schauer durchfuhr ihn, als er sich vorstellte, wie er sich die Universität aussuchen würde, die am weitesten entfernt war, am besten am anderen Ende des Landes. Und dann würde er nie mehr zurückkehren. Obwohl er damit dem Kloß, Zombie und den anderen einen viel zu großen Gefallen tun würde. Vielleicht sollte er ihnen irgendwann doch noch einmal einen Besuch abstatten. Um sie spüren zu lassen, dass es ihn noch gab und dass etwas aus ihm geworden war. Eine Person, vor der man Respekt hatte – vielleicht sogar Angst. Er dachte an Mini im Ofen und an all die Dinge, die er mit diesen abscheulichen Menschen tun würde, und merkte erst nach einer ganzen Weile, dass er ein breites Grinsen im Gesicht hatte.

Kapitel 20

Elli hatte einen freudig-triumphalen Ausdruck im Gesicht, als sie sich vor Sofias Schreibtisch aufstellte. In der rechten Hand hielt sie einen Notizblock, in der linken etwas, das aussah wie eine SD-Speicherkarte.

»Zwei Dinge. Erstens: Ich habe die Apotheke, in der das Zyankali gekauft wurde. Und nicht nur das.«

»Jetzt mach es nicht so spannend. Du wirkst ja ganz glücklich über deine Entdeckung.«

»Naja, es ist fast schon zu offensichtlich. Das schmälert das Erfolgserlebnis etwas. Wie wenn man im Lotto gewinnt. Ohne gespielt zu haben.«

Sofia hob die Augenbrauen.

»Die Apotheke ist in Tegel. Zehn Gehminuten von Fuchs' Haus entfernt«, verkündete Elli. »Aber das ist noch nicht alles. Bei Abgabe von Stoffen, die der Chemikalienverbotsordnung unterliegen – und das tut Kaliumcyanid, also Zyankali – muss in Apotheken ein Abgabebuch geführt werden. Und da muss rein: Name und Anschrift des Käufers, Menge des Stoffes und Verwendungszweck. Das Ganze muss dann vom Käufer auch noch unterschrieben werden. Und jetzt rate mal ...«

»Sag es bitte nicht.«

»Fuchs, genau. Verwendungszweck: Reinigen eines wertvollen Schmuckstückes aus Gold.«

Sofia schwirrte der Kopf. »So unbedacht hätte ich ihn nicht eingeschätzt. Ganz abgesehen davon, dass ich mich immer noch schwertue, einen Mörder in ihm zu sehen. Hat die Apotheke eine Überwachungskamera?«

»Nein.« Elli strahlte schon wieder und Sofia fragte sich, ob ihrer jungen Kollegin ihr Beruf wirklich so viel Spaß machte oder sie einfach einer dieser Menschen war, die sich immer über alles freuten. »Aber das bringt mich zu meinem zweiten Punkt. Die Nachbarn der Rubins haben eine Überwachungskamera, deren Sichtfeld auch einen kleinen Teil der Auffahrt der Rubins umfasst. Ich habe das Material.« Sie reichte Sofia die Speicherkarte. »Habe es noch nicht durchgesehen. Ich dachte, vielleicht möchtest du das machen. Die Chance, etwas zu sehen, ist wohl nicht sehr groß, aber wer weiß.«

»Danke, Elli. Gute Arbeit.«

Manuel saß neben ihr, als sie die erste Datei auf der Speicherkarte anklickte, um das Material abzuspielen. Vier Augen sahen mehr als zwei. Außerdem hatte sie nicht den klarsten Kopf, trotz des Kaffees und Ibuprofens.

»Dann mal los.« Manuel strich sich über die Augenbrauen. Auch er sah nicht besonders begeistert aus.

Das Durchsehen von Überwachungsmaterial war mühselig. Es kostete viel Zeit und Konzentration. Etwas einfacher war es bei den Modellen, die im Zeitraffer-Modus aufzeichnen konnten. Bei diesen ließ sich die Abspielzeit beschleunigen und man musste nicht das ganze Material in Echtzeit durchsehen. Die Nachbarn der Rubins hatten sich nicht gerade für das teuerste Modell entschieden, so dass eine schnelle Durchsicht keine Möglichkeit war. Auch die Bildqualität ließ zu wünschen übrig, stellte sie fest, als das Video startete und die Einfahrt der Nachbarn sowie rechts unten ein

Bruchteil des Rubin-Grundstücks zu sehen war. Links oben zeigte ein Timecode an, dass es sich um die Aufnahmen vom Vorabend ab 20:00 Uhr handelte. Nun gut, einen Versuch war es wert. Fraglich war es, wie hilfreich die Aufnahmen einige Stunden später sein würden, wenn es dunkel war.

Lange Zeit passierte nichts. Ihre Augen brannten bereits vom krampfhaften Offenhalten. Es war ermüdend, denn wie erwartet war besonders bei den Nachtaufnahmen fast gar nichts mehr zu erkennen. Sie teilten sich das Material schließlich auf und Manuel verzog sich mit den Dateien, die nach Mitternacht aufgezeichnet worden waren, in sein Büro.

Sofias Augen wollten gerade zufallen, als sie ein lautes »Ha!« aus dem Nebenraum hörte. Sofort sprang sie auf und lief zu Manuel.

»Da ist jemand.« Er deutete auf die kleine Ecke auf dem Bildschirm, die sie selbst seit Stunden nicht aus den Augen gelassen hatte. Und tatsächlich. Im gestoppten Bildausschnitt befand sich eine Person, genau in dem Teil, der zum Grundstück der Rubins gehörte. 06:21 Uhr zeigte der Timecode an.

»Kann man das irgendwie ... Wie geht denn das ...«

Sofia griff nach Manuels Computermaus, um den Bildausschnitt heranzuzoomen.

»Erstaunlich.« Manuel wirkte ehrlich verwundert. »Er hat nicht einmal eine Mütze auf oder irgendetwas, das ihn unkenntlich machen würde.«

Ihr Kollege hatte Recht. Die Bildqualität war alles andere als gut. Doch die Aufnahmen funktionierten im Morgengrauen besser als in der dunklen Nacht und so konnte man recht eindeutig erkennen, um wen es sich handelte.

»Das ist Fuchs«, sagte sie. »Ich würde jetzt nicht meine Hand dafür ins Feuer legen, aber es passt schon sehr gut. Die Haare, die Statur. Und die Tatsache, dass sein Zyankalikauf es umso wahrscheinlicher macht, dass er sich am frühen Morgen auf das Grundstück seiner Chefin geschlichen hat ... Wie Elli schon sagte, es ist fast zu einfach.«

»Dass er auch genau in diesem kleinen Teil der Auffahrt entlangläuft, der von der Kamera erfasst wird. Als würde er absichtlich in ihren Radius laufen. Guck, hier schaut er hoch.« Manuel stoppte die Aufnahme etwa zwei Sekunden später und der Mann auf dem Bild hob den Kopf. Das Gesicht war zu verpixelt, um ihn eindeutig zu identifizieren. Aber er war Maxim Fuchs sehr ähnlich.

Sofia sah ihren Kollegen an. »Du weißt, was das heißt.«

Manuel nickte. »Das in Kombination mit dem Zyankali reicht für eine Festnahme. Holen wir ihn uns.«

Kapitel 21

Er tippte nervös mit dem linken Bein auf und ab, als er im Auto saß – eine Angewohnheit, über die Clara sich immer beschwerte. Irgendwie hatte er das Gefühl, dass er eine Spur gefunden hatte, auch wenn es derzeit nicht mehr war als das – ein Gefühl. Ihm war der Stofffuchs wieder eingefallen, den Andreas ihm am Mittwoch überreicht hatte und der sich noch immer in seinem Rucksack befand. Der Blick auf das Kuscheltier hatte ihm erst einen Stich versetzt, weil er nie die Gelegenheit gehabt hatte, es Nele zu überreichen. Anschließend hatte er sich jedoch erinnert, was Andreas gesagt hatte. Ein Spinner habe ihn angerufen und mit Fragen über Maxims Privatleben bombardiert. Es konnte völlig bedeutungslos sein. Tatsächlich riefen zwar nicht oft, aber doch ab und zu Menschen an, die ein gewisses Interesse an ihm hatten. Manche von ihnen waren geradezu fanatisch. Das war nun mal der Preis für ein Leben in der Öffentlichkeit. Maxim beachtete solche Vorkommnisse in der Regel nicht, zumal sie sich ja auch in Grenzen hielten. Unter den aktuellen Umständen fand er es aber gerechtfertigt, jede Kleinigkeit der letzten Tage genau zu beleuchten. Irgendwo musste er ja anfangen. Und tatsächlich hatte es seit mehreren Wochen keine Anrufe von ›Freaks‹, wie Andreas sie nannte, gegeben. Sollte es also ein Zufall sein, dass es genau an dem Tag wieder passiert war, an dem Clara und Nele verschwunden waren?

Er fuhr mit dem Auto nicht direkt aufs Studiogelände, sondern parkte zwei Straßen weiter, etwas geschützt unter einer dichten Eiche. Bevor er ausstieg, setzte er seine Sonnenbrille auf und fühlte sich erneut wie ein Schwerverbrecher. Nicht zum ersten Mal fragte er sich, ob er nicht doch irgendwann aufwachen und merken würde, dass alles nur ein sehr seltsamer Albtraum gewesen war. Leider wusste er, dass die Realität in Form von Polizisten auf dem Studiogelände auf ihn warten konnte. Er hatte gerade erst ein paar Schritte getan, da war er bereits nass geschwitzt. Es war wahnsinnig schwül. Ein ordentliches Sommergewitter war im Anmarsch. Unbemerkt betrat er das Gebäude mit seiner Schlüsselkarte durch den Hintereingang, der von den Privatparkplätzen des Senders hinein ins Gebäude und am Empfang vorbei direkt in die Flure von TeleSpree führte. Er musste irgendwie zu Andreas gelangen, dann würde er weitersehen. Dass der ihm helfen würde, davon ging Maxim aus. Sie waren im gleichen Alter, hatten fast zur gleichen Zeit eine Tochter bekommen und irgendwie den gleichen Sinn für Humor. Maxim konnte sich nicht vorstellen, dass er den Gerüchten Glauben schenken und sich gegen ihn wenden würde.

Der normale Zugang zu seinem Büro durch die große Eingangshalle im Sender war samstags verschlossen. Das Gebäude des Senders war mit eingeschränktem Zugang durch ein reduziertes Sicherheitspersonal auf den Wochenendbetrieb heruntergefahren. Um sein

Büro zu erreichen, musste Maxim am großen Studiosaal vorbei. Es waren nur noch wenige Stunden bis zum Start der großen Live-Show und es musste die Hölle im Studio los sein. Oder hatten sie die Sendung abgesagt? War es überhaupt denkbar, das alles durchzuziehen, nur ein paar Stunden, nachdem Alina vermutlich ermordet worden war? Ob das Team davon wusste? Vielleicht hatte man nur wenige eingeweiht und die meisten mit einer Ausrede abgespeist, warum die Chefin ausgerechnet am Tag der großen Sendung nicht vor Ort war.

Je mehr er sich der Halle näherte, desto lauter wurde das Gewirr aus Stimmen. Maxim wurde klar, dass alles seinen geplanten Lauf nahm. Die Show musste stattfinden, dazu hing zu viel daran. Er war sich nun auch sicher, dass die meisten Beteiligten von Alinas Tod nichts wussten. Höchstwahrscheinlich hatte der Sender eine Heidenangst, mit dem Vorfall negative Schlagzeilen zu produzieren. Natürlich würde das früher oder später sowieso geschehen. Die Presse erfuhr alles, das hatte Maxim in den letzten Jahren gelernt.

Endlich sah er ihn. Andreas stand neben der Bühne, auf der die Show-Möblierung bereits aufgebaut war, und diskutierte mit einem Tonassistenten, an dessen Namen Maxim sich nicht erinnern konnte. Irgendwie musste er ihn auf sich aufmerksam machen, ohne dass andere es bemerkten. Er holte sein Handy heraus und wählte Andreas im Telefonbuch aus. Gespannt beobachtete er ihn, während das Freizeichen wie ein Schiffshorn – monoton, unerbittlich und mit unendlich langen Pausen dazwischen – in sein Ohr tönte. Andreas griff in seine Hosentasche und holte sein Smartphone heraus. Ein paar Sekunden starrte er auf das Display, während der Tonassistent unbeirrt weiter auf ihn einredete. Dann drückte Andreas ihn weg – das Schiffshorn verstummte abrupt – und steckte das Handy wieder ein. Maxim drückte auf Wahlwiederholung, Andreas würde schon merken, dass es wichtig war. Wieder klingelte das Handy in seiner Hosentasche, doch diesmal zeigte er keine Reaktion. Dafür beendete der Tonassistent endlich die Diskussion. Andreas zog sein Handy aus der Tasche, blickte aufs Display, nickte dem Tonassistenten kurz zu, sah sich dann im Raum um und lief schnellen Schrittes in Richtung des kleinen Raums der Presseabteilung. Bingo. Maxim lief ihm hinterher. Kaum war Andreas in dem kleinen Raum verschwunden und hatte die Tür hinter sich verschlossen, erschien sein Name auf Maxims Display. Er steckte das Handy in seine Hosentasche und machte sich auf den Weg. So schnell wie möglich und mit gesenktem Kopf durchquerte er das Studio. Tatsächlich waren alle zu beschäftigt, um ihn zu bemerken. Ohne Zwischenfälle gelangte er zum Presseraum.

Andreas' Augen weiteten sich kurz vor Überraschung, bevor er seinen Kollegen ernst anblickte. »Mann, was ist los? Du hast Nerven, hier aufzutauchen. Weißt du, was hier über dich erzählt wird?«

»Ich kann mich damit jetzt nicht aufhalten. Bitte glaub einfach niemandem. Kannst du mir helfen?«

Andreas ließ sich auf den durchgesessenen Bürostuhl fallen. »Was brauchst du?«

Maxim atmete erleichtert auf. »Letzten Mittwoch hast du mir von einem Anrufer erzählt, der Fragen über mich gestellt hat. Wurde der aufgezeichnet?«

Andreas sah kurz an die Decke, als stünden dort alle Antworten.

»Ja«, sagte er schließlich. »Ich meine, nein, wir zeichnen keine Anrufe auf. Wir sind ja nicht bei der Polizei. Aber ich erinnere mich an ihn. Es war wirklich ziemlich sonderbar. Die Art, wie er gesprochen hat. Ich kann es nicht mal beschreiben. Und die detaillierten Fragen über dich. Hat das was mit der ganzen Sache zu tun?« Sein Blick drückte aufrichtiges Interesse aus, keine Sensationsgier.

»Ich hoffe es. Ehrlich gesagt habe ich keinen anderen Anhaltspunkt. Es könnte eine Spur sein, vielleicht aber auch nicht. Kannst du nachsehen, ob der Anruf anonym einging? Vielleicht haben wir eine Telefonnummer.«

Schon nach seinen ersten Worten hatte Andreas sich zum Schreibtisch gedreht und das Telefon in die Hand genommen. Mit fliegenden Fingern tippte er sich durch das Touch-Menü des Gerätes, um den Verlauf aufzurufen. Maxims Herz klopfte wie wild, als Andreas die Liste herunterscrollte. Die Chance auf eine echte Spur war so gering und trotzdem hatte er im Gefühl, dass er endlich vorankommen würde.

»Hier! Das muss er sein.« Triumphierend hielt Andreas ihm das Telefon hin. »Es war der erste Anruf an diesem Morgen und ich erinnere mich, wie genervt ich war, dass das Telefon klingelte, bevor ich meinen Kaffee trinken konnte.«

Ohne zu überlegen, tippte Maxim auf Wahlwiederholung. Freizeichen. Er lief in dem kleinen Raum auf und ab, während er dem regelmäßigen Tuten lauschte. Doch dabei sollte es bleiben. Enttäuscht ließ er den Hörer sinken und wollte auf den roten Auflegen-Button tippen, als eine tiefe Stimme aus dem Telefon drang.

»... Potsdam, guten Tag«, hörte er gerade noch, nachdem er sich das Gerät wieder ans Ohr gepresst hatte.

»Potsdam? Entschuldigung, mit wem spreche ich bitte?«, fragte er ungeduldig.

»Hotel zur Sonne, Potsdam. Was kann ich für Sie tun?«, wiederholte die sonore Männerstimme gelangweilt.

»Guten Tag«, antwortete Maxim und räusperte sich. »Ich bin auf der Suche nach jemandem. Könnten Sie mir Auskunft darüber geben, wer aus Ihrem Hotel am Mittwoch beim Fernsehsender TeleSpree angerufen hat?«

Stille. Andreas sah ihn mit großen Augen an.

»Es ist wichtig«, fügte Maxim hinzu und war sich bewusst, wie überflüssig dieser Satz war. Den Hotelangestellten beeindruckte er jedenfalls nicht. Er konnte ihn förmlich mit den Augen rollen hören.

»Nein, das weiß ich nicht. Meine Kollegin hatte am Mittwoch Dienst und die ist jetzt im Urlaub. Es könnte aber auch jemand vom Telefon in der Lobby aus angerufen haben. Das ist die gleiche Leitung.«

»Ein Gast?«

»Zum Beispiel.«

»Geben Sie mir bitte die Adresse des Hotels!«

»Brauchen Sie ein Zimmer? Ich kann Ihnen gleich eins reservieren. Einzel oder Doppel?« Zum ersten Mal schien der Rezeptionist freundlich.

Besonders gut konnte das Hotel nicht laufen, wenn an einem Samstag in der Hauptsaison noch freie Zimmer verfügbar waren. Maxim lehnte ab und ließ sich die Adresse geben.

»Und?«, fragte Andreas. »Erfolgreich?«

»Noch nicht. Aber es ist eine Spur.«

Vielleicht konnte er vor Ort etwas herausfinden. Besonders groß konnte das Hotel nicht sein, wenn sich Rezeption und Lobby eine Telefonnummer teilten. Was er dort konkret tun würde, wusste er noch nicht, aber alles war besser, als herumzusitzen und zu warten, dass die nächste Katastrophe eintraf.

Kapitel 22

Kims rechtes Handgelenk pochte schmerzhaft unter dem weißen Verband. Immerhin hatte die Blutung aufgehört. Er hatte sie ganz gut verarztet, so dass sie vielleicht mit einer Narbe davonkommen würde. Ihr linkes Handgelenk war immer noch am Bettgestell festgebunden. Ihr Entführer musste darauf vertraut haben, dass es ihr mit der verletzten Hand nicht gelingen würde, sich zu befreien, womit er vermutlich Recht hatte.

Zum hundertsten Mal dachte sie darüber nach, was in der letzten Nacht geschehen war. So richtig begreifen konnte sie es noch nicht. Der Schmerz, der sie durchfahren hatte, als der Mann begonnen hatte, ihre Pulsader aufzuschneiden, hatte ihr wohl einen Adrenalinschub verpasst. Sie hatte selbst kaum wahrgenommen, was sie gesagt und geschrien hatte. Auf jeden Fall hatte sie geweint, erst traurig und verzweifelt, weil ihr so früh und so unnötig das Leben genommen werden sollte. Dann wütend, weil der Unbekannte sich das Recht herausnahm, ihr Leben zu beenden, ohne dass sie etwas getan hatte. Wie im Rausch hatte sie ihm Dinge an den Kopf geworfen. Vieles hatte wahrscheinlich keinen Sinn ergeben, sie wusste es nicht mehr. Jedenfalls hatte er plötzlich innegehalten, bevor das Messer ihre Ader endgültig durchtrennt hatte. Er hatte das Messer von ihrem Handgelenk genommen und sie angeschaut, während das Blut schon ihren Arm herunterlief. Dann war er ganz langsam aufgestanden und ins Badezimmer gelaufen. Kurz darauf war er mit einem kleinen Verbandskasten zurückgekommen, den er dort gefunden haben musste. Die Erinnerung daran, wie er versucht hatte, die Blutung zu stoppen und den Verband umzulegen, war lückenhaft. Vielleicht hatte sie zwischendurch immer mal wieder das Bewusstsein verloren. Was sie noch wusste, war, dass er es mit einer Bedächtigkeit getan hatte, als ginge es nicht um Leben und Tod. Sie war völlig verwirrt gewesen und hatte gar nichts mehr gesagt. Auch die Tränen waren versiegt. Sie hatte den Mann nur angestarrt, soweit ihr Bewusstsein es zuließ, und sehnsüchtig darauf gewartet, dass der Schmerz aufhörte. Warum der Mann ihr erst fast die Pulsader aufgeschnitten hatte, um sie danach sorgfältig zu verarzten, fragte sie sich in diesem Moment gar nicht.

Dazu hatte sie später genug Zeit gehabt, als sie wieder aufgewacht war. Da war es draußen wieder hell gewesen und ihr gesamter rechter Arm schmerzte so sehr, wie ihr noch nie etwas geschmerzt hatte. Sie musste ein paar Stunden geschlafen haben, vielleicht hatte er ihr irgendetwas gegeben. Erst nach einer Weile hatte sie nach dem Schmerz ein zweites unangenehmes Gefühl an ihrem Körper bemerkt. Ihre Hose war nass und die Bettwäsche ebenfalls. Zudem hing ein unangenehmer Uringeruch in dem kleinen Zimmer. Kein Wunder, dachte sie sich. Wie lange lag sie hier schon? Es kostete sie viel Konzentration, zu überlegen, wann der Albtraum begonnen hatte. Nach ihrem Zeitgefühl musste es jetzt Samstag sein. Am Donnerstag hatte er sie hierhergebracht. Warum hatte noch kein Zimmermädchen sie gefunden? War sie überhaupt in einem Hotel? Sie sollte um Hilfe rufen. Schaffte sie das? Ihre Kehle war trocken und ihr war schwindelig. Sie hatte das Gefühl, dass sie ihr Bewusstsein gleich wieder verlieren würde, wenn sie jetzt schrie.

Plötzlich erinnerte sie sich an die Zeit, als sie mit einer verschleppten Mittelohrentzündung im Bett gelegen hatte. Sie war zwölf Jahre alt gewesen und es war das Schlimmste, das sie bis dahin erlebt hatte. Im Nachhinein kam es ihr vor wie ein langer, langer Albtraum. Sie war immer wieder eingeschlafen und an verschiedenen Orten aufgewacht. Erst in ihrem Bett, das besorgte Gesicht ihrer Mutter über ihrem Kopf. Dann im Krankenwagen. Und schließlich im Krankenhaus, wo sie mehrere Wochen hatte verbringen müssen. Sie wäre fast gestorben, hatten ihre Eltern ihr später erzählt. Aber sie hatte es geschafft. Sie hatte die Krankheit überwunden und auch die Trauer um den Tod ihrer Eltern einige Jahre später hatte sie nicht umgebracht. Obwohl sie sich in den ersten Wochen danach so gefühlt hatte. All das hatte sie überlebt, um jetzt hier in diesem Hotelzimmer zu liegen, in der Hand eines Wahnsinnigen.

Wie auf Kommando ging plötzlich die Tür auf und ihr Entführer kam herein. Er lächelte sie freundlich an, als wäre er kurz Brötchen holen gewesen.

»Wie geht es dir?«, fragte er.

Kim antwortete nicht. Der Mann setzte seinen Rucksack ab und öffnete ihn. Nacheinander holte er eine Wasserflasche, mehrere verpackte Sandwiches, wie man sie an der Tankstelle kaufen konnte, Verbandszeug und eine Tablettenschachtel heraus. Kim starrte auf die Gegenstände und verspürte unendliche Dankbarkeit. Mit seiner wahnsinnigen Bedächtigkeit trat der Mann auf sie zu und löste ihre Fessel. Es fühlte sich seltsam an, als der Druck an ihrem Handgelenk nachließ. Sie traute sich aber nicht, es zu bewegen. Behutsam fasste der Mann um ihre Hüften und richtete sie im Bett auf. Erst jetzt spürte sie, dass nicht nur ihre Handgelenke, sondern ihr ganzer Körper schmerzte. Sie hatte nicht einmal bemerkt, wie sich jeder Muskel von Kopf bis Fuß verkrampft hatte, während sie stundenlang in einer unnatürlichen Position im Bett liegen musste. Der Mann sagte nichts, als er sie hochhob und auf dem Boden an die Wand lehnte. Sie hatte Mühe, sich dort aufrecht zu halten und nicht umzukippen wie ein nasser Sack. Kim hatte das Gefühl, neu lernen zu müssen, wie man seine Muskeln bewegte. Im Moment waberten sie nur wie Gummi in ihr herum. Ihr Entführer zog das Bettlaken und die Bettwäsche ab. Dann holte er ein nasses Handtuch und machte die Matratze sauber.

Kim blickte zur Tür. Würde sie es schaffen, aufzuspringen und hinauszurennen? Der Mann schien sich sehr sicher zu sein, dass sie dazu nicht in der Lage war. Er behielt sie nicht einmal im Blick, als er zum Fenster ging und es öffnete. Sie versuchte ihre Beine zu bewegen, doch sie gehorchten nicht. Ihr fehlte jegliche Energie. Als hätte er ihre Gedanken gelesen, griff der Mann nach der Wasserflasche und den Sandwiches und kam zu ihr. Er ging vor ihr in die Hocke, so dass er mit ihr auf Augenhöhe war.

»Du musst wahnsinnig hungrig und durstig sein«, sagte er.

Kim versuchte zu nicken, aber ihr gelang nicht viel mehr als ein leichtes Kopfzucken. Er hob mit der linken Hand ihr Kinn hoch und flößte ihr mit der rechten Hand Wasser ein. Kim erinnerte sich nicht, dass sie je so etwas Schönes verspürt hatte wie dieses Wasser in ihrer trockenen Kehle. Sie trank in einem Zug fast die ganze Flasche aus. Als er sie mit einem der Sandwiches fütterte, fühlte sie nach und nach, wie sich die Energiereserven in ihrem Körper wieder auffüllten.

»Besser?«, fragte der Mann.

Sie nickte, dieses Mal richtig. »Was haben Sie mit mir vor?«, brachte sie hervor.

»Erst mal musst du wieder gesund werden«, antwortete er, als hätte sie gerade eine Grippe überstanden. »Ich habe dir Schmerztabletten mitgebracht, damit du nicht so sehr leiden musst.«

Er sah sie mitfühlend an. Vielleicht tat ihm leid, was er getan hatte. Oder er war einer dieser schizophrenen Psychopathen, die sich nicht daran erinnern konnten, was sie mit ihren Opfern anstellten. Immerhin wollte er sie nicht mehr fesseln. Das war ein gutes Zeichen.

»Was haben Sie mit mir vor?«, fragte sie noch einmal.

Er lächelte freundlich. »Wir können uns gegenseitig helfen. Du hättest mir früher sagen sollen, mit wem du zusammenlebst. Das hätte dir einiges erspart.«

Das war es also. Sie musste ihm erzählt haben, dass ihre Tante Polizistin war. Was erhoffte er sich davon?

»Du wirst mir bei etwas behilflich sein«, beantwortete er ihre stumme Frage.

»Und was habe ich davon?«, stieß Kim hervor und fragte sich, woher ihr Mut kam. Der Mann hob seine rechte Hand und strich ihr sanft über den Kopf. »Wenn alles funktioniert, lasse ich dich vielleicht am Leben. Das klingt doch nach einem fairen Deal, oder?«

Kapitel 23

Das Hotel zur Sonne machte von außen genau den Eindruck, den Maxim sich vorgestellt hatte. Ein kastenförmiges, graues Gebäude, das einen neuen Anstrich gebrauchen könnte und alles andere als sonnig und einladend aussah. Der Himmel, der sich hinter dem hässlichen Gebäude dunkelgrau zusammengezogen hatte, trug nicht gerade positiv zur Atmosphäre bei.

Der Eingangsbereich wirkte hingegen überraschend freundlich. Klein und mit einem alten, etwas fleckigen Teppich, hatte man sich Mühe gegeben, die Lobby mit einer dunkelblauen Tapete und hellen, bunten Bildern modern zu gestalten. An der Rezeption stand ein schmächtiger Mann, etwas jünger als er selbst, mit rotblonden Haaren und hängenden Schultern. Er passte nicht zu der tiefen Stimme am Telefon.

»Guten Abend«, sagte der Mann freundlich und überraschte Maxim mit dem sonoren Klang, den er aus dem Telefon kannte.

»Hallo, wir hatten telefoniert. Wegen des Anrufs bei TeleSpree.«

Eine Spur von Genervtheit huschte über das Gesicht des Rothaarigen. Wahrscheinlich konnte er sich Besseres vorstellen, als von jemandem gestört zu werden, der seltsame Fragen stellte und nicht einmal ein Zimmer buchen wollte. »Ah ja. Ich verstehe aber nicht ganz, warum Sie hergekommen sind. Wir führen kein Buch darüber, wer wann welche Telefonate geführt hat. Und wie gesagt, Clara, die am Mittwoch Dienst hatte, ist im Urlaub. Ich kann Ihnen nicht helfen.«

Der Name versetzte Maxim einen schmerzhaften Stich in der Brust. Was für ein Zufall. Ein unangenehmer Zufall, der ihn noch einmal deutlich daran erinnerte, warum er hier war. Er sah auf das Namensschild des Mannes.

»Henrik«, sagte er in seinem freundlichsten Tonfall. »Ich weiß, meine Frage ist etwas seltsam. Aber sie ist wirklich wichtig. Ich bin auf der Suche nach jemandem und es würde mir wirklich weiterhelfen, wenn ich wüsste, von wem dieser Anruf stammt.«

Henrik sah ihn mit zusammengezogenen Augenbrauen an. Offenbar überlegte er, was er von dem Mann mit den dunklen Augenringen und dem sonderbaren Anliegen halten sollte.

»Wie gesagt, selbst wenn ich wollte, ich könnte Ihnen nicht sagen, wer angerufen hat. Es muss ein Gast gewesen sein. Ich wüsste nicht, was Clara bei einem Fernsehsender wollen würde.«

Ein weiterer Stich.

»Können Sie mir eine Liste Ihrer Gäste vom letzten Mittwoch geben?«, fragte er frei heraus.

Henriks Gesichtsausdruck wandelte sich von Skepsis zu einer Mischung aus Spott und Ablehnung. »Schon mal was von Datenschutz gehört?«

Ein mechanisches Scheppern ertönte plötzlich von rechts und die Türen des maroden Fahrstuhls öffneten sich. Heraus kam ein junges Mädchen, vielleicht gerade zwanzig Jahre alt, mit zerzausten dunklen Locken und einem sperrigen Metallwagen vor sich, auf dem sich benutzte Handtücher türmten. Sie hatte Kopfhörer in den Ohren und war völlig vertieft in die Musik, die daraus dröhnte. Sie schob den Wagen durch die Lobby und hob kurz den Kopf, um einem augenscheinlich neuen Gast mit einem Lächeln zuzunicken, als sie erstarrte. Sie blieb stehen und sah Maxim mit einem Gesichtsausdruck an, den er erst nicht zuordnen konnte. Als ihre Augen sich immer mehr weiteten, wurde ihm allerdings klar, was es war: Angst. Das Mädchen starrte ihn an, als ob sie am liebsten sofort zurück in den Fahrstuhl steigen und sich so weit von ihm entfernen wollen würde wie möglich.

Maxim war es gewöhnt, dass Fremde ihn anstarrten. Er wurde öfter in der Öffentlichkeit erkannt und in den seltensten Fällen sprachen die Leute ihn daraufhin an. Meistens wurde er mit neugierigen Blicken gemustert und die Leute flüsterten ihrer Begleitung zu, während sie auf ihn deuteten. Anfangs hatte ihn das sehr gestört und er wäre am liebsten zu den starrenden Menschen hingegangen und hätte sie auf ihr unhöfliches Verhalten angesprochen. Irgendwann war ihm jedoch klar geworden, dass er es nicht ändern konnte, und hatte begonnen, die Beobachter zu ignorieren. Zu Menschen, die ihn ansprachen, war er immer freundlich und kam auch der Bitte nach einem Selfie stets nach.

Das Zimmermädchen sah jedoch nicht danach aus, als wünschte es sich ein Foto mit dem Wetter-Fuchs. Auch Henrik hatte ihren Blick bemerkt. Beunruhigt blickte er von ihr zu Maxim, sichtlich überfordert mit der Situation.

»Hallo«, sprach Maxim das Mädchen an. »Ist alles in Ordnung?«

Sie erwachte aus ihrer Starre, nickte mit dem Kopf und sah genauso ängstlich aus wie vorher.

»Du siehst nicht gut aus, Giulia«, äußerte sich nun auch Henrik, nicht besonders einfühlsam.

»Kennen wir uns? Ist irgendetwas?«, fragte Maxim und trat einen Schritt auf sie zu.

Sofort zuckte sie zusammen und stieß mit dem Ellbogen gegen den Wagen. Dass er diese Wirkung auf andere hatte, war bisher noch nicht vorgekommen. Nicht alle waren Fans von ihm, aber Angst war eine neue Reaktion auf seine Person.

»Vielleicht verwechseln Sie mich?«, führte er seinen Monolog fort, darauf bedacht, ruhig und vertrauenserweckend zu klingen. Es half nicht. Giulia sah noch immer wie ein eingeschüchtertes Kind aus, das jetzt nur noch auf ihre Hände starrte. Hatte die Polizei ihn zur Fahndung ausgeschrieben? War sein Gesicht in den Medien und das Mädchen hatte es gesehen? Unwahrscheinlich, vor allem in so kurzer Zeit.

»Vielleicht ... gehen Sie besser«, sagte Henrik, um die unangenehme Situation zu beenden. »Wir können Ihnen nicht helfen.«

Er zeigte mit einer ausladenden Geste zur Tür, was übertrieben dramatisch aussah und ein bisschen so, als hätte er es in einem Film gesehen. Maxim sah noch einmal zu Giulia, die noch immer großes Interesse an ihren Handrücken zeigte und offenbar versuchte, unsichtbar zu sein. Dann verließ er die Lobby.

Im Auto versuchte er seine Gedanken zu ordnen und zu verstehen, was gerade passiert war. Irgendetwas stimmte hier ganz und gar nicht. Er sah zum Himmel, der immer noch wie ein bedrohliches, dunkelgraues Ungetüm aussah.

Es dauerte über zwei Stunden, bis Giulia aus der Eingangstür des Hotels heraustrat. Sie sah kurz nach links und rechts in die Straße, konnte Maxim aber im dunklen Auto nicht erkennen. Dann zündete sie sich eine Zigarette an, nahm einen tiefen Zug und setzte sich in Bewegung. Beim Laufen blickte sie in den Himmel, der so dunkel war wie schon lange nicht mehr. Das Gewitter schwebte über ihnen, aber wollte sich noch nicht entladen. Als Giulia um die nächste Straßenecke verschwunden war, stieg Maxim aus. So leise wie er konnte, schlich er dem Mädchen hinterher. Als er dicht hinter ihr war, spürte er ihre Angst. Sie lief schneller, um der Bedrohung zu entkommen, doch es war zu spät. Maxim packte ihren Arm und hielt ihr mit seiner Hand den Mund zu. Er lockerte seinen Griff, um das junge Mädchen nicht noch mehr zu traumatisieren. Als sie sich wand und verzweifelte Laute von sich gab, musste er seine Hand doch fester auf ihren Mund pressen.

»Keine Angst, Giulia«, sagte er leise und war sich bewusst, wie lächerlich das klang. »Ich will dir nichts tun, versprochen. Ich habe nur ein paar Fragen.«

Während sie weiterhin versuchte, sich aus seinem Griff zu befreien, drückte er sie sachte in Richtung seines Autos.

Als er neben ihr auf dem Rücksitz saß und in die angsterfüllten Augen des jungen Mädchens sah, wusste er plötzlich nicht mehr weiter. Alles in ihm sträubte sich dagegen, jemanden gegen seinen Willen und mit

Gewalt festzuhalten, aber der Gedanke an Clara und Nele ließ ihn alles andere vergessen. Giulia hatte inzwischen damit begonnen, an den verriegelten Türen zu rütteln. Maxim musste sie irgendwie zur Ruhe bringen. Ohne groß darüber nachzudenken, zog er sein Taschenmesser aus der Tasche, ließ die Klinge herausspringen und hielt sie Giulia unter die Nase. Er hasste sich dafür, was er gerade tat, doch es wirkte. Giulia verstummte und starrte das Messer an. Vielleicht dachte sie in diesem Moment, ihr letztes Stündlein hätte geschlagen. Eine Situation, in der sie mit einem Wahnsinnigen mit Messer in dessen verriegeltem Auto saß, konnte nicht glimpflich ausgehen.

»Ich habe eine kleine Tochter«, sagte er mit der ruhigsten Stimme, die er hervorbringen konnte. »Sie ist sieben Jahre alt und hat Asthma. Seit drei Tagen habe ich keine Ahnung, wo sie ist, und ich glaube, ihr ist etwas Schlimmes passiert.«

Er suchte nach einer Veränderung in Giulias Gesichtsausdruck, aber das Schicksal der Tochter ihres Entführers schien sie im Augenblick wenig zu interessieren. »Alles, was ich möchte, ist sie und meine Frau zu finden«, fuhr er fort. »Bitte glaub mir, ich will dir nichts tun. Aber ich weiß, dass du etwas weißt, das mir weiterhelfen kann. Warum hast du so eine Angst vor mir? Was glaubst du, über mich zu wissen? Bist du jemandem begegnet, der dir etwas über mich erzählt hat?«

Die Angst stand Giulia zwar noch immer ins Gesicht geschrieben, doch zum ersten Mal zeigte sie auch noch eine andere Reaktion. Maxim war sich nicht ganz sicher, ob es Wut oder Verwirrung war. Vermutlich eine Mischung aus beidem. Er musste irgendwie ihr Vertrauen gewinnen. Eventuell war das gezückte Messer dafür nicht die beste Wahl.

»Ich werde jetzt das Messer einstecken und die Hand von deinem Mund nehmen. Das mache ich unter der Voraussetzung, dass du ruhig bleibst. In Ordnung?«

Giulia nickte und sah ihn dabei mit einem Blick an, der wohl Aufrichtigkeit ausdrücken sollte. Maxim ließ das Messer sinken und klappte es ein. Dann nahm er langsam seine Hand von Giulias Mund. Er erwartete einen lauten Aufschrei oder auch einen Angriff, doch sie blieb stumm. Bis sie ihren Mund öffnete und Maxim das Mädchen zum ersten Mal sprechen hörte.

Kapitel 24

»Bitte, tun Sie mir nichts.« Giulias Stimme bebte und sie starrte Maxim mit zitternden Mundwinkeln an. »Ich erzähle niemandem, was ich gefunden habe. Lassen Sie mich bitte einfach gehen.«

»Was hast du gefunden? Und wo?«

Er musste an sich halten, um Giulia nicht an den Schultern zu fassen und zu schütteln, damit sie sich nicht alles aus der Nase ziehen ließ.

»Die Pistole auf Ihrem Zimmer.«

»Eine Pistole? Und welches Zimmer?«

Mit leicht hochgezogenen Augenbrauen und gekräuseltem Mund sah sie ihn skeptisch, fast spöttisch an.

»Okay«, sagte er und sah dem Mädchen fest in die Augen. »Du verwechselst mich mit einem Hotelgast, ist es das? Ein Gast, auf dessen Zimmer du eine Waffe gefunden hast. Hast du dich mit ihm unterhalten? Hat er etwas zu dir gesagt?«

Giulia sah ihn an, als hätte er den Verstand verloren.

»Kein Wort. Ich war mir nach ein paar Tagen nicht einmal sicher, ob ... er überhaupt sprechen konnte. Er war unheimlich.«

»Ich brauche seinen Namen und alle Informationen, die er beim Check-In angegeben hat. Bis wann ist die Rezeption besetzt?«

»21:00 Uhr.«

Maxim sah auf die Uhr. 20:52 Uhr. »Gut. Wir warten, bis Henrik rauskommt und gehen dann zusammen rein.«

Giulia nickte und ihre Augen huschten zur Hoteleingangstür.

»Wenn du schreist, bringst du nicht nur dich, sondern auch Henrik in Gefahr. Ich will dir nichts tun, aber wenn du dich dagegenstellst, dass ich meine Familie finde, bin ich dazu gezwungen. Verstanden?«

Wieder nickte sie. Als Henrik aus der Tür trat, presste Maxim Giulia trotzdem die Hand auf den Mund.

Sie ließ sich widerstandslos zur Rezeption führen und loggte sich in den Computer ein. Wahrscheinlich schöpfte sie Hoffnung, dass Maxim sie am Ende gehen lassen würde, solange sie tat, was er wollte. Es kam ihm wie eine Ewigkeit vor, bis das Mädchen endlich die Liste der aktuellen Gäste aufgerufen hatte.

»Und?«, fragte er ungeduldig.

Giulias Blick zuckte nervös vom Bildschirm zu ihm und wieder zurück. »Hier, Zimmer 108. Andres García.«

Maxim überlegte, ob ihm der Name irgendwie bekannt vorkam, aber es klingelte nicht. Er klang Spanisch. Oder könnte es Portugiesisch sein und etwas mit Ferreira zu tun haben? »Ich muss die Kopie seines Ausweises sehen. Da wird ja ein Foto drauf sein«, sagte er.

Giulia schüttelte den Kopf. »Haben wir nicht.«

»Warum nicht? Jeder Hotelgast muss doch ein Ausweisdokument vorlegen.«

»Das hat er. Er hat sich ausgewiesen, steht hier. Aber wir dürfen keine Kopie machen, nur mit Erlaubnis, glaube ich.«

»Aber dann kann man doch jeden beliebigen Namen angeben?«

Giulia zuckte die Achseln.

»Lass mich raten: Er hat auch keine Kreditkarte hinterlegt, sondern bar bezahlt?«

Anstatt eine Antwort abzuwarten, drehte er selbst den Bildschirm zu sich und sah seine Vermutung bestätigt.

»Bring mich in sein Zimmer«, sagte er.

Ihre Augen weiteten sich.

»Ich würde alleine gehen, aber ich muss dich mitnehmen, das verstehst du doch.«

»Ich rufe die Polizei nicht«, entgegnete Giulia. »Wenn Sie mich gehen lassen, sage ich niemandem etwas. Versprochen.«

»Das kann ich nicht riskieren, Giulia. An deiner Stelle würde ich auch die Polizei rufen.«

Sie kapitulierte und holte den Zweitschlüssel mit der Nummer 108 aus einem Schrank unter dem Tresen. Maxim packte sie am Arm, so fest wie möglich, ohne ihr dabei wehzutun, und schob sie vor sich her zur Treppe.

»Erster Stock?«

Giulia nickte. Sie liefen die Treppe hoch und Maxims Herz pochte. Würde er Clara und Nele im Zimmer finden? Es fühlte sich unwirklich an, aber der Gedanke ließ ihn schneller laufen.

»Au!«, rief Giulia.

Maxim lockerte seinen Griff. Die Zimmertür mit der Nummer 108 lag direkt vor ihnen. Und dahinter vielleicht die Antworten auf alle seine Fragen. Plötzlich war er sich nicht mehr sicher, ob er die Tür öffnen wollte. Was erwartete ihn? Irgendetwas war seltsam.

Warum war es so ruhig im Zimmer? Giulia bemerkte sein Zögern. Sie machte eine schnelle Bewegung, mit der er nicht gerechnet hatte. Für eine Sekunde entkam sie seinem Griff. Er konnte sie gerade noch einfangen. Giulia atmete ihre Anspannung aus und fügte sich wieder, als habe sie aufgegeben. Er musste es jetzt tun. Es war nicht einfach, die Tür mit der rechten Hand aufzuschließen und Giulias Oberkörper mit dem linken Arm zu umklammern, damit sie nicht entkommen konnte. Gleichzeitig wusste er, dass er sie sowieso irgendwann gehen lassen müsste und sie ihm auf direktem Weg die Polizei auf den Hals jagen würde. Er würde es an ihrer Stelle genauso machen. Aber solange Giulia noch bei ihm war, hatte er Zeit. Um endlich zu erfahren, was hier vor sich ging. Mit einem lauten Quietschen öffnete sich die Tür. Maxim zögerte. Noch immer kein Geräusch, nur ein sehr unangenehmer Geruch. Warum hatte er solche Angst davor, drei Schritte im engen Zimmerflur vorzutreten, um nachzusehen, was der Ursprung des Geruchs war?

»Worauf warten Sie?«, fragte Giulia.

Maxim nahm seinen ganzen Mut zusammen und betrat das Zimmer. Das Fenster stand offen, doch die schwüle Hochsommerluft schaffte es nicht, den schwelenden Uringeruch aus dem Raum zu vertreiben. Das Bett war abgezogen, ein nasses Handtuch lag darauf. Daneben eine Wasserflasche, eine Sandwichpackung und Drahtseile, wie er sie selbst erst kürzlich im Baumarkt gekauft hatte. Er hatte sie als Rankhilfe für Pflanzen benötigt. Die Blutspuren auf der weißen Matratze ließen ihn vermuten, dass die Seile hier einem anderen Zweck gedient hatten. Ihm wurde übel. Umso mehr, da ihm klar wurde, dass er zu spät gekommen war. Denn wer auch immer sich hier aufgehalten hatte, war nicht mehr hier.

Kapitel 25

Sofia ertappte sich dabei, wie sie die Straßen nach Kim absuchte. Sie sah in alle Richtungen, verrenkte sich beinahe den Kopf, während die Straßen von Tegel an ihr vorbeizogen. Kurz bevor Manuel und sie losgefahren waren, hatte sie in ihrem Büro noch die Krankenhäuser der Umgebung abtelefoniert, ohne Erfolg. Manuel warf ihr einen Seitenblick zu und wirkte, als wollte er etwas sagen, ließ es dann aber bleiben.

Sofia war froh. »Da sind wir«, sagte sie, um irgendetwas zu sagen und von sich abzulenken, als sie in die Auffahrt der Familie Fuchs einbogen. Zum ersten Mal sah sie das Haus bei Tageslicht und war beeindruckt. Es war weiß verputzt, hatte einen Sockel aus Naturstein und eine leuchtend blaue Eingangstür. Sie erinnerte sich an die Häuser in ihrer griechischen Heimat. Es fehlten nur die Olivenbäume und der typische Steinboden vor dem Haus, vielleicht ein paar streunende Katzen, schon hätte Sofia sich wie zu Hause gefühlt. Die schwüle Hitze tat ihr Übriges. Sie musste an das alte Landhaus an der Küste denken, das im Besitz ihrer Familie gewesen war, bis ihr Großvater vor acht Jahren gestorben war. Ihre Großmutter hatte es verkauft, in einer Kurzschlussreaktion, ohne die Familie vorher zu informieren. Seitdem stritten ihre Eltern mit ihrer Großmutter, ihre Onkel und Tanten mit ihren Eltern und eigentlich jeder mit jedem. Es war, als hätte ihr Großvater jeglichen Familienzusammenhalt mit ins Grab genommen. Helena und Theo hatten sich bis zuletzt immer wieder um Versöhnung zwischen den verhärteten Fronten bemüht, vor allem, um Kim ihre griechische Heimat zu bewahren. So viele schöne Sommer hatten sie dort verbracht, als sie das Haus noch hatten, alle miteinander ausgekommen waren und Kim ein kleines Mädchen war. Die Erinnerung an den fröhlichen Wirbelwind, der quietschend und kreischend den Katzen und Hunden auf dem Hof des Hauses hinterherlief, erschien Sofia fremd im Vergleich zur Kim von heute. Fremd und tragisch.

»Sieht nicht aus, als wäre er zu Hause«, sagte Manuel und riss sie aus ihren Gedanken.

Er hatte Recht. Hinter allen Fenstern war es dunkel. Niemand öffnete die Tür, als sie klingelten. Sofia sah sich um und blickte in ein Augenpaar, das, auf frischer Tat ertappt, schnell wieder hinter altmodisch verzierten Vorhängen verschwand.

Anton Hofmann sah peinlich berührt aus, als er ihnen die Tür öffnete und hatte gleichzeitig einen wahnsinnig neugierigen Ausdruck im Gesicht. Sofia fragte sich, ob er wohl immer so aussah. Und ob er den ganzen Tag am Küchenfenster stand und das Haus seiner Nachbarn beobachtete.

»Donnerstagnacht ist er plötzlich mit quietschenden Reifen losgefahren«, antwortete Hofmann auf die Frage nach Fuchs. »Oder eher Freitag in aller Herrgottsfrühe. Ich bin davon wach geworden. Habe aber auch einen sehr leichten Schlaf. In dieser Nacht besonders, weil mir der Rücken so weh tat. Als ich unten nachgeschaut habe, war sein Auto jedenfalls weg und er ist auch seitdem nicht wieder aufgetaucht.«

Das war die Nacht, in der Fuchs seine Mutter in ihrer Wohnung gefunden hatte, dachte Sofia.

»Er war also fast 48 Stunden nicht zu Hause?«, fragte sie.

Hofmann schüttelte den Kopf. »Nein. Das hätte ich mitbekommen.«

Davon ging Sofia tatsächlich aus. Wo hielt Fuchs sich auf? Sie schaute durch den schmalen Flur hinter Hofmann ins Wohnzimmer, in dem still der Fernseher vor sich hin flimmerte – sie wusste, wohin sie fahren mussten. Sie verabschiedeten sich von dem alten Herrn, der sie, wie sie wusste, nun beim Wegfahren von seinem Küchenfenster aus beobachten würde.

»Wir müssen nochmal zu TeleSpree«, sagte sie im Auto zu Manuel.

»Schon unterwegs.«

»Er wird sicher nicht dort sein. Aber vielleicht kann uns jemand weiterhelfen.«

Der Zustand im Sender konnte nur mit Chaos beschrieben werden und das hatte noch um ein Vielfaches zugenommen, seitdem sie heute Morgen zum ersten Mal hier gewesen waren. Nach dem Mord der Chefin, der sich in kürzester Zeit herumgesprochen hatte, ging es im Sender drunter und drüber. Sofia fand es fast erschreckend, dass die Sendung trotzdem planmäßig stattfinden sollte. Aber wie hieß es so schön: *The show must go on.*

Charlotte Wölden wackelte nervös mit dem Bein, wirkte fahrig und ein wenig so, als fühlte sie sich fehl am Platz. Immer wieder sah sie sich hektisch um und fuhr sich durch die Haare. Sie sollte als Ersatz für Fuchs die Moderation der Sendung übernehmen, erklärte sie ihnen hastig, als sie sie in der Maske befragten. Haare und Make-Up waren bereits fertig. Die Maskenbildnerin hatte sie für einen Moment alleine gelassen – wenig begeistert von der Unterbrechung kurz vor Beginn der Show.

»Sie wollen ihn festnehmen? Gibt es Beweise, dass er es war?« Wöldens Blick sprang von Sofia zu Manuel und wieder zurück.

»Wir können Ihnen leider nicht mehr sagen«, antwortete ihr Kollege. »Aber es ist wichtig, dass wir Fuchs finden.«

»Wie gut kennen Sie ihn?«, fragte Sofia.

Über Wöldens Gesicht huschte ein Ausdruck, den sie nicht deuten konnte.

»Haben Sie irgendeine Idee, wo er sich aufhalten könnte?«

Wölden schüttelte den Kopf. »So gut kennen wir uns privat nicht.«

Irgendetwas störte Sofia, aber sie konnte es nicht greifen. Sie blickte zu Manuel. Dem schien nichts aufzufallen.

»Vielleicht fragen Sie einmal unseren Pressereferenten. Andreas.« Wölden sah auf die Uhr, die hinter ihr an der Wand hing. »Er versteht sich gut mit Maxim, jedenfalls reden die beiden viel. Eventuell weiß er mehr als ich. Erster Stock, ganz hinten links.«

Kapitel 26

Es regnete in Strömen und immer wieder durchfuhren Blitze den Himmel, gefolgt von wütendem Donnergrollen. Maxim nahm es kaum wahr, als er wie im Rausch zurück nach Berlin fuhr. War es klug gewesen, Giulia einfach gehen zu lassen? Sicherlich nicht. Er hatte sie mit einem Messer bedroht, festgehalten und gezwungen, ihm Zutritt zu einem Hotelzimmer zu gewähren. Sie wusste, wie er aussah. Außerdem hatte er ihr noch mitgeteilt, dass er eine Frau und eine siebenjährige Tochter hatte. Es würde nicht schwer sein, seine Identität zu ermitteln. Aber was hätte er tun sollen? Das Mädchen mitnehmen? Sie gefangen halten? Irgendwie unschädlich machen? Er war kein Verbrecher. Zumindest hatte er noch Skrupel. Ihm war klar, dass die Polizei ihn jetzt erst recht suchen würde. Er drückte das Gaspedal noch etwas tiefer, denn er hatte nicht viel Zeit.

Sein Handy klingelte und er warf einen Blick auf das Display. »Andreas? Ist dir noch etwas eingefallen?«

»Nein, ich ... wollte dir Bescheid geben. Die Polizei war hier. Es liegt ein Haftbefehl gegen dich vor.«

»Was?«

»Wegen ... der Sache mit Alina. Sie sagen, sie haben Beweise für deine Schuld.« Andreas wollte das Wort ›Mord‹ offensichtlich nicht aussprechen.

Er konnte hören, wie das Vertrauen seines Kollegen in ihn bröckelte. Dass er ihn überhaupt anrief, um ihn zu warnen, rechnete er ihm sehr hoch an.

»Was für Beweise?«

»Das haben sie nicht gesagt. Aber du wirst dringend gesucht. Ich habe ihnen nicht gesagt, dass du hier warst. Und wo du hinfährst.«

»Danke. Du hast das Richtige getan. Es wird sich alles aufklären.« Er hoffte das inständig, aber war sich lange nicht mehr so sicher, wie er versuchte zu klingen. Welche Beweise sollten das sein? Er hatte mit Alina telefoniert und war dann schlafen gegangen. War er verrückt geworden? Schizophren? *He put her in a pumpkin shell and there he kept her very well.* Sie sahen tatsächlich einen Mörder in ihm. Er schüttelte den Gedanken ab. Was ihm jetzt half, war ein klarer Kopf und nicht ein Strudel an Selbstzweifeln. Dann konnte er gleich aufgeben.

Eine erste Google-Recherche zum Namen Andres García hatte keine brauchbaren Ergebnisse geliefert. Seine Hoffnung lag nun auf Jakob, dem Internet-Experten schlechthin. Der war am Telefon mehr als erfreut gewesen, dass es endlich eine Spur gab und er helfen konnte. Er hatte Maxim versprochen, sich sofort an die Recherche zu machen. Es war gut möglich, dass seine Suche genauso wenig erfolgreich war wie Maxims, trotzdem war er voller Adrenalin, als er Potsdam hinter sich ließ. Vielleicht lag es auch am Schlafmangel. Oder an der Tatsache, dass er soeben ein unschuldiges Mädchen bedroht und vermutlich für lange Zeit traumatisiert hatte.

Er war gerade am Funkturm vorbei, als sein Handy erneut klingelte. Beinahe zog er auf die rechte Spur herüber, als er auf dem Beifahrersitz nach dem Smartphone suchte, das er achtlos dorthin geworfen hatte, und den Anruf annahm.

»Und?«, fragte er, während er den Fuß vom Gaspedal nahm und auf die rechte Spur wechselte.

»Ich hab was.« Jakob klang aufgeregt. »Wann bist du hier?«

»Viertelstunde. Wer ist er?«

»Zeige ich dir, wenn du hier bist. Beeil dich.«

Ein Tuten signalisierte Maxim, dass die Verbindung unterbrochen worden war. Er warf das Smartphone zurück auf den Beifahrersitz, drückte das Gaspedal weiter herunter und zog zurück auf die linke Spur.

Seine Euphorie fand ein jähes Ende, als er das heulende Geräusch hörte, das sich erbarmungslos von hinten näherte. Der Innenraum seines Wagens wurde in blau flackerndes Licht getaucht und automatisch nahm er den Fuß vom Gaspedal. Seit zehn Jahren war er in keiner Verkehrskontrolle gewesen und ausgerechnet jetzt hielten sie ihn auf. Oder sie hatten ihn gefunden. Würden sie ihn sonst bei diesem Wetter anhalten? Er hätte sein Auto in Potsdam lassen sollen. Stattdessen fuhr er hier seelenruhig auf der Autobahn, als wollte er sein Schicksal herausfordern. Und selbst wenn es nur Streifenpolizisten waren, er musste um jeden Preis verhindern, dass sie seine Papiere zu Gesicht bekamen. Langsam reduzierte er die Geschwindigkeit, zog nach rechts und hielt auf dem Standstreifen, direkt vor dem immer noch blau leuchtenden Streifenwagen. Bevor der Polizist ausstieg und mit erstaunlicher Ruhe im strömenden Regen zu ihm nach vorne lief – einen lächerlich bunten Regenschirm über dem Kopf –, holte Maxim noch schnell seine Lesebrille aus dem Handschuhfach und setzte sie auf. Es würde nicht viel ausrichten, aber er betete trotzdem, dass der Beamte ihn nicht erkennen würde.

»'N Abend«, begrüßte ihn ein älterer, sehr hagerer Polizist. Er sah Maxim mit hochgezogenen Augenbrauen an, prüfend, aber ohne Anzeichen, dass er wusste, wer er war. »Ihnen ist wohl klar, warum ...«

»Ich bin auf dem Weg ins Krankenhaus. Meine Frau liegt in den Wehen«, unterbrach Maxim ihn und gab sein Bestes, so gestresst wie möglich zu klingen.

Der Beamte lächelte und schnaufte dabei spöttisch. »Wenn ick jedet Mal 'n Euro kriegen würde, wenn mir dit jemand erzählt ... Führerschein und Fahrzeugpapiere bitte. Und machense den Motor aus.«

Maxim drehte den Zündschlüssel im Schloss.

»Ich muss wirklich dringend in die Charité«, sagte er und sah dem Polizisten flehend in die Augen. Der glaubte ihm offensichtlich kein Wort. »Meine Frau ist erst im siebten Monat und wurde gerade wegen einer drohenden Frühgeburt in den Kreißsaal gebracht.«

Er fühlte sich furchtbar, Neles Schicksal als Ausrede zu missbrauchen, aber es musste sein.

»Es war von Anfang an eine Risikoschwangerschaft. Die Lungenreifung bei der Kleinen ist noch nicht abgeschlossen und es muss künstlich nachgeholfen werden, damit sie überlebensfähig ist. Es kann jetzt alles sehr schnell gehen. Ich muss dabei sein, bitte.«

Der Gesichtsausdruck des Beamten änderte sich, etwas skeptisch schien er noch, doch Maxim wusste, dass die Details die Lüge glaubwürdiger machten. Er hätte noch mehr davon auf Lager, denn er erinnerte sich an den traumatischen Tag von Neles Geburt, als wäre er gestern gewesen. Schließlich seufzte der Polizist. »Jut, wenn dit stimmt, will ick nich schuld sein.«

Er nickte ihm zu, festigte seinen Griff am Regenschirm und drehte sich um, um zu seinem Wagen zurückzulaufen.

Jakob hatte ungeduldig die Lippen zusammengepresst, als er die Tür öffnete. »Das musst du sehen.«

Er zog Maxim regelrecht durch den schmalen Flur des Hausboots und wies ihn an, sich neben ihn an den Küchentisch zu setzen, auf dem Jakobs aufgeklapptes MacBook stand. Die Gläser auf dem Tisch klirrten. Erst jetzt bemerkte Maxim, dass das ganze Boot auf dem vom Gewitter aufgewühlten Gewässer bedrohlich schaukelte. Jakob spürte das selbst vermutlich gar nicht mehr.

»Erst mal habe ich nichts Brauchbares gefunden«, fing er an. »Es gibt einen Schauspieler mit dem Namen, aber der ist achtzig und lebt in der Dominikanischen Republik. Alle anderen Treffer waren auch nicht besonders aufschlussreich. Zumindest nichts Außergewöhnliches dabei. Es gibt sehr, sehr viele Menschen mit diesem Namen.«

»Jakob, komm zum Punkt.«

»Irgendwann bin ich auf einen Artikel in einem Online-Magazin gestoßen. So ein Fachmagazin für Software-Entwicklung und Programmierer, englischsprachig. Darin hat Andres García ein Interview gegeben. Ich bin etwas stolz, das gefunden zu haben. Ich musste mich durch mehrere Seiten Google-Ergebnisse klicken, und du weißt: Spätestens ab Seite drei ist eigentlich alles unbrauchbar. In dem Interview erzählt dieser García jedenfalls sehr detailliert von ›Open Source APIs‹, Programmierschnittstellen, die im Internet öffentlich zugänglich sind, so dass jeder sie nutzen kann. Und vom riesigen Potenzial, das es dadurch wohl in den Entwickler-Communities gibt. Habe mich jetzt nicht vertieft eingelesen – ist auch ein ziemlich nerdiges Thema –, aber auf gut Glück mal ein bisschen nachgeforscht. Ich habe ein paar der Schlagworte eingegeben, die García erwähnt, und drei, vier Unternehmen gefunden, die sich das Thema auf die Fahne geschrieben haben. Es hat eine Weile gedauert, aber bei einer bin ich schließlich fündig geworden.« Er sah Maxim mit stolz geschwellter Brust an. »Ich habe hier ein Foto vom Team der Firma ›API Logic‹ aus dem Jahr 2018. Bist du bereit?«

Maxims Puls beschleunigte sich, obwohl er sich nicht vorstellen konnte, was auf dem Foto so Außergewöhnliches zu sehen sein sollte. Jakob öffnete das Browserfenster und sah Maxim erwartungsvoll an. Ein paar Sekunden lang scannte Maxim die etwa dreißig Personen auf dem Bild, hauptsächlich junge Männer und nur sechs oder sieben Frauen. Und dann sah er ihn. Sein Herz blieb stehen.

Kapitel 27

»Wie kann das sein?«, fragte er und sah Jakob an, als hätte der eine Antwort.

Es gab eigentlich nur zwei Optionen. Die erste war eine Reihe von Zufällen. Es konnte Zufall sein, dass die Person auf dem Foto exakt aussah wie Maxim. Der Mann hatte die gleichen Gesichtszüge wie er, die gleichen blauen Augen, die gleiche markante Nase und die gleichen schmalen Lippen. Seine Haare waren so dicht wie Maxims und wirkten zumindest auf dem Foto genauso widerspenstig. Der Mann blickte grimmig in die Kamera, wobei nicht zu erkennen war, ob er am Tag des Fototermins schlechte Laune gehabt hatte oder ob er einer dieser Menschen war, die immer aussahen, als sollte man sie lieber nicht ansprechen. Es konnte also Zufall sein, dass die grimmige Person auf dem Foto aussah wie Maxims Spiegelbild an einem schlechten Tag. Ebenso konnte es ein Zufall sein, dass die Firma, für die sich der Mann hatte ablichten lassen, eines der führenden Unternehmen im Bereich Open Source APIs war, zu dem ein Mann namens Andres García ein Interview gegeben hatte. Zufällig derselbe Name des Mannes, der in einem Hotel in Potsdam gewohnt hatte, ebenso aussah wie Maxim und bei Tele-Spree angerufen hatte, um sich nach ihm zu erkundigen. Das waren zu viele Verbindungen, die einen Zufall im Prinzip unmöglich machten. Interessant eigentlich, dass er im Hotel seinen echten Namen angegeben und seinen Ausweis vorgelegt hatte. Er musste sich mit seinem Allerweltsnamen sehr sicher gefühlt haben. Und bis auf sein Aussehen bestand auch auf den ersten Blick keine Verbindung zu Maxim.

Sehr viel wahrscheinlicher war die zweite Option.

»Könnte es sein, dass das ... irgendwie dein ... Zwillingsbruder ist?«, sprach Jakob aus, was Maxim kaum zu denken wagte.

Wie sollte das möglich sein? Man stellte doch nicht nach 35 Jahren fest, dass man einen Zwillingsbruder hatte. So etwas passierte nur im Film oder in Erich Kästners ›Doppeltem Lottchen‹. Völlig irrational schossen ihm Bilder der beiden Mädchen durch den Kopf, die im Ferienlager feststellten, dass sie bei der Geburt getrennte, eineiige Zwillinge waren. Müsste seine Mutter es nicht wissen, wenn sie 1987 im Krankenhaus zwei Kinder anstatt eines im Arm gehalten hatte? Es war zum Verrücktwerden, dass er ausgerechnet jetzt nicht mit ihr sprechen konnte.

»Wo lebt er? Wo ist diese Firma?«, fragte er Jakob, ohne den Blick von dem Foto zu nehmen.

»Mexiko-Stadt«, antwortete Jakob und seine Augen weiteten sich, als er begriff, was das bedeutete.

Eine weitere Verbindung. Wenige Kilometer der mexikanischen Hauptstadt entfernt war das passiert, was Maxims Leben so grundlegend verändert hatte. Vermutlich noch viel mehr, als er es bisher geahnt hatte. Er musste mit jemandem sprechen, der ihm helfen konnte. Jemand, der seine Eltern damals bereits gekannt hatte. Aufgeregt griff er zu seinem Handy. Er wusste, wer ihm seine Fragen beantworten konnte.

Masha Baronova nahm nach dem zweiten Klingeln ab, womit Maxim nicht gerechnet hatte, in Anbetracht der Tatsache, dass es 7:15 Uhr an einem Sonntagmorgen war. Jetzt erinnerte er sich, dass sie eine leidenschaftliche Sportlerin war und ihre meiste Zeit laufend oder schwimmend in der Natur verbrachte. Er musste sie gerade erwischt haben, bevor sie sich auf den Weg machte. Seine Patentante musste inzwischen Mitte siebzig sein, war aber topfit.

»Baronova, hallo?« Sie klang munter und ausgeschlafen.

Maxim beneidete sie. Es war schwer vorstellbar, dass andere Menschen jede Nacht ruhig schliefen, während er wach lag, weil sein Leben ein einziger Trümmerhaufen war.

»Hallo Masha, hier ist Maxim. Fuchs«, fügte er hinzu.

»Maxim! Ich weiß doch, wer du bist. So viele Fernsehstars kenne ich nicht. Alles in Ordnung mit deiner Mutter?«

Es schien ihr klar zu sein, dass er sonntags früh nicht anrief, weil er Lust auf einen Kaffeeklatsch hatte.

»Ähm ... Ich rufe wegen etwas anderem an.«

»Ja?« Masha wirkte neugierig.

»Du bist mit meiner Mutter doch schon sehr lange befreundet«, begann er und wusste nicht, warum er sein Anliegen so hinauszögerte.

»Über vierzig Jahre«, bestätigte Masha und wartete darauf, dass Maxim zum Punkt kam.

Er atmete einmal tief ein und sprach es aus: »Es gibt einen Mann in Mexiko, der genauso aussieht wie ich. Er ist gerade hier in Deutschland und ... das kann kein Zufall sein. Er sieht aus wie mein ... Zwillingsbruder.«

Kein Geräusch am anderen Ende der Leitung.

»Masha?«

»Bist du sicher?«

Was war das für eine seltsame Reaktion?

»Ich weiß, es klingt völlig verrückt«, sagte er.

Wieder schwieg die alte Dame für ein paar Sekunden, bis sie sagte: »Ich glaube, es wird Zeit, dass du ein paar Dinge erfährst. Du musst mit deiner Mutter sprechen.«

»Das geht nicht«, beeilte Maxim sich zu sagen. »Sie ist ... es geht ihr nicht gut.«

»Ich verstehe.«

Masha schien anzunehmen, ihre langjährige Freundin habe wieder eine ihrer schlechten Episoden.

»Kannst du zu mir kommen?«, fragte sie schließlich. Schneller hatte er noch nie ein Gespräch beendet und seine Schuhe angezogen.

»Ich brauche dein Auto, Jakob.«

Masha hatte den Tisch in ihrem altmodischen kleinen Wohnzimmer gedeckt, als erwartete sie eine Großfamilie zum Frühstück. Duftender Kaffee dampfte in einer Porzellankanne vor sich hin und ein Korb mit frisch aufgebackenen Brötchen stand daneben. Für einen Moment wünschte Maxim sich nichts sehnlicher, als mit Clara und Nele an diesem Tisch zu sitzen und über Alltagsthemen zu streiten.

»Setz dich hin, Junge. Du siehst aus, als könntest du den Kaffee gut gebrauchen.«

Maxim war dankbar – über den Kaffee und über das Aufschieben des eigentlichen Grunds seines Besuches. Seine Gefühle waren ein einziges Chaos. Er wollte die Wahrheit erfahren und gleichzeitig wollte er es nicht.

Ungefragt legte Masha ihm ein Brötchen auf den Teller und deutete ihm mit einer Handgeste, sich an dem Aufschnitt auf dem Tisch zu bedienen. Maxim war sich nicht sicher, ob er auch nur einen einzigen Bissen zu sich nehmen konnte, und nahm erst einmal einen großen Schluck Kaffee. Er sah Masha an. Sie atmete einmal tief ein und aus, dann erzählte sie.

»Also gut. Ich erinnere mich noch sehr gut an den Tag, als deine Mutter mir das erste Mal von Bernd Fuchs erzählte. Sie kam zu mir in den Laden – ich arbeitete damals in einem kleinen Schmuckgeschäft mitten auf dem Ku'damm – und war völlig hin und weg. Damals hatte sie ihre Ausbildung zur Sortimentsbuchhändlerin gerade abgeschlossen und war in dem kleinen Laden, der auf naturwissenschaftliche Fachbücher spezialisiert war, übernommen worden. Es war 1982, deine Mutter war also ... 23. Blutjung, aber sehr reif für ihr Alter. Deshalb hat der Altersunterschied für unsere Freundschaft wohl auch keine Rolle gespielt. Ich war damals schließlich schon so alt wie du heute. Also jedenfalls ... tauchte dein Vater eines Tages in der Buchhandlung auf. Er muss wahnsinnig gut ausgesehen haben, so wie deine Mutter schwärmte. Und nach dem, was sein Trauzeuge später auf der Hochzeit erzählte, hatte diese erste Begegnung auch bei ihm einen bleibenden Eindruck hinterlassen. Jedenfalls kaufte er von diesem Tag an auffällig viele Bücher und nahm so einige fachliche Beratungen in Anspruch, bis er sie endlich zum Essen einlud. Und ab ihrer ersten Verabredung war es eigentlich besiegelt. Eva war viele Monate lang zu nichts zu gebrauchen. Wir hatten eine Weile sehr wenig Kontakt, was ich ihr im Nachhinein nicht übelnehme. Sie war so verliebt. Und stolz auf ihren Fang, das weiß ich noch. Bernd war ein sehr gut aussehender Mann und alle unsere Freundinnen beneideten sie damals. Höflich war er auch. Man merkte, dass er sich für uns interessierte. Die beiden gaben einfach ein Traumpärchen ab.«

Masha sah verträumt vor sich hin, bis sie sich zu besinnen schien, warum sie die Geschichte erzählte.

Sie räusperte sich. »Jedenfalls ... Sie verbrachten ihre gesamte Zeit miteinander. Bis Bernd die Stelle am meteorologischen Institut der Freien Universität bekam. Ab dem Zeitpunkt steckte er all seine Leidenschaft und Energie in die Erforschung meteorologischer Extremereignisse. Jedes Mal, wenn wir uns sahen, sprach er hauptsächlich davon. Wenn ich mich richtig erinnere, versuchte er schon damals, einen Trend in der Zunahme von wetter- und klimabedingten Katastrophen auszumachen, also ein Anstieg von Stürmen, Hitzewellen und solchen Dingen, der im Zusammenhang mit der beobachteten Erderwärmung steht. Ich glaube, sie standen damals noch ganz am Anfang dieses Forschungsthemas. Heute hört man das ja ständig. Deine Mutter litt jedenfalls darunter, dass sie plötzlich nur noch die zweite Geige spielte. Sie war nicht ganz einfach. Himmel hoch jauchzend, zu Tode betrübt. Diese Tendenz hatte sie schon damals. Ich sage es dir ganz ehrlich, Maxim ... Ich habe ihr in dieser Zeit mehr als nur einmal dazu geraten, deinen Vater zu verlassen. Es war hart mit anzusehen, wie sie versuchte, mit seiner anderen großen Liebe, der Arbeit, zu konkurrieren. Es sah irgendwann auch danach aus, als wäre die Beziehung nicht mehr zu retten – da machte Bernd ihr einen Heiratsantrag. Völlig überraschend. Vielleicht war ihm endlich bewusst geworden, dass er dabei war, die Frau, die er liebte, vollständig durch seinen Arbeitswahn zu ersetzen. Eva war natürlich überglücklich und versicherte mir, die Dinge würden sich ändern, wenn sie erst verheiratet waren. Ich wollte ihr glauben, aber ich hatte durchschaut, was Bernd Fuchs für ein Mensch war.«

Sie unterbrach ihren Redefluss plötzlich und sah ihn etwas unsicher an. Tatsächlich hatte Maxim ein wenig Angst vor dem, was sie als nächstes erzählen würde.

»Kein schlechter, natürlich«, beeilte Masha sich zu sagen. »Ein sehr treuer und leidenschaftlicher Mensch sogar. Aber eben auch einer, der keine Kompromisse machte. Schon gar nicht, wenn es um seine Forschung ging. Wie du weißt, dauerte es nach der Hochzeit noch mehrere Jahre, bis Eva schwanger wurde. Sie wollte es unbedingt und das hatte bestimmt auch mit ihrer unermüdlichen Hoffnung zu tun, dass sich mit dem Gründen einer Familie alles ändern würde. Vielleicht wollte sie es so sehr, dass sie sich und ihren Körper zu stark unter Druck setze und deshalb dauerte es so lange. Umso glücklicher war sie, als es endlich klappte. Ich war die erste, die es erfuhr. Bernd war gerade auf einer Forschungsreise und nicht erreichbar. So glücklich hatte ich deine Mutter bis dahin noch nie gesehen.« Masha lächelte ihn liebevoll an. In Maxim brodelte es voller Ungeduld, wie die Geschichte weiterging.

»Als sie erfuhren, dass nicht nur ein Kind in ihrem Bauch heranwuchs, waren alle völlig aus dem Häuschen. Es war, als habe das Universum sie für die

Wartezeit gleich doppelt entschädigt. Die Schwangerschaft verlief nicht ohne Probleme. Mit Zwillingen ist das ja nicht immer so einfach.«

Unwillkürlich zuckte Maxim bei dem Wort ›Zwillinge‹ zusammen. Hatte Masha das gerade einfach so ausgesprochen? Als wäre es normal, dass er erst nach dreieinhalb Jahrzehnten die Wahrheit erfuhr?

»Die Geburt war ein kleines Drama, ganz offen gesagt. Nicht, dass ich dabei gewesen wäre. Aber deine Mutter musste viele Tage im Krankenhaus verbringen, bis ihr kleinen Würmchen endlich auf der Welt wart. Und kleine Würmchen, das wart ihr. Dein Bruder hätte es fast nicht geschafft. Du warst viel kräftiger und größer. Paul und Maxim.« Sie sah ihn bedeutungsschwer an. »Aus dem Lateinischen: der Kleine und der Große. Deine Mutter hat alle bisherigen Namensideen spontan verworfen, als sie euch sah. Zwei winzige Menschen, die das gleiche zerknautschte Gesicht und so unterschiedliche Größen hatten.«

Maxim sah Masha verdutzt an. »Paul? Nach meinen Informationen heißt er Andres.«

Masha schüttelte den Kopf. »Nun, ich weiß nicht, wer Andres ist, aber dein Bruder heißt Paul.«

Maxim wurde schwindelig. Paul und Maxim. Er stellte sich vor, wie seine Mutter mit zwei Neugeborenen im Krankenhaus lag und nicht anders konnte, als ihnen diese Namen zu geben.

»Was ist mit ihm passiert?«, flüsterte er.

Masha sah ihn an, als wüsste sie nicht, wie sie fortfahren sollte. Am liebsten wäre Maxim aufgesprungen und hätte die ganze Wahrheit aus ihr herausgeschüttelt, als sie einmal tief ein- und ausatmete und sich vom

Tisch erhob. Ohne ein weiteres Wort verließ sie den Raum.

Kapitel 28

Sein Nacken schmerzte und er merkte, dass er schon wieder viel zu lange in einer ungesund gekrümmten Haltung vor seinem Laptop saß. Wenn er programmierte, geriet er oft in einen Tunnel, in dem er nicht mitbekam, was um ihn herum geschah. Zumindest, wenn es gut lief. Wenn alles funktionierte und keine Fehler in seinem Code auftraten. Das war ein unglaublich befriedigendes Gefühl. Denn wenn er alles richtig machte, wurde er belohnt. Zuverlässig und sofort. Nicht wie im echten Leben. Jetzt merkte er, was ihn aus seinem Tunnel geholt hatte. Seine Mitbewohner saßen nebenan in der Küche und machten Lärm. Wahrscheinlich kochten sie und tranken Wein dazu. Wenn er Pech hatte, machten sie auch laute Musik an. Dass ihn das störte, war ihnen völlig egal. Er wünschte, er könnte endlich ausziehen und sich alleine eine kleine Wohnung suchen, ohne nervige Mitbewohner, aber dazu fehlte ihm das Geld. Wenigstens ließen sie ihn in Ruhe, anders als der Kloß. Es war der schönste Tag seines Lebens gewesen, als er damals seine wenigen Sachen zusammenpackt hatte und aus dem Haus einfach verschwunden war, in dem er so viele schreckliche Jahre verbracht hatte. Er hatte sich von niemandem verabschiedet und wahrscheinlich waren alle froh darüber, dass er sich quasi in Luft aufgelöst hatte. Auch jetzt, Jahre später, wussten sie nicht, wo er war. Dass er ein Studium fokussiert durchgezogen und mit summa cum laude beendet hatte. Das war möglich gewesen, weil er sich von Studentenpartys und allen sozialen Gefügen ferngehalten hatte.

In der Küche wurde das Radio aufgedreht und die jammernden Töne irgendeines Schlagersängers drangen in sein Zimmer. Diese rücksichtslosen Versager. Er stand auf und hämmerte gegen die Wand. Kurz verstummten die Gespräche, dann drehte einer die Lautstärke noch höher und ein Kichern ertönte. Er schloss die Augen und atmete tief ein. Einfach ignorieren. Bald war er hier weg.

Eine Benachrichtigung ploppte in der rechten unteren Ecke seines Laptops auf und zeigte ihm an, dass er eine neue E-Mail erhalten hatte. Es war die Push-Benachrichtigung von Google, dass neue Artikel zum von ihm eingestellten Thema erschienen waren. Er durchflog die Schlagzeilen, das meiste wusste er schon. Es gab kaum etwas, das ihm entging, wenn es um Naturkatastrophen ging. Eine neue Studie zum weltweiten Anstieg der Schäden durch Dürren war erschienen. In Indonesien hatte es ein starkes Erdbeben gegeben, über sechstausend Verletzte. Ein Foto einer jungen Frau war groß im Artikel abgebildet. Ihr Gesicht war verdreckt und vor Trauer verzerrt. Der Fotograf hatte sich wahrscheinlich selbst beglückwünscht, was für einen Treffer er mit diesem Bild gelandet hatte, das die Dramatik der Katastrophe perfekt visualisierte und bei den Lesern die gewünschten Emotionen auslöste. Bei den meisten waren das vermutlich Betroffenheit, Mitleid und eine Portion Sensationslust. Bei ihm war es wie immer diese Mischung aus Trauer und Glück. Es gab sonst nichts, das diese Kombination aus Gefühlen bei ihm auslöste. Eine tiefsitzende Traurigkeit über das Schicksal der Betroffenen und gleichzeitig ein viel zu starkes Glücksgefühl, das sich falsch anfühlte und auch irgendwie richtig. Es war eine Art Verbundenheitsgefühl, das dafür sorgte, dass er sich ein kleines bisschen weniger allein fühlte als sonst.

Er erinnerte sich an das erste Mal, als er dieses Gefühl erlebt hatte. Es war nicht eine Reaktion auf das Schicksal fremder Menschen gewesen, sondern auf sein eigenes. Es war Día de los Muertos, der Tag der Toten, und alle Hausbewohner, einschließlich dem Kloß, waren zum Friedhof gefahren. Nicht, weil sie fröhlich dem Brauch folgen wollten, die Verstorbenen auf der Erde in Empfang zu nehmen, so wie es an diesem Tag üblich war, sondern weil dort kostenloses Essen und Alkohol abzustauben waren. Er war zu Hause geblieben, ohne dass er erklären musste, warum, denn es interessierte sowieso niemanden. Auf diesen Tag hatte er lange gewartet, denn es war selten, dass er die Gelegenheit bekam, das Zimmer des Kloßes zu betreten. Früher hatte sie es immer abgeschlossen. Inzwischen war ihr Hirn vom Alkohol dauerhaft so benebelt, dass sie immer seltener daran dachte. Er fragte sich, wie lange es noch dauern würde, bis sie gar nicht mehr lebensfähig war. Hoffentlich nicht mehr lange. Er drückte die Klinke zum Zimmer des Grauens herunter und öffnete langsam die Tür. Das Zimmer war relativ groß, das größte im Haus. Es roch abgestanden, was an den unzähligen Flaschen lag, die teils leer, teils mit Wein- und Bierresten überall auf dem Boden, auf dem Schreibtisch und auf den Stühlen standen. Er empfand nichts als Verachtung und Ekel für den Menschen, bei dem er hatte aufwachsen müssen. Immerhin ein Gutes hatte es: Er konnte sich nicht vorstellen, jemals einen Tropfen Alkohol anzurühren.

Zielstrebig lief er auf den zugemüllten Schreibtisch zu. Er hatte mehrere Schubladen, von der die erste mit einem Vorhängeschloss verriegelt war. Er wusste, dass sich die Antworten auf seine Fragen in dieser Schublade befanden.

Der Anlass für den Einbruch ins Zimmer des Kloßes war Zombie. Es war bereits einige Monate her, als der zu Besuch gekommen war – er war schon lange ausgezogen, aber es machte ihm Spaß, von Zeit zu Zeit vorbeizukommen und seine Wut an ihm auszulassen. Der inzwischen erwachsene, aber um kein Stück reifer gewordene Zombie hatte ihn in der Küche festgehalten und es als eine große Freude betrachtet, ihn zu provozieren. Obwohl das das Letzte war, was er damit erreichen wollte, hatte er ihm unfreiwillig einen großen Gefallen getan. Denn er hatte preisgegeben, worüber er selbst sich schon seit Jahren den Kopf zerbrach: seine Herkunft. Oder zumindest hatte Zombie es angedeutet – viel wusste er wahrscheinlich selbst nicht.

»Du dürftest gar nicht hier sein, deswegen will dich niemand«, sagte er. »Du hättest verschüttet werden sollen, genauso wie die anderen.«

»Was meinst du damit?«, schrie er selbst.

Da merkte Zombie, was er gerade ausgeplaudert hatte, zog seine Stirn erst in Falten und setzte dann sein ekliges, breites Grinsen auf.

»Das wirst du nie erfahren.« Er boxte ihm in den Arm, der schon ganz blau wurde. »Was damals geschehen ist.«

Dann schien er doch Lust zu haben, ihn weiter zu provozieren. Seine Augen blitzten auf. »Du kannst sie ja mal fragen, vielleicht erzählt sie es dir. Oder zeigt dir den Vertrag, mit dem sie dich ihr übergeben haben. Sie haben ihr sogar Geld dafür gezahlt, dass du bei ihr bleibst. So sehr wollten sie dich loswerden. Kann ich gut verstehen.« Zombie lachte laut auf.

Er wusste, dass die Wahrheit in dieser Schublade lag, denn der dazugehörige Schlüssel war das Einzige, das der Kloß immer mit sich herumtrug, an einer dünnen, abgenutzten Kordel um ihren Hals. Unzählige Male hatte er sich überlegt, wie er unbemerkt an ihn herankommen konnte, bis er beschlossen hatte, dass er ihn nicht brauchte. Er würde das Schloss einfach aufbrechen. Der Kloß hatte so sehr abgebaut, dass sie es wahrscheinlich gar nicht merken würde. Und wenn doch, dann war es eben so. Es war ihm egal, er hatte nichts zu verlieren. Schläge machten ihm nichts mehr aus. Er war es gewohnt. Irgendwann würde sie ihn vielleicht totschlagen, dann hätte er wenigstens seine Ruhe.

Er hörte ein Geräusch von außerhalb des Zimmers. Kamen sie schon zurück? Das konnte eigentlich nicht sein. Buffet und Tequila waren bestimmt noch nicht leer. Aber er musste sich beeilen. Das Schloss stellte sich als widerstandsfähiger heraus als gedacht. Er stocherte mit einem spitzen Küchenmesser darin herum, aber es dauerte mehrere Minuten, bis er das Messer so weit im Schloss herumdrehen konnte, dass der Bügel aufsprang. Die Schublade war schwer zu öffnen, weil sie bis oben hin mit Papieren vollgestopft war. Er legte den Stapel loser Dokumente auf den Tisch und suchte. Es waren Rechnungen und Versicherungsunterlagen dabei, das meiste aber waren Werbung oder wertlose Briefe, die der Kloß einfach in die Schublade gesteckt hatte. Ganz unten fand er sie, zerknickt und mit Eselsohren, aber lesbar: mehrere zusammengetackerte Dokumente des CREA, *Consejo Nacional de Recursos para la Atención de la Juventud*, dem Jugendamt. Er schmiss zwei leere Bierflaschen von einem alten Holzstuhl, setzte sich hin und begann zu lesen. Währenddessen wurden seine Augen immer größer.

Die Erinnerung an die Entdeckung der Wahrheit jagte ihm einen Schauer über den Rücken, auch heute noch. Er schloss den Artikel über das Erdbeben in Indonesien und scrollte sich weiter durch die Nachrichten, als es ihm plötzlich ins Auge fiel. Kurz schloss er die Lider, zählte bis drei und öffnete sie wieder. Dann wiederholte er die Prozedur. Aber das Bild verschwand nicht. Es war ein Foto von ihm selbst. Mit kürzeren Haaren, ordentlich rasiert und einem teuren Hemd. Er hatte ein aufgesetztes, arrogant wirkendes Lächeln im Gesicht. Allein das sagte ihm, dass hier etwas ganz und gar nicht stimmte.

Kapitel 29

Maxim wippte ungeduldig mit dem rechten Bein auf und ab, so dass das Geschirr auf dem Tisch klirrte. Es kam ihm wie eine Ewigkeit vor, seitdem Masha in ihrem Schlafzimmer verschwunden war und keinen Laut von sich gab. Gerade als er beschloss, nachzusehen, ob alles in Ordnung war, kam sie zurück ins Wohnzimmer. In der Hand hielt sie einen Schuhkarton.

»Wenn deine Mutter wüsste, dass ich das aufgehoben habe ...« Sie stellte den Karton vor ihm auf den Tisch.

»Was ist das?«, fragte er.

Schwerfällig ließ Masha sich wieder auf ihren Stuhl sinken. »Ich musste ihr damals versprechen, dass ich alles vernichte. Dass kein Gegenstand mehr existiert, der auf deinen Bruder hinweist. Aber ich konnte es nicht. Ihr seid meine Patenkinder. Ihr beide. Ich habe es als meine Verantwortung gesehen, diese Dinge aufzubewahren.«

Sie nickte ihm mit einem kleinen Lächeln zu, da er immer noch regungslos auf den Karton starrte. Langsam hob er den Deckel hoch.

Ganz oben lagen mehrere Fotos. Er nahm sie heraus und betrachtete sie von Nahem. Zwei Neugeborene in Brutkästen. Sie erinnerten Maxim an die Zeit, als Nele geboren war. Mehrere Wochen hatte sie in einem Inkubator verbringen müssen. Sie hatten sehr gezittert um das kleine, dünne Wesen, das mit seiner schwachen Lunge um seinen Start ins Leben gekämpft hatte. Die Säuglinge auf dem Foto trugen die gleichen Krankenhausarmbänder um die dünnen Ärmchen wie Nele damals. Auf einem zweiten Foto stand sein Vater über die Kästen gebeugt. Ein weiteres zeigte seine Mutter im Krankenhausbett, erschöpft, aber die Lippen zu einem zarten Lächeln verzogen. Das letzte Bild kannte er. Es klebte in seinem Kindheitsfotoalbum, das Eva Fuchs in ihrer Wohnung aufbewahrte und zuletzt hervorgeholt hatte, um es Nele zu zeigen.

»Du warst ganz verschrumpelt, wie eine Schildkröte!«, hatte Nele entsetzt gerufen und alle hatten gelacht.

»Da warst du bereits über den Berg und dein Bruder lag noch im Brutkasten«, erklärte Masha, als sie sah, dass er das Bild länger betrachtete als die anderen. »Niemand wusste, ob Paul es schaffen würde.«

Das nächste Foto zeigte die ganze Familie an einem runden Tisch mit bunter Tischdecke im Garten. Das Setting kannte er von Fotos. Es war der Garten seiner Großmutter. Annegret Maurer, Evas Mutter, hatte ein kleines Häuschen im Westend gehabt, mit einem liebevoll verwilderten Garten, an den Maxim sehr verschwommene, aber schöne Erinnerungen hatte. Sie war an Brustkrebs gestorben, als er sieben war. Was auf dem Foto neu war und keine Erinnerungen in ihm hervorrief, war die Tatsache, dass zwei Kinder am Tisch saßen, die fast genau gleich aussahen. Seine Mutter sah etwas durcheinander aus, die Haare offen und wirr in alle Richtungen abstehend, und das Gesicht gezeichnet von schlaflosen Nächten. Trotzdem strahlte sie und sah glücklicher aus, als Maxim sie je gesehen hatte. Sein Vater sah aus wie auf allen Fotos, die Maxim von ihm kannte. Ein einfaches T-Shirt, lange dichte Haare und ein zufriedener, stolzer Blick in die Kamera. Maxim und Paul saßen zwischen ihren Eltern und man konnte erahnen, wie schwer es gewesen sein musste, beide für das Foto still auf ihren Plätzen zu halten. Einer der Brüder hatte seinen Arm ausgestreckt und deutete auf die sahnige Geburtstagstorte in der Mitte des Tisches. Der andere Zwilling blickte mit Schmollmund und trotzigem Gesichtsausdruck in die Kamera. Maxim konnte nicht sicher sagen, welcher der beiden er war. Doch er tippte auf den Jungen, der so sehr an der Torte interessiert war. Sein Gesicht war etwas fülliger als das des anderen Zwillings.

»Euer erster Geburtstag.« Masha lächelte. »Ich habe das Foto gemacht. Es ist nicht perfekt, aber deine Mutter hat es geliebt. Gleich nachdem ich es entwickelt und ihr einen Abzug geschenkt hatte, hat sie es eingerahmt und im Wohnzimmer aufgehängt. ›Würden alle mit eingefrorenem Lächeln in die Kamera starren, wäre es nicht so echt‹, hat sie damals gesagt.«

Es folgten einige weitere Fotos desselben Tages. Die Zwillinge rennend auf dem Rasen, plantschend im kleinen Plastikschwimmbecken, mit ihrer Mutter auf einer Decke sitzend. Es musste ein sehr warmer 22. April gewesen sein im Jahr 1988. Das letzte Foto zeigte schließlich die beiden Zwillingsbrüder mit ihrer Mutter am Strand. Maxim wusste sofort, wo das Bild geschossen worden war. Er dreht es um, auf der Suche nach einer Datumsangabe. »September 1988«, sagte Masha und sah ihn mit großen Augen an. Langsam setzten sich die Puzzleteile in Maxims Kopf zusammen und er ahnte, wie die Geschichte weiterging.

»Der Hurrikan«, sagte er.

Masha beugte sich über den Tisch und zog den Karton zu sich. Sie nahm mehrere Briefumschläge und etwas, das aussah wie ein paar Zeitungsartikel, heraus und sah sie durch, bis sie gefunden hatte, wonach sie suchte. Sie zog den Brief aus dem Umschlag, strich ihn glatt und reichte ihn Maxim.

»Ich hatte immer vor, dir diesen Brief eines Tages zu geben. An deinem achtzehnten Geburtstag habe ich lange überlegt, aber ich konnte deiner Mutter nicht so in den Rücken fallen. Ich hatte Angst davor, was es mit ihr machen würde.« Sie senkte den Blick angesichts ihres fehlenden Mutes, die Wahrheit ans Licht zu bringen. »Es ist einfach, das im Nachhinein zu sagen, aber ich hatte von Anfang an kein gutes Gefühl dabei gehabt, dass ihr nach Mexiko mitkommen solltet. Dein Vater sollte dort auf einem internationalen Kongress sprechen – wohl ein sehr wichtiger für die Forschungsgemeinschaft, auf den er sich lange vorbereitet hatte. Dass deine Mutter ihn begleitete, daran gab es nichts zu rütteln. Sie konnte nie lange von ihm getrennt sein. Ich hatte ihr angeboten, euch für die Dauer der Reise zu mir zu nehmen. Doch das kam für Eva nicht in Frage. Sie gab vor, mir die Belastung nicht zumuten zu wollen. Tatsächlich konnte sie sich aber einfach nicht vorstellen, euch alleine zu lassen. Kein Wunder, ihr wart noch so klein, knapp eineinhalb Jahre. Als ich schließlich in den Nachrichten vom Hurrikan hörte, versuchte ich sofort, Eva zu erreichen.« Masha sah ihm wieder in die Augen. »Ich hatte eine

Nummer der Rezeption des Appartmentkomplexes, in dem ihr einquartiert wart, für Notfälle. Aber natürlich konnten sie unter den gegebenen Umständen genau zu diesem Zeitpunkt meinen Anruf nicht beantworten. Eine ganze Woche lang konnte ich euch nicht erreichen. Ich war außer mir vor Sorge. Es war ja offensichtlich, dass etwas passiert war, sonst hätte sie mich angerufen und beruhigt. Als ich endlich ihren Anruf erhielt, erkannte ich ihre Stimme kaum wieder. Da war sie schon wieder in Berlin.« Masha sah todtraurig aus, als sie sich an das Gespräch erinnerte.

»Es war nur ein Flüstern, ohne jegliches Leben in der Stimme. So als ... hätte der Hurrikan ihre Seele weggeweht. Das war mein erster Gedanke. Auf meine Fragen reagierte sie einfach nicht. Stattdessen sagte sie, sie könne für einige Zeit keinen Kontakt mehr zu mir haben. Ich verstand die Welt nicht mehr und nahm an, sie sei traumatisiert. Ob ihr dem Hurrikan zum Opfer gefallen wart, darüber hatte ich keine Ahnung. Eva legte auf und ich wusste nicht, was ich tun sollte. In den Tagen darauf habe ich mehrmals versucht sie anzurufen, zwei Mal bin ich hingefahren. Sie hat mir nicht die Tür geöffnet. Schließlich habe ich aufgegeben. Heute verstehe ich, dass sie es nicht ertragen konnte, mich zu sehen, da ich ein Teil des Lebens ihrer vollständigen Familie gewesen war. Vielleicht hatte es auch damit zu tun, dass sie nicht auf mich gehört hatte, als ich ihr davon abriet, euch mitzunehmen. Damals war ich aber einfach nur verwirrt und am Boden zerstört. Ein paar Monate später erhielt ich den Brief, den du jetzt in der Hand hältst.«

Maxim wandte den Blick von Masha, deren Augen glasig geworden waren, ab und las mit zitternden Fingern den Brief.

Kapitel 30

Liebe Masha,
es tut mir leid. Du hast es nicht verdient, ignoriert und verletzt zu werden. Am Ende dieses Briefes wirst du verstehen, warum ich dich in den letzten Monaten nicht um mich haben konnte.
Die zweite große Liebe meines Mannes hat schließlich gewonnen. Hurrikan Gilbert hat ihn mir für immer genommen. Und als wäre das nicht genug, ist auch Paul ihm zum Opfer gefallen.

Maxim fiel auf, dass seine Mutter über den Tropensturm schrieb wie über eine wahnsinnige Geliebte. Ähnlich musste es sich für sie jahrelang angefühlt haben.

Dass ich das überhaupt aussprechen kann, ist das Ergebnis meiner Therapiesitzungen. Maxim haben sie mir weggenommen, bis ich mich wieder in der Lage fühle, für einen anderen Menschen zu sorgen. Ich bete, dass er bald zu mir zurückkommt, dabei schaffe ich es im Moment selbst kaum aus dem Bett. Mit der Therapie geht es immerhin etwas voran. Diesen Brief schreibe ich auf dringenden Rat von Dr. Minkner. Er hätte am liebsten, dass ich dich anrufe und mit dir spreche, aber das kann ich noch nicht. Verzeih mir

bitte. Ich möchte trotzdem, dass du weißt, was passiert ist.
Es war töricht, Bernd zum Kongress fliegen zu lassen – mitten in der Hurrikan-Saison. Geschweige denn, ihn mitsamt den Kindern zu begleiten. Aber man rechnet ja nicht damit, dass es einen trifft. Gleich nach unserer Ankunft sprachen alle plötzlich vom drohenden Superhurrikan. Er wurde vom amerikanischen National Hurricane Center der Kategorie 5 zugeordnet, der schwersten Sorte Hurrikan, die sich in der Atmosphäre bilden kann. Ich kenne mich damit natürlich nicht so sehr aus wie Bernd, aber mir war klar, dass die Lage bedrohlich war. Während meine Angst wuchs, wurde Bernd allerdings immer aufgeregter, fast, als würde er sich freuen, das Naturschauspiel miterleben zu dürfen. Selbst Dr. Gotthard, sein Kollege, der mit uns gereist war, belächelte ihn. Bernd war wie besessen, wollte am liebsten als Hurrikan-Hunter ins Zentrum des Sturms fliegen – ein völlig waghalsiges Manöver, das ihm zum Glück nicht gestattet wurde – und spielte uns gegenüber die Gefahr herunter. Sagte, der Hurrikan würde sich abschwächen, sobald er bei uns angekommen war, und von den Experten mindestens eine Kategorie heruntergestuft werden. Ich glaube, er hatte damit im Nachhinein sogar recht, aber das ist völlig egal und bringt ihn nicht zurück. Masha, es war eine so absurde Situation. Wenn ich mich richtig erinnere, gab es Evakuierungsmaßnahmen, aber ich weiß nicht mehr, ob Bernd sich einfach weigerte, sie zu ergreifen, oder ob es zu spät für uns war, noch in eine weniger gefährdete Region zu reisen. Wir verschanzten uns

also in diesem kleinen Ferienappartement, ausgestattet mit Trinkwasser, den nötigsten Lebensmitteln – es gab sogar ein Hurrikan-Notfall-Kit mit Medizin, Taschenlampen, einem batteriebetriebenen Radio und so weiter. Als der Sturm näherkam, traute ich mich kaum, mich aus dem Schlafzimmer zu bewegen. Ich kauerte mit Paul und Maxim auf dem Boden, weit weg von den verbarrikadierten Fenstern, so wie es die Behörden geraten hatten. Die Jungs realisierten nicht, was passierte. Ich glaube, sie hatten gar keine Angst, sondern hielten alles nur für ein Spiel. Ich habe bis zuletzt versucht, sie von der Katastrophe abzuschirmen und zu beruhigen – bis ich versagte.
Bernd, der die ganze Zeit aufgeregt durch das Zimmer gelaufen war, wollte plötzlich raus. Kannst du dir das vorstellen, Masha? Er wollte raus in den Sturm, als hätte er von einer Minute auf die andere den Verstand verloren. »Mach dir keine Sorgen, Schatz, ich bin sofort wieder da.« Das war das Letzte, was er zu mir sagte. Ich hätte ihn zurückhalten sollen, nicht zulassen, dass er das Appartement verlässt. Aber ich konnte kaum reagieren, da war er schon weg. Und nur wenige Sekunden später bebte alles. Erst hörte ich schwere Gegenstände gegen die Außenwände schlagen, dann sauste ein Metalltrümmer in eines der Fenster herein und landete, ungehindert von den Holzbarrikaden, auf dem Boden direkt vor uns. Paul fing an zu schreien, Maxim war ganz ruhig. Ich hielt beiden Jungs die Augen und Ohren zu, drückte sie auf den Boden, während ich durch das nun offene Fenster sah, wie riesige Bäume einfach entwurzelt wurden. Vielleicht paralysierte mich die Angst und ich hielt Paul

nicht fest genug. Meine Erinnerung lässt an dieser Stelle nach. Der Arzt sagte, es sei der Schock. Woran ich mich erinnere, ist, wie Paul nach seinem Papa schrie. Und dann war er weg. Er musste die Tür des Appartements aufbekommen haben – in Deutschland konnte er das noch nicht, vielleicht sind die Klinken in Mexiko niedriger angebracht als hier.
Alles, was danach passierte, ist wie einer dieser Albträume, an die man sich nur noch verschwommen erinnert. Vielleicht, weil man sich nicht traut, die Erinnerung noch einmal richtig zuzulassen. Der Hurrikan war irgendwann vorüber – ich habe keine Ahnung, wie lange es dauerte – und Bernd wurde schnell gefunden. Er hatte es gar nicht aus dem Gebäude hinausgeschafft, sondern war in der Eingangshalle von einer schweren Deckenlampe auf den Kopf getroffen worden. Man versuchte mich damit zu beruhigen, dass er wohl nicht lange hatte leiden müssen, sondern sofort der Kopfverletzung erlegen war. Paul konnte bis heute nicht geborgen werden. Unser Appartementgebäude war eines von denen, die in der Region am meisten abbekommen und die größte Zahl an Todesopfern zu verzeichnen hatten. Masha, es war alles voller Leichenteile. Ich will nicht zu sehr ins Detail gehen, kann es auch gar nicht. Jedenfalls konnte ich meinen eigenen Sohn nicht einmal begraben. Er war einfach von jetzt auf gleich verschwunden, für immer.
Ich wollte nicht aufgeben, wollte nicht einsehen, dass mein kleiner Junge nicht mehr zu mir zurückkommt.

Dr. Gotthard musste mich und Maxim quasi ins Flugzeug setzen. Ohne ihn würde ich wohl immer noch in den Trümmern herumlaufen und nach Paul suchen. Du hattest Recht, Masha. Meine Kinder hätten niemals nach Mexiko mitkommen dürfen. Ich hätte auf dich hören sollen. Es schmerzt umso mehr zu wissen, dass ich es hätte verhindern können.
Und jetzt sitze ich hier in Berlin, völlig alleine, und man erwartet von mir, dass ich mich aufrapple, die Tragödie verarbeite und wieder für meinen Sohn da bin. Und das will ich auch. Aber es funktioniert nicht. Nicht solange ich diese Bilder vor mir sehe. Es spielt sich immer und immer wieder vor mir ab. Wenn ich mit Dr. Minkner spreche, wenn ich alleine bin, in meinen Träumen. Immer und immer wieder. Ich brauche Maxim und gleichzeitig kann ich die Vorstellung nicht ertragen, mit ihm zu Hause alleine zu sein.

Der letzte Satz versetzte ihm einen tiefen Stich ins Herz. Obwohl er glaubte, nachvollziehen zu können, was seine Mutter durchgemacht haben musste, war es hart, zu lesen, dass sie ihn nicht hatte ertragen können. Zum ersten Mal war er dankbar, dass er sich an seine frühe Kindheit nicht erinnern konnte. Es musste auch für ihn eine unerträglich schwere Zeit gewesen sein. Auch wenn er die Ausmaße der Tragödie in diesem Moment vielleicht noch nicht hatte einschätzen können, waren ihm aus dem Nichts seine Eltern und sein Zwillingsbruder entrissen worden. Und plötzlich begann er vieles zu verstehen, das in den letzten Jahrzehnten in ihm vorgegangen war. Das seltsame Gefühl in seiner

Brust, diese Leere, die er mit Dr. Trier nie hatte ergründen können. Er wandte sich wieder dem Brief zu.

Ich weiß nicht, was ich tun soll, Masha. Alles, was mich noch am Leben hält, ist Maxim. Jeden Morgen beim Aufwachen sehe ich sein Gesicht vor mir und spüre Glück, weil er für mich noch auf der Welt geblieben ist, und gleichzeitig Verzweiflung, weil es auch das Gesicht von Paul ist.
Nun hoffe ich, du kannst ein wenig verstehen, was in mir vorgeht, liebe Masha. Es tat gut, dir diese Zeilen zu schreiben, und bald werde ich bestimmt auch wieder mit dir sprechen können. Bitte hab Geduld.

Deine Eva

Einige Sekunden verweilten seine Augen auf den gleichmäßig geschwungenen Buchstaben, die aussahen, als seien sie langsam und mit Bedacht geformt worden. Vielleicht hatte seine Mutter auch einfach nicht mehr Kraft gehabt, als sie den Brief in tiefster Trauer und Hoffnungslosigkeit geschrieben hatte. Er hob den Kopf. Masha sah ihn mit hochgezogenen Augenbrauen an, als wartete sie darauf, dass er Fragen stellte, traue sich aber nicht, seine Gedanken zu unterbrechen.

»Ich nehme an, die Therapie verlief nicht so erfolgreich wie Dr. Minkner es sich vorgestellt hatte? «, fragte er schließlich.

Masha schüttelte traurig den Kopf. »Es gelang ihr nach einigen Wochen, wieder den Kontakt mit mir herzustellen. Es war sehr schwierig mit ihr, denn jeder noch so alltägliche Gegenstand, jede unbedacht geäußerte Bemerkung konnte einen Zusammenbruch bei ihr auslösen. Nicht dass ich das nicht verstehen konnte«, fügte sie eilig hinzu. »Es brauchte viel Geduld, aber wir näherten uns wieder an und ich glaube, ich konnte ihr auch etwas Trost spenden. Mit dir war es komplizierter.« Sie sah ihn zögerlich an. »Mehrere Male fuhr ich mit ihr in das Pflegeheim, in dem du untergebracht warst, und jedes Mal brach sie bei deinem Anblick in Tränen aus.«

Maxim schluckte.

»Bis zum 11. Februar 1989.« Masha starrte gedankenversunken auf ihre Kaffeetasse. Dann hob sie den Blick und sah ihm in die Augen. »Dieser Tag änderte alles.«

Kapitel 31

Plötzlich ergab alles einen Sinn. Ab dem Moment, in dem er im Internet das Foto von sich selbst – oder eben nicht sich selbst – entdeckte, schlossen sich so viele Lücken, die er sein Leben lang zu ergründen versucht hatte. Die Tatsache etwa, dass er sich immer gefühlt hatte, als wäre er nicht am richtigen Ort. Beim Kloß nicht, in seiner Schule nicht, auf der Arbeit nicht und eigentlich nirgendwo in diesem Land. Er kannte kein Zuhausegefühl und er hatte niemanden in seinem Leben, bis auf Mini damals, dem er sich je zugehörig gefühlt hatte. Keine Freunde, Verwandte oder Frauen. Er hatte immer gewusst, dass er hier falsch war. Nicht auf die Art, die Teenager erlebten, wenn sie eine depressive Phase hatten, sondern tief aus dem Herzen heraus. Und jetzt wusste er warum: Er gehörte eigentlich zu einer Familie aus Deutschland, einer richtigen Familie. Das erschloss er sich innerhalb weniger Minuten, nachdem er das Foto gefunden hatte. Denn der Mann auf dem Bild schien eine bekannte deutsche Persönlichkeit mit ebenso bekannter Hintergrundgeschichte zu sein. Die Verbindung zu ihm selbst ließ sich schnell herstellen: Meteorologe reist mit Familie nach Mexiko, kommt ums Leben, hinterlässt Frau und Kind. Und ihn. Es passte endlich alles. Der Bericht des Jugendamts, nach dem er aus den Trümmern gerettet worden war. Eine verhängnisvolle Verwechslung. Und auch seine Beinverletzung, die er bereits auf das Ereignis in seiner frühen Kindheit zurückgeführt hatte, seitdem er den Bericht kannte. Wie alt war er gewesen, eineinhalb? Angestrengt versucht er, Erinnerungen an diese frühe Zeit seiner Kindheit heraufzubeschwören. Aber da war nichts. Dafür war er zu klein gewesen. Doch er hatte vermutlich schon laufen können, sicherlich ein paar Worte gesprochen, mit seinen Eltern und seinem Zwillingsbruder. Das war der vielleicht größte Aha-Moment, den die Entdeckung seiner Vergangenheit bei ihm auslöste. Etwas hatte er tatsächlich mitgenommen aus seinem früheren Leben.

Er erinnerte sich an Sandra, das blonde Mädchen, das eines Tages bei ihm in der Primaria, der Grundschule, aufgetaucht war. Damals musste er in der ersten Klasse gewesen sein, höchstens sechs Jahre alt. Warum Sandra mit ihren sicherlich wohlhabenderen deutschen Eltern seine staatliche Primaria und nicht eine Privatschule besuchte, wie fast alle, deren Eltern es sich irgendwie leisten konnten, wusste er nicht. Sie sprach kein Wort Spanisch und wurde am ersten Tag neben ihn gesetzt, auf den freien Platz in der letzten Reihe. Vielleicht wollte seine Lehrerin damit bezwecken, dass sich Außenseiterin und Außenseiter zusammentaten. Oder es war eben nur noch neben ihm ein Platz frei, weil dort niemand sitzen wollte. Die ersten Tage sprachen sie nicht miteinander – sie, weil sie es nicht konnte, und er, weil er sich nicht traute. Er war sowieso kein extrovertiertes Kind und bereits genug traumatisiert von seinen früheren Kontaktversuchen zu seinen

Mitschülern, die meist nichts als Spott für ihn übrighatten. Außerdem war Sandra sehr hübsch, zumindest in seinen Augen. Nicht klassisch schön, aber ihre hellen Augen und ihre kleine Nase übten eine Faszination auf ihn aus.

Irgendwann wurden sie gemeinsam einer Partnerarbeit zugeteilt. Er erinnerte sich, wie sich die anderen Kinder aus der Klasse höhnisch zu ihnen umdrehten, als die Lehrerin die Partner verkündete. Was sollten der schüchterne Loser und das seltsame Mädchen, das ihrer Sprache nicht mächtig war, schon gemeinsam zustande bringen. Das fragte er sich damals ebenfalls. Sandra aber ging die Sache pragmatischer an. In ihrer Hilflosigkeit verständigte sie sich mit Händen und Füßen, zeigte auf die Gegenstände, die sie meinte, zeichnete, was sie sagen wollte. Dabei sprach sie die Dinge einfach in ihrer Sprache aus. Und das hatte einen sonderbaren Effekt auf ihn. Irgendwie verstand er sie. Nicht nur durch ihre bemühten Gesten und Zeichnungen, irgendwie ergab auch ihre Sprache für ihn einen Sinn. Sie klang vertraut und logisch. Schnell begann er, die Worte zu imitieren und von ihr zu lernen, nicht umgekehrt, wie es ihre Lehrerin eigentlich im Sinn gehabt hatte. Es fiel ihm außergewöhnlich leicht, als befanden sich die Worte der eigentlich fremden Sprache irgendwo in seinem Hinterkopf und mussten nur hervorgeholt werden. Jetzt wusste er, dass genau das damals der Fall gewesen war.

Sandra blieb nur wenige Monate in seiner Klasse, bis sie mit ihren Eltern wegzog. Er wusste gar nicht mehr, warum, nur, dass es relativ schnell ging. Plötzlich war sie weg und mit ihr die einzige Freundin, die er je, wenn auch nur für kurze Zeit, gehabt hatte. Was blieb, war seine Affinität zur deutschen Sprache. Nach den Monaten mit Sandra war er in der Lage, einfache Unterhaltungen auf Deutsch zu führen, grammatikalisch selten einwandfrei, aber sein Wortschatz war auf eine beeindruckende Größe gewachsen. Es war wohl zum Teil die Sprache, die er nach Sandras Weggang vermisste, zum Teil auch sie selbst, die ihn jede Woche in die große Bücherei seines Stadtviertels gehen ließen. Es gab dort eine Ecke mit internationaler Literatur und immer wieder fand er dort auch deutsche Bücher. Nichts für Kinder, sondern trockene Sachbücher und Erwachsenenromane über Liebe und Leidenschaft oder Krimis – alles Inhalte, für die er viel zu jung war. Mit den Geschichten konnte er zunächst wenig anfangen, doch sie halfen ihm beim Deutschlernen, denn das war es, was er wollte. Es war das Einzige in seinem Leben, das sich gut anfühlte. Irgendwann fand er sogar Gefallen an den brutalen Kriminalromanen, die er mit den Jahren sprachlich immer besser verstand. Er hatte schließlich Zeit, seine gesamte Kindheit und Jugend über alleine in seinem Zimmer, ohne Freunde und mit nichts als seinen Büchern, die er sich immer und immer wieder selbst laut vorlas.

Es ergab also alles irgendwie einen Sinn, bis auf eins: Warum war seine Existenz aus der Historie dieser Familie einfach gelöscht worden? Warum fand er in Maxims Geschichte nirgendwo Erwähnung? Es musste doch aufgefallen sein, dass seine Mutter mit zwei Kindern nach Mexiko geflogen war und nur mit einem zurückkehrte. Das musste doch Spuren hinterlassen haben. Überall war nur die Rede vom tragischen Verlust des Vaters, nichts vom verlorenen Zwillingssohn. Wie war das möglich? Hatte man ihn einfach vergessen? Hatte seine eigene Familie ihn genauso wenig leiden können wie alle anderen Figuren in seinem Leben? Der Gedanke schmerzte mehr als alles andere. Und schlug schließlich in Wut um, die in ihm hochbrodelte, höher und höher, bis sie in seinem Kopf angekommen war und sich dort ausbreitete, dass ihm ganz heiß wurde. Es gab nun Umstände und Personen, die die Schuld an seinem miserablen Leben trugen. Während es ihnen selbst blendend ging, besser als mit ihm. Denn Maxim hatte mit seiner aufregenden Lebensgeschichte sicher an Aufmerksamkeit und Bekanntheit gewinnen können. Und war es nicht eine wunderschöne Geschichte, dass der kleine Maxim überlebt und als Erwachsener seinen verstorbenen Vater stolz gemacht hatte? Ihm wurde schlecht.

Kapitel 32

Es war ein einziges Chaos. Nichts fügte sich zu sinnvollen Gefügen zusammen. Sofia saß im Schneidersitz auf dem Boden vor ihrem Sofa, vor sich ein großer Becher Kaffee und ein Wirrwarr an Karteikarten. Normalerweise half ihr das Niederschreiben der einzelnen Fakten und Vermutungen dabei, alles einzuordnen. Die Karten waren mit Namen, Charakterbeschreibungen und Daten beschriftet, die mit großen Fragezeichen versehen waren. Gerade von letzteren gab es besonders viele. Wo war der rote Faden? Nach den jüngsten Ereignissen war Fuchs definitiv der Hauptverdächtige. Seine Angehörigen waren verschwunden. Seine Mutter lag im Krankenhaus. Seine Chefin war vergiftet worden, mit einer Substanz, die von ihm erworben worden war. Mit großer Wahrscheinlichkeit hatten sie ihn sogar auf einer Videoaufnahme vom Tatort zum Zeitpunkt des Mordes aufgezeichnet. Die Kollegen aus der IT überprüften das Material gerade noch einmal und versuchten, noch mehr aus der schlechten Bildqualität herauszuholen. Insgesamt waren die Aussagen von Fuchs nicht glaubwürdig, da sie sich mit denen seines Nachbarn widersprachen. Trotz allem hatte Sofia das Gefühl, etwas zu übersehen.

Vor einigen Jahren hatte sie einen Fall gehabt, bei dem sie sich zu früh auf eine Verdächtige eingeschossen hatten. Einer 44-jährigen Frau war vorgeworfen worden, ihren Lebenspartner vergiftet zu haben, nachdem sie ihn beim Seitensprung erwischt hatte. Alles hatte zu gut zusammengepasst. Das Motiv, das nicht überprüfbare Alibi der Frau, ihr allgemeiner, psychischer Zustand, der alles andere als stabil war und zu dem Sofia und ihre Kollegen im Rahmen ihrer Ermittlungen nicht gerade positiv beigetragen hatten. Am Ende hatten sie sich so sehr darauf konzentriert, einen Beweis für die Schuld der vermeintlichen Täterin zu finden, dass der tatsächlich Schuldige gar nicht ins Visier geriet – bis er einen Fehler machte. Es war der sechzehnjährige Sohn der Verdächtigen, der vom Betrug seines Stiefvaters an seiner Mutter erfahren und beschlossen hatte, die Familienehre wiederherzustellen. Den Chemiecocktail, der das Opfer mit großer Wirkung sehr schnell außer Gefecht gesetzt hatte, hatte der Junge von einem befreundeten Dealer erhalten. Der hielt dicht – im Gegensatz zur Freundin des mörderischen Teenagers, der er sich anvertraute. Sie haderte ein paar Tage mit sich und kam schließlich zu Manuel auf die Wache, um die Wahrheit ans Licht zu bringen. Seitdem hatte Sofia sich geschworen, ihre Fälle immer von jeder erdenklichen Seite zu beleuchten. Der Sechzehnjährige war damals aufgrund seiner Aggressivitätsprobleme sogar in therapeutischer Behandlung gewesen, was ein klares Warnsignal hätte sein sollen, das sie übersehen hatten.

Das würde ihr nicht noch einmal passieren. Die alles entscheidende Frage war: Warum tat Fuchs das alles? Was war sein Motiv? Hinzu kam, dass sie ihn seit zwei

Tagen, als er bei ihnen auf der Wache erschienen war, nicht mehr erreichen konnten. Sie hatten es telefonisch, bei ihm zu Hause, bei seinen Schwiegereltern und bei TeleSpree erfolglos versucht. Mittlerweile lag ein Haftbefehl gegen ihn vor. Würde sich eine unschuldige Person vor der Polizei verstecken? Unwahrscheinlich. Zum wiederholten Mal zermarterte Sofia sich das Hirn in alle erdenklichen Richtungen. Dann nahm sie die Karteikarte, auf der ›Antonia Ferreira‹ stand, und strich den Namen durch. Zumindest die Fährten, die nun wirklich zu nichts führen würden, konnte sie beseitigen, um für ein wenig mehr Klarheit zu sorgen. Manuel hatte den Chef der Familienrechtskanzlei erreicht, in der Clara Fuchs arbeitete. Dort hatte man ihm bestätigt, dass Fuchs mit der Aufarbeitung des Falls beschäftigt gewesen war – auf Bitten ihres Mandanten, dem geschiedenen Ehemann von Ferreira. Der machte sich Sorgen, nachdem seine Ex-Frau aus dem Gefängnis entlassen worden war und potenziell eine Gefahr für den Sohn darstellen konnte.

Sofia tat der Kopf weh. Sie hatte gehofft, sich diesen Sonntagvormittag mit Arbeit ablenken zu können. Doch der schmerzende Schleier hinter ihrer Stirn verschwand nicht. Kim war jetzt seit vier Tagen verschwunden und Sofia wusste langsam nicht mehr, wie sie sie noch ausfindig machen konnte. Sie hatte es unzählige Male auf dem Handy ihrer Nichte versucht, hatte Kim und sogar ihrer Freundin Hanna Nachrichten auf Instagram geschickt. Keine Reaktion. Hanna hatte allerdings auch eine überraschend hohe Anzahl an Followern und nahm ihre Nachricht unter vermutlich hunderten, die sie regelmäßig bekam, gar nicht wahr. Wenn Helena das alles wüsste. Sofia glaubte nicht daran, dass Verstorbene im Himmel saßen und auf ihre Hinterbliebenen herabblickten. Aber irgendwie hatte sie trotzdem das Gefühl, ihre Schwester beobachtete ganz genau, wie sehr Sofia bei Kims Erziehung versagte. Vielleicht sollte sie sie doch als vermisst melden. Sollten es doch alle wissen. Was nutzte ihr Stolz, wenn Kim etwas zugestoßen war. Sie sah aus dem Fenster und hoffte, dass das Mädchen sich wenigstens nicht draußen herumtrieb. Das Gewitter in der letzten Nacht war gewaltig gewesen. Jetzt knallte die Sonne schon wieder vom Himmel, aber die schwankenden Äste vor ihrem Wohnhaus zeigten, dass das Wetter wieder umschwenken würde. Vielleicht war das Gewitter nur ein Vorbote für einen noch stärkeren Sturm gewesen.

Ein lautes Klingeln ertönte und riss sie aus ihren Gedanken. Sofia brauchte ein paar Sekunden, in denen sie wild um sich tastete, um dann festzustellen, dass das Handy unter dem Sofa lag. Sie verrenkte sich schmerzhaft die Schulter, bis sie es hervorgefischt hatte. Wie war das jetzt wieder dort hingekommen?

»Nikolaidis?«, meldete sie sich.

»Sabine Linke hier.«

Sofia brauchte eine Sekunde, dann hatte sie Namen und Stimme mit der eleganten und sorgfältig frisierten Frau verbunden, die Maxim Fuchs' Schwiegermutter war.

»Hallo, Frau Linke.«

»Sie hatten gesagt, ich solle mich melden, wenn mir noch irgendetwas einfällt. So richtig kann ich immer noch nicht glauben, dass Maxim all das getan haben soll. Aber ich will, dass Sie meine Tochter und meine Enkelin finden. Also ... Ich weiß nicht, ob es wichtig ist, aber Maxim hat einen guten Freund, der auf einem der Hausboote in der Nähe des Westhafens wohnt. Ich glaube nicht, dass Clara und Nele dort sind, aber vielleicht wenigstens Maxim. Oder haben Sie ihn inzwischen gefunden?«

»Nein«, musste Sofia zugeben. Sie ließ sich von Frau Linke den Namen des Freundes geben und legte auf. Immerhin etwas, sie sollten das gleich überprüfen. Bevor sie Manuels Nummer wählen konnte, um sich mit ihm zu einem Ausflug an den Westhafen zu verabreden, klingelte das Smartphone in ihrer Hand schon wieder. Sie zuckte zusammen. Seit wann war sie so schreckhaft? Sie musste wirklich aufhören mit dem übermäßigen Rotweinkonsum.

»Elli, was gibt's?«, beantwortete sie das eingehende Telefonat.

»Wir haben einen Anruf erhalten. Eine neunzehnjährige Studentin, Giulia Bilotti. Arbeitet als Zimmermädchen im Hotel zur Sonne in Potsdam.«

»Und?« Warum war sie so unfreundlich zu Elli?

»Sie wurde gestern Nacht von einem Mann vor dem Hotel festgehalten, bedroht und dazu gezwungen, ihm Zutritt zu einem der Hotelzimmer zu verschaffen.«

Sofia seufzte. »Vergewaltigung?«

»Nein, das Mädchen ist körperlich unversehrt. Kein Missbrauch und keine gravierenden Gewaltanwendungen. Nachdem sie ihm die Tür zum Hotelzimmer geöffnet hat, hat er sie gehen lassen.«

»Einfach so? Was sollte das? Und warum erzählst du mir das jetzt?«

»Der Täter war Maxim Fuchs.«

»Was? Hättest du das nicht gleich sagen können?«

»Sorry.«

»Woher wissen wir, dass er es war? Hat sie ihn erkannt?«

»Nein. Aber sein Auto. Sie hat sich das Kennzeichen gemerkt.«

Sofia schnappte sich eine der Karteikarten und befüllte sie stichwortartig mit den neusten Fakten.

»In welches Hotelzimmer wollte Fuchs? Und warum?«, fragte sie.

»Warum weiß ich nicht. Das Zimmer war von einem Andres García gebucht worden.«

»Danke, Elli. Ich melde mich.« Sie legte auf und holte den uralten Ersatz-Laptop, den Ivan ihr gegeben hatte, nachdem sie etwas von verschüttetem Saft auf der Tastatur erzählt hatte.

Die Google-Suche brachte nicht viel. Soziale Netzwerke schien Andres García nicht zu nutzen und auch sonst war er nicht wirklich im Internet präsent. Sofia loggte sich ins Bundeszentralregister ein. Falls der Mann der deutschen Polizei jemals in irgendeiner Weise negativ auffällig geworden war und eine Strafe kassiert hatte, würde diese hier auftauchen. Sie gab den Namen ein und wurde enttäuscht. Keine Einträge. *Gib mir irgendwas*, flehte Sofia innerlich. Gib mir eine Spur, damit wir hier weiterkommen. Irgendwo in sich drin verspürte Sofia eine Hoffnung, jemanden zu finden, der für die Verbrechen der letzten Tage verantwortlich sein könnte. Jemand anderen als Fuchs. Warum hoffte sie das? Entgegen der aktuellen Beweislage wollte sie in ihm einen Unschuldigen sehen.

Warum auch immer. Mit geübten Klicks rief sie das Portal von Interpol auf, um in den internationalen Datenbanken nach Personenfahndungen zu suchen. Auch hier keine Treffer. Es dauerte einige Minuten und mehrere erfolglose Links von Google zu Seiten über die anscheinend unzähligen Personen in der Welt, die Andres García hießen, bis Sofia schließlich auf der dritten Seite der Google-Bildersuche fündig wurde. Ein Foto, aufgenommen vor einem professionellen, grauen Hintergrund, das im Porträt eine ihr nur allzu bekannte Person zeigte. Sie klickte auf das Bild von Maxim Fuchs und landete auf einem englischsprachigen PR-Artikel eines mexikanischen IT-Unternehmens.

Sofia stand auf und ging in die Küche. Ihr Mund fühlte sich ausgetrocknet an. Sie füllte ein großes Glas mit Leitungswasser und leerte es in einem Zug. Dabei versuchte sie ihre Gedanken zu ordnen. Dann druckte sie den Artikel mitsamt dem Foto aus und zog sich an, um auf die Wache zu fahren. Dort konnte sie besser denken. Von unterwegs würde sie Manuel anrufen. Bevor sie die Wohnung verließ, hatte sie aber noch etwas anderes zu erledigen. Sie nahm ihr Handy und wählte ihre Dienststelle im Telefonbuch aus. Es klingelte drei Mal, dann nahm Elli ab.

»Ich bin's nochmal, Elli. Ich möchte eine Vermisstenanzeige aufgeben.«

Kapitel 33

Ohne Gnade knallte die Mittagssonne auf Jakobs kleine Terrasse. Fast schien es, als hätte es das Gewitter der letzten Nacht nicht gegeben, wäre da nicht der Himmel, der ihm verriet, dass das unbeständige Wetter zurückkehren würde. Türmchenförmige Schäfchenwolken bildeten sich in immer größerer Zahl und würden die Sonne bald verdecken. Dann würden sie sich zu einer Amboss-Form ausbreiten – ein klares Zeichen für bevorstehendes stürmisches Wetter. Aber drinnen hätte Maxim es nicht ausgehalten. Nachdem er von Masha zurück zu seinem Freund gefahren war, hatte er das dringende Bedürfnis gehabt, draußen in der Natur zu sein. Es gab ihm das Gefühl, klarer denken zu können. Jakob saß ihm gegenüber, rauchte eine Zigarette nach der anderen – Maxim hatte ihn seit ihrer Studienzeit nicht mehr rauchen sehen, aber in diesen Tagen konnte ihn nicht mehr viel verwundern – und mit jedem Zug saugte er Maxims Erzählung in sich auf.

Masha hatte ihm mit einer erstaunlichen Präzision geschildert, was vor über dreißig Jahren geschehen war, das sein Leben und das seiner Mutter radikal in eine andere Richtung gelenkt hatte. Von einem Tag auf den anderen war Maxim offiziell zum Einzelkind geworden. Eva hatte den schmerzlichen Verlust schlicht nicht mehr ertragen und sich für die pragmatischste

Lösung entschieden: Sie verleugnete die Existenz ihres verstorbenen Sohnes. Masha war völlig schockiert gewesen und hatte nicht gewusst, wie sie damit umgehen sollte. Zu keinem Zeitpunkt war Eva bereit gewesen, den Wandel zu erklären, und jede Frage oder vorsichtige Annäherung an das Thema hatte sie abgeblockt. Mit Tränen in den Augen erzählte Masha ihm, wie sie sich damals einfach nicht hatte vorstellen können, dass das Verhalten ihrer Freundin gesund sei. Wochenlang hatte sie in der Bibliothek psychologische Ratgeber und Standardwerke gewälzt, um herauszufinden, wie es zu dem plötzlichen Wandel kommen konnte, wie viel davon eine aktive Entscheidung gewesen war oder ob es sich vielleicht um einen unterbewussten Verdrängungsmechanismus handelte, der sich später auf negative Weise äußern würde.

Tatsächlich hatte Eva nach außen hin gewirkt, als würde sie langsam zu Kräften kommen und ihren Platz im Leben wiederfinden. Sie hatte Fortschritte in ihren Therapiesitzungen gemacht, war wieder arbeiten gegangen und hatte sich äußerlich von einem traumatisierten menschlichen Wrack zu einer trauernden Witwe auf dem Weg der Besserung gewandelt. Ihre Bemühungen hatten Erfolg und das Jugendamt hatte schließlich entschieden, ihr ihren Sohn wiederzugeben. Wie Eva es geschafft hatte, dass ihr Therapeut ein Gutachten ausstellte, das ihre psychische Stabilität bescheinigte, war Masha bis heute ein Rätsel. Dass alles eine große Lüge war, schien nur Masha zu sehen. Fast alle anderen Menschen in ihrem sozialen Umfeld hatte Eva nicht mehr an sich herangelassen. Von Masha hatte sie einfach stillschweigend erwartet, dass sie die neue Wahrheit akzeptierte und nicht mehr hinterfragte. Und so war es auch geschehen. Masha hatte sich irgendwann gefügt und die Vergangenheit ruhen lassen, wie sie Maxim mit schuldbewusstem Blick gestand.

»Sie schien wieder zum Leben erweckt. Was hätte ich tun sollen?«, fragte sie. Und so hatte sie die Fotos der Zwillinge und die Briefe ihrer Freundin in einen Karton gepackt, in die hinterste Ecke ihres Schranks geschoben und beschlossen, mitzuspielen. Wie schlimm es um die mentale Gesundheit von Eva Fuchs wirklich stand, sollte sich in den kommenden Jahrzehnten noch oft genug zeigen.

Als Maxim mit seiner Schilderung fertig war, wandte Jakob den Blick von ihm ab, drehte seinen Kopf zum Wasser und dachte nach. Dann drückte er seine Zigarette im Aschenbecher aus, stand auf und verschwand für mehrere Minuten im Hausboot. Als er wieder herauskam, trug er ein riesiges Whiteboard mit sich. Maxim erinnerte sich, dass er dieses vor einigen Jahren in seinen YouTube-Videos benutzt hatte, um Wetterphänomene visuell darzustellen. Irgendwann hatte er aber seine digitalen Illustrations- und Animationsfähigkeiten so weit ausgebaut, dass die weiße Tafel überflüssig geworden war. Heute saß Jakob in seinen Videos meist vor einem Greenscreen, auf dem er aufwändig gestaltete Videos und grafische Animationen einblendete. Sein Setup kam dem eines professionellen Fernsehstudios bereits erstaunlich nah.

»Du musst das mal visualisieren«, sagte Jakob. »Dann können wir das besser strukturieren. Vielleicht kommen wir ja irgendwie darauf, was jetzt zu tun ist.«

Wieder einmal bewunderte Maxim seinen Freund dafür, dass man mit ihm nie das Gefühl hatte, auf der Stelle zu treten und fragte sich, was er ohne ihn tun würde.

»Gute Idee«. Er stand auf, nahm Jakob den Stift aus der Hand und stellte sich an das Whiteboard. Kurz fühlte er sich an seine Schulzeit erinnert. Nur dass es in diesem Fall keinen Lehrer gab, der ihm im Notfall Hilfestellung leisten würde.

›*WAS WIR WISSEN*‹ schrieb Maxim in großen Buchstaben auf die linke Seite des Boards. Darunter listete er auf:

- *Paul/Andres hat überlebt.*
- *Ist in Berlin.*
- *Hat im Hotel in Potsdam gewohnt.*
- *Wurde vermutlich von Herrn Hofmann gesehen.*

Maxim ließ den Stift sinken. Viel war das nicht. Jakob trat einen Schritt auf ihn zu und nahm ihm den Stift ab.

»Sehr gut«, sagte er und klang nun doch wie ein Lehrer, der seinen Schüler ermutigen wollte. Er zog einen vertikalen Strich in der Mitte der Tafel und schrieb ›*WAS WIR NICHT WISSEN*‹ auf die rechte Seite.

»Na dann mal los«, seufzte Maxim.

Gemeinsam trugen sie alle offenen Fragen zusammen, bis das Board so sehr bekritzelt war, dass es kaum noch zur Übersicht beitrug.

- Wer ist Andres García?

- Was hat er mit dem Verschwinden von Clara und Nele zu tun?

- Was hat er mit dem Anschlag auf Eva Fuchs zu tun?

- Wie passt Alina Rubin ins Schema?

- Welche Beweise soll es für Maxims Schuld geben?

- Wo ist Paul/Andres?

- Wo sind Clara und Nele?

Die letzte Frage unterstrich Jakob zwei Mal. Dann standen beide eine Weile vor dem Whiteboard, als würden die Buchstaben sich irgendwann zu Antworten zusammensetzen, wenn sie sie nur lange genug anstarrten. Der erhoffte Geistesblitz blieb aus. Jakob wandte seinen Blick schließlich vom Whiteboard ab und sah Maxim an.

»Was ist?«

»Es geht hier um deinen Zwillingsbruder. Ihr wart neun Monate lang verbunden im Bauch eurer Mutter. Die ersten Jahre eures Lebens seid ihr gemeinsam aufgewachsen. Da muss es doch eine Verbindung geben.«

»Du meinst eine telepathische?« Maxim sah seinen Freund mit hochgezogenen Augenbrauen an.

»Ist das so abwegig?«, fragte Jakob. »Ihr müsst doch irgendeine Art Verbindung haben.«

Maxim setzte sich wieder auf den kleinen Gartenstuhl, stützte sich mit den Ellbogen auf dem Tisch ab und vergrub den Kopf in seinen Händen.

Tatsächlich gelang es ihm mit geschlossenen Augen besser, sich zu konzentrieren. Er dachte nach. An eine telepathische Verbindung glaubte er nicht, dazu war er zu sehr Wissenschaftler. Andererseits war der Gedanke nicht uninteressant. Schließlich handelte es sich nicht um irgendeinen Fremden, sondern um einen Menschen, der seine DNA teilte. Er richtete sich auf, die Augen immer noch geschlossen, und lauschte den beruhigenden Geräuschen des Wassers, das gegen das Hausboot schwappte. Jakob konnte er nicht mehr hören, vielleicht war er hineingegangen. Es musste ihm irgendwie gelingen, sich in seinen Bruder hineinzuversetzen. Er musste verstehen, was er dachte und wie es in ihm aussah. Er versuchte sich herzuleiten, wie sein Leben verlaufen sein musste. Das war schwierig, denn er hatte keinen Anhaltspunkt, was genau in Mexiko passiert war. Wie konnte es sein, dass jeder davon ausgegangen war, Paul sei tot? Es konnte ja keinen Leichnam gegeben haben. Hatte man ihn nicht gefunden und die Suche irgendwann aufgegeben? Hatte sich jemand anderes des Jungen angenommen und ihm ein neues Leben geschenkt? Hätte Paul mit eineinhalb Jahren nicht Hinweise auf seine Familie geben können? Maxim fiel auf, dass er nicht wusste, ob er damals schon sprechen konnte. Nele war sehr früh dran gewesen und hatte ihre ersten Worte bereits nachgeplappert, als sie ein Jahr alt war. Allerdings war es gut möglich, dass Paul völlig traumatisiert gewesen war, nachdem seine Umwelt ins Chaos gestürzt und seine Familie von einem Moment auf den anderen verschwunden war. Frustriert öffnete Maxim wieder die Augen. Das Erste, was er erblickte, rief ihn hervor – den lang ersehnten Geistesblitz. Er wusste es. Als hätte er es zuvor noch nie gesehen, starrte er das trübe Wasser des Hafenbeckens an, in das der zunehmende Wind kreisförmige Wellen zog. Der Ort, an dem sich sein Zwillingsbruder und vielleicht auch Clara und Nele aufhalten könnten, war vielleicht der Ort, an dem Paul glaubte, seinem Vater am nächsten zu sein.

Kapitel 34

Es war ihm viel zu hektisch in dem Café, in dem keiner der Gäste älter aussah als 28. Einige saßen wie er mit ihren Laptops an den kleinen Holztischen, tippten mit wichtiger Miene auf der Tastatur herum und nippten zwischendurch an einer Mate-Flasche. Andere saßen zu zweit oder zu dritt, unterhielten sich, lachten und nickten im Takt der viel zu lauten Musik, die aus den Lautsprechern drang. Alle paar Minuten durchfuhr ein lautes Dröhnen das Café, wenn einer der jungen Baristas die glänzende Siebträgermaschine in Gang setzte, gefolgt von einem lauten Zischen des Milchaufschäumers. Er hätte sich etwas Ruhigeres suchen sollen, etwas mit weniger nervenden Menschen, aber nun war er hier und er hatte Dinge zu erledigen. Zudem bezweifelte er, dass er in dieser Gegend Cafés finden würde, die nicht für junge, sorglose Hipster konzipiert waren. Er brauchte nur einen Kaffee, dann würde er sich schon konzentrieren können. Sein Blick fuhr über die Wand hinter der Theke, die vollständig mit Tafellack gestrichen worden war. Die gesamte Fläche war bekritzelt mit originellen Kaffeekreationen, veganen Gerichten und Snacks. Er hob die Hand, um die Aufmerksamkeit des langhaarigen Baristas auf sich zu ziehen. Der winkte ihm mit einem aufgesetzten Lächeln zu und bedeutete ihm, nach vorne zu ihm zu kommen. Wunderbar, da hätte er ja lange warten können. Nicht einmal bedient wurde man in diesem Laden.

Genervt klappte er den Laptop zu, klemmte ihn sich unter den Arm und schob sich an einer laut diskutierenden Gruppe junger Italiener vorbei, um einen schwarzen Kaffee zu bestellen. Als er ihn endlich hatte, war sein Platz besetzt und er musste sich in eine Ecke setzen, neben zwei jungen Mädchen, die sich lautstark über eine gemeinsame Freundin unterhielten und wie sehr diese sich verändert hatte, seitdem sie in einer neuen Beziehung war. Er zog sich die Baseball Cap noch tiefer ins Gesicht, um nicht das Risiko einzugehen, erkannt zu werden. Vielleicht hätte er doch im Hotel bleiben sollen. Aber dort fiel ihm inzwischen so sehr die Decke auf den Kopf, dass er es kaum noch aushielt. Er hasste diese Stadt. Und dieses ganze Land. Aber er hatte keine Wahl. Er musste dafür sorgen, dass der Sturm in seinem Kopf aufhörte. Der Hass. Er klappte den Laptop wieder auf und dreht ihn so, dass das blonde Mädchen neben ihm, das offensichtlich sehr am Leben anderer Menschen interessiert war, nicht auf seinen Bildschirm schauen konnte.

Maxims LinkedIn-Profil war noch offen, all seine Beiträge und Aktivitäten öffentlich sichtbar. Klar, das war Sinn und Zweck der Plattform. Er klickte auf den Artikel, der sein Interesse geweckt hatte, bevor die Café-Umgebung ihn abgelenkt hatte. Es war ein Interview mit Maxim in einem Onlinemagazin, das nichts mit Meteorologie, sonstigen Naturwissenschaften oder irgendetwas Gehaltvollem zu tun hatte, sondern eine Boulevard-Zeitung, die belanglose Fernseh-, Musik- und Internet-Persönlichkeiten zu Wort kommen ließ.

Natürlich hatte Maxim den Artikel über sich geteilt, sicher stolz, es als Prominenter geschafft zu haben. Er stellte sich vor, wie Maxim das Interview Clara vorlas, abends auf seinem dunkelblauen Samtsofa liegend, mit einem Glas teurem Wein und geschwellter Brust. Er wusste wie Maxims Wohnzimmer aussah: das große, teure Sofa, der Retro-Couchtisch davor und die kleine Wohnzimmerbar aus edlem Mahagoniholz. Er kannte es von Instagram, genauso wie Maxims Küche, aus der der Moderator gelegentlich morgens Instagram-Stories postete. Er berichtete dort seinen Followern mit einem Kaffee in der Hand von den Plänen des Tages oder gab zum Besten, was er von der aktuellen Wetterlage hielt. Nicht selten handelte es sich um Belanglosigkeiten. Doch es schien die Leute zu unterhalten, was an der wachsenden Followerzahl und hohen Interaktion auf seinem Account zu erkennen war. Beliebte Kulissen für Maxims Instagram-Stories waren außerdem die Terrasse hinter dem Haus, von der aus man einen idyllischen Blick auf den mühevoll bepflanzten Gartenteich nicht unwesentlicher Größe hatte, und das Kinderzimmer, in dem Maxim sich beim Spielen mit seiner Tochter zeigte – *#familylife*. Neles Gesicht war allerdings auf Maxims Social-Media-Kanälen nie zu erkennen, so viel Anstand hatte er. Neben privaten Einblicken postete Maxim auch Stories zu Vorbereitungen auf die Sendung bei TeleSpree oder Fragerunden in Bezug auf seine wissenschaftliche Forschung.

Er richtete seinen Blick wieder auf das Interview, nahm einen großen Schluck Kaffee und las.

Ich treffe Maxim Fuchs in einem kleinen, modern möblierten Konferenzraum von TeleSpree mit einer verglasten Fensterfront, die eine beeindruckende Aussicht auf den namensgebenden Fluss gewährt. Die Sonne glitzert auf dem Wasser, es ist windstill, keine Wolken am Himmel.

Maxim, was sagst du zum Wetter heute?

Maxim Fuchs: Schönstes Small-Talk-Material, oder? Nun ja, die Sonne scheint, es ist warm, so wie die letzten Tage auch. Die kommende Woche soll auch nicht viel Veränderung bringen.

Klingt, als würde schönes Wetter dich langweilen?

Maxim Fuchs: Ich freue mich privat über Sonnenschein genauso wie die meisten anderen Menschen auch. Aber wissenschaftlich betrachtet ist es natürlich spannender, wenn etwas passiert: Niederschläge, Stürme, interessante Wolkenformationen.

Und Naturkatastrophen?

Maxim Fuchs: Mein Lieblingsthema. Nicht falsch verstehen: Naturkatastrophen sind furchtbar. Sie verursachen, dass Menschen ihr Zuhause oder, noch schlimmer, ihr Leben verlieren. Gerade deshalb ist es umso wichtiger, zu begreifen, wie sie entstehen – und vielleicht verhindert werden können. Daran forsche ich.

Dieses Interesse kommt nicht von ungefähr. Es hat mit deinem Vater zu tun, richtig? Was war er für ein Mensch? (Anm. d. Red.: Als Kleinkind war Maxim Fuchs Zeuge, wie sein Vater, ebenfalls Meteorologe, in Mexiko dem Hurrikan ›Gilbert‹ zum Opfer fiel.)

Maxim Fuchs: Ich war noch zu klein und erinnere mich nicht. Aber aus Erzählungen weiß ich, dass sein

Beruf für ihn eher eine Berufung war. Er widmete besonders der Hurrikanforschung all seine Kapazitäten und brachte dafür eine unglaubliche Leidenschaft auf. Es ist tragisch, dass genau diese ihn das Leben gekostet hat – und eine Ehre für mich, sein Werk fortzuführen. Vielleicht sieht er es ja und freut sich darüber.

Er brauchte nicht weiterzulesen. Maxims sentimentalen und mitleidheischenden Worte machten ihn nur noch wütender. Als würden sie die Tatsache besser machen, dass Maxim offensichtlich Spaß daran hatte, sich mit Tragödien zu beschäftigen – seinem ›Lieblingsthema‹. *Schönes Wetter war zu langweilig.* Wie unsensibel konnte man sein. Aber Maxim wusste es vielleicht auch nicht besser. Er hatte nichts Schlimmes erlebt. Es ging ihm gut im Kreis seiner kleinen, perfekten Familie, mit einem schönen Zuhause, Geld im Überfluss und seiner schmeichelnden Prominenz.

Sein Blick fiel wieder auf das Foto des selbstbewusst lächelnden Maxim, das zu Beginn des Interviews abgebildet war. Er merkte plötzlich, dass er die Tischkante mit bereits weißen Knöcheln umklammerte und ließ los. Ein überwältigendes Gefühl von Wut und Ungerechtigkeit benebelte ihn wieder. Er musste handeln.

Kapitel 35

Die Strecke über die Stadtautobahn, die das Navi ihm anzeigte, war komplett rot eingefärbt und die Alternativroute mitten durch die Innenstadt sah nicht besser aus. ›Brand eines Kleinlasters‹, las er, als er die Route auf dem Handy überprüfte. Beide Richtungen der A100 waren gesperrt. Wütend schlug er aufs Lenkrad. Als hätte sich auch das Universum nun gegen ihn verschworen. Er überlegte kurz. Mit der U-Bahn würde er auch eine Weile unterwegs sein, aber die fuhr zumindest relativ zuverlässig. Andererseits suchte man nach ihm und dort war er der Öffentlichkeit ausgeliefert. Doch er hatte keine Wahl. Und wie viele Menschen würden Sonntagabend schon unterwegs sein. Er startete den Motor von Jakobs Auto – sein eigenes hatte er einige hundert Meter vom Hausboot in einem Gewerbegebiet stehen lassen – und steuerte die U-Bahn-Station Amrumer Straße an.

Was die Auslastung der U-Bahn an einem Sonntagabend im Sommer anging, hatte er sich definitiv geirrt. Familien mit gebräunter Haut, nassen Haaren und großen Strandtaschen standen dicht gedrängt vor dem Gleis, erschöpft von einem langen Strandtag am Plötzensee. Im U-Bahnhof hatte sich eine Hitze angestaut, die stark an Sauna erinnerte. Als die U-Bahn einfuhr, zog er sich die Schirmmütze, die er sich noch von

Jakob geliehen hatte, tiefer über seine Stirn. Dann stürzte er sich ins Gedränge. Er konnte gerade noch in den völlig überfüllten Waggon springen, bevor sich die Türen mit dem unverkennbaren lauten Warnsignal schlossen.

Wenige Stationen später war ein Großteil der Badegäste ausgestiegen. Maxim setzte sich in ein frei gewordenes Viererabteil. Er beobachtete den Trubel auf dem Bahnsteig der Turmstraße, bis sich die Bahn mit einem Ächzen wieder in Bewegung setzte. Menschen, Kioske und schwarze Tunnelwände rauschten an ihm vorbei und während er aus dem Fenster starrte, fielen ihm in der einschläfernden Hitze die Augen zu.

Er schreckte auf, schweißgebadet, als er eine Sirene hörte. Sie standen mit offenen Türen an einem U-Bahnhof. Irgendwo oben musste ein Feuerwehrwagen vorbeigefahren sein, vielleicht als Konsequenz des Gewitters. Panisch sah er auf die gelb leuchtende Anzeige am Ende des Waggons. Schlossstraße. Er atmete auf. Eine Station hatte er noch. Trotz des Adrenalins, das ihm durch den Körper jagte, fiel es ihm schwer, die Augen nicht wieder zu schließen. Die Hitze drückte ihm die Lider immer wieder hinunter. Oder auch die Tatsache, dass er seit Freitagnacht nicht geschlafen hatte.

Er fühlte sich augenblicklich in seine Studienzeit zurückversetzt, als er vom Rathaus Steglitz aus an den imposanten Villen Richtung Fichtenberg vorbeilief. Die Grunewalder Straße führte leicht bergauf. Maxim lief der Schweiß den Rücken hinunter. Jetzt, um 18:50

Uhr, lag das nicht mehr an der brennenden Sonne, sondern am starken Gegenwind, der ihm ins Gesicht schlug und den Weg beschwerlich machte. Der Himmel hatte sich zugezogen und die Wolken waren hoch aufgetürmt. Kleine Zweige und Blätter wehten um ihn herum, als wollten sie ihn davon abhalten, weiterzulaufen. Nach einer Viertelstunde hatte er es geschafft. Nostalgische Gefühle kamen auf, als Maxim vor dem gusseisernen Zaun stand. Dahinter ragte der imposante Rundbau aus Backstein auf: der Wetterturm der Freien Universität Berlin. Hier wurden rund um die Uhr und jeden Tag meteorologisch relevante Daten wie Temperatur, Luftfeuchtigkeit und Windstärke aufgezeichnet, Vorhersagekarten analysiert und die bei extremen Wetterereignissen in den Medien beliebten Namen für Hoch- und Tiefdruckgebiete vergeben. Es war ein Paradies für Wetterliebhaber, an dem Maxims Vater maßgeblich beteiligt gewesen war. Er hatte den Umbau des ehemaligen Wasserturms aus dem 19. Jahrhundert mitgeplant. Im Flur von Maxims Mutter hing bis heute ein eingerahmter Zeitungsausschnitt über Bernd Fuchs zur Fertigstellung des Turms im Jahr 1982. Er konnte sich vorstellen, dass Paul ihn gesehen hatte – er war recht präsent in der sonst spärlich dekorierten Wohnung. Es war ein sehr vager Anhaltpunkt, aber es war einer. Und irgendwie hatte er im Gefühl, dass er richtig lag.

Ein gelbes Schild vor dem Eingangstor verkündete in großen Lettern, dass hier kein öffentlicher Durchgang erlaubt war. Maxim prüfte das Schloss und stieß das Tor einfach auf. Es hatte sich nicht viel verändert. Er trat auf das Gelände, lief an dem Rundbau entlang, vorbei an den Fahrradständern mit dem Wellblechdach, und stand vor dem Hintereingang mit der grünen Tür. Er holte seinen Universitätsausweis aus dem Portemonnaie, um den elektronischen Türöffner zu betätigen, als er sah, dass das Schloss stark beschädigt war und die Tür bereits leicht offenstand.

Er spürte eine seltsame Anspannung, als er durch den schmalen, dunklen Vorraum in den runden Flur des Turms lief. Dann hielt er inne und horchte in die Stille hinein, als würde eine Stimme ihm plötzlich zuflüstern, was er jetzt zu tun hatte. Komischerweise war es nicht wie in den US-amerikanischen Thrillerserien auf Netflix, die Clara so gerne schaute, dass er plötzlich eine Eingebung hatte, wo er hingehen und was er tun musste. Er schaute sich um, öffnete eine der Türen, hinter denen sich Maschinen, Geräte und Lager befanden, und suchte nach Spuren, dass jemand hier war. Ihm fiel ein, dass er gar nicht alleine im Turm sein konnte, selbst wenn er Paul nicht fand. Die Wetterwarte war rund um die Uhr besetzt, nachts waren es meistens Studenten – wie er selbst damals –, die Bewölkung, Sicht und Niederschläge dokumentierten. Hatte man ihn oben im sechsten Stock, wo sich die Wetterwarte befand, nicht gehört? Das war gut möglich. Die Person, die oben die Stellung hielt, hatte sicher gut mit dem aufziehenden Sturm zu tun. Oder sie war ausgeschaltet worden. Maxim wurde flau im Magen. Ihm wurde bewusst, dass er überhaupt nicht vorbereitet war, was auch immer passieren würde. Sollte Paul gleich mit einer Waffe vor ihm stehen, hätte Maxim keine Möglichkeit, sich zu verteidigen. Er griff in seine Hosentasche, um im Notfall direkt die 110 wählen zu können, und griff ins Leere. Sein Handy war verschwunden. Sofort sah er die Bahn wieder vor sich, die Türen gerade schließend, und er völlig außer Atem in den vollen Waggon springend. Mehrere Menschen hatten ihn dabei angerempelt – oder besser er sie – und das Geräusch eines herunterfallenden Handys hätte er bei den empörten Rufen der angerempelten Fahrgäste und dem gleichzeitigen Warnsignal der schließenden Türen nicht hören können. Wie vernünftig. Unbewaffnet und ohne Kontaktmöglichkeit zur Außenwelt begab er sich auf die Suche nach seinem vermutlich psychisch gestörten Zwillingsbruder, der das Schicksal seiner Familie in der Hand hielt. Den Turm einfach wieder zu verlassen, war allerdings auch keine Option. Plötzlich hörte er ein metallenes Scheppern irgendwo in der Nähe.

Er horchte auf, ob sich das Geräusch wiederholte und bewegte sich langsam darauf zu. Es konnte natürlich der diensthabende Student oder Universitätsmitarbeiter sein, doch es ergab keinen Sinn, dass sich jemand im Erdgeschoss aufhielt. Es sei denn, er oder sie musste irgendetwas aus einem Lagerraum holen oder ähnliches. Maxim lief den Gang ab, öffnete vorsichtig die Türen und sah in die Räume. Es war niemand zu sehen.

»Hallo?«

Ein Geräusch, vermutlich das Öffnen einer der schweren Türen.

»Paul?« Es fühlte sich komisch an, seinen Zwillingsbruder, von dem er immer noch nicht so ganz glauben konnte, dass es ihn wirklich gab, direkt zu adressieren.

»Clara? Nele?« Er versuchte zwei Türen zu öffnen, beide verschlossen. Schließlich klappte es bei der schweren Brandschutztür des Lagerraums nahe der Eingangstür. Drinnen schaltete er das Licht an und sah sich um. Der Raum war vollgestellt mit verschlossenen Metallkisten und irgendwelchen alten Geräten. Gerade konnte er sich noch erschließen, dass das metallene Geräusch vermutlich von einer der Kisten stammte, die umgekippt neben einem Stapel weiterer Kisten auf dem Boden lag, als wäre sie absichtlich umgestoßen worden, da fiel die Tür hinter ihm mit einem lauten Knall ins Schloss. Er schrak auf. Was war das gewesen? Der Wind konnte es nicht sein. Das Schloss klickte. Er lief zur Tür und rüttelte an der Klinke. Immer wieder drückte er sie herunter, doch die Tür bewegte sich nicht. Er war eingeschlossen.

Er sah sich um. Sein Herz raste. Der Raum war höchstens zehn Quadratmeter groß und er spürte einen leichten Druck auf seiner Brust. Normalerweise hatte er keine Platzangst. Allerdings hielt er sich sonst selten in kleinen Räumen auf, die durch eine Brandschutztür von außen verschlossen waren. Er lief nochmal auf die Tür zu und rüttelte an der Klinke. Die Tür bewegte sich nicht.

»Hallo? Was soll das?« Sein Herz schlug schneller und er sah sich um. Es gab ein kleines Fenster, das vergittert war. Seine Panik wurde stärker und es lag nur zu einem kleinen Teil an der Klaustrophobie. Sein Puls pochte. Diese Situation konnte nichts anderes als Gefahr bedeuten.

Gefühlte fünf Minuten lang trommelte er wie ein Wahnsinniger gegen die Stahltür und rief abwechselnd nach Paul, Clara und irgendjemandem. Irgendwann wurde ihm schwindelig. Er setzte sich auf den Boden und lehnte sich gegen die Wand. Der Raum drehte sich vor seinen Augen und er hatte Mühe, die Augen offen zu halten. Die Klaustrophobie, der Schlafmangel und die Angst um seine Familie spielten zusammen wie ein extrem wirksames Betäubungsmittel. Kalter Schweiß lief ihm von der Stirn, als er ein Geräusch an der Tür hörte. Ein Schlüssel wurde im Schloss gedreht. Mit einem Quietschen schob sich langsam die Tür auf. Das Ohnmachtsgefühl war wie weggeblasen. Er war hellwach. Im Türrahmen stand sein absolutes Ebenbild.

Kapitel 36

Wie erwartet hatte Elli die Vermisstenanzeige sorgfältig aufgenommen und ihr versprochen, sich sofort um alles zu kümmern. Doch Sofia wusste, dass nicht viel passieren würde. Zum hundertsten Mal hatte sie im Laufe des Tages versucht, Kim über ihr Handy zu erreichen, war aber nur auf die Mailbox gestoßen. Was konnte sie noch tun? Zum fünften Mal durch die Straßen wandern und hoffen, dass sie Kim irgendwo begegnen würde? Aus irgendeinem Grund kam ihr erst jetzt ein sehr naheliegender Gedanke. Vielleicht hatte Kim einen Freund und war die ganze Zeit bei ihm. Sofia war sich nicht sicher, ob dieser Gedanke sie beruhigte. Sie sah auf die Uhr. 19:00 Uhr, es war also Abend. Sie schenkte sich das dritte Glas Wein ein und unterdrückte den Selbsthass, der wieder in ihr aufflammte. Es half nichts. Sie musste weitersuchen. In einem Zug leerte sie das Glas, stand zu schnell auf, hielt sich kurz am Türrahmen fest und zog ihre Sneakers an.

Bevor sie ihre Wohnungstür öffnen konnte, hörte sie, wie von außen ein Schlüssel ins Schloss gesteckt wurde. Zaghaft ging die Tür auf und Sofia stand wie angewurzelt da, als hätte sie seit Monaten nicht mehr erlebt, wie jemand anderes außer sie selbst ihre Wohnung betrat. Im Türrahmen erschien Kim. Sie zuckte kurz zusammen. Offensichtlich hatte sie nicht damit gerechnet, dass ihre Tante direkt vor ihr stehen würde.

Mehrere Sekunden starrte Sofia sie einfach nur an. Kim sah aus wie der Tod. Trotz Sommerbräune sah ihre Haut fahl und grau aus. Sie hatte tiefe Ringe unter den Augen und eingefallene Wangenknochen, als hätte sie schon lange nichts mehr gegessen. Ihre Haare waren fettig und zerzaust und sie roch unangenehm.

»Kim ...«, flüsterte Sofia und wusste nicht, was sie sagen sollte. Ihre Nichte schloss die Wohnungstür und lief an Sofia vorbei in die Küche.

Sofia folgte ihr. »Wo warst du?«

Kim nahm sich ein Glas aus dem Schrank und füllte es mit Leitungswasser. Dann öffnete sie den Kühlschrank und griff nach einer Tupperdose. Sie öffnete sie, musterte kurz das Pesto-Gericht, das Sofia vom gestrigen Abendessen übrighatte, und stellte es in die Mikrowelle.

»Darf ich?«, fragte sie und versuchte dabei, unbekümmert zu klingen. Doch ihre Stimme zitterte. Kim ging es nicht gut, das war deutlich. Sofia schwirrte der Kopf und sie tat, was sie in solchen Situationen immer tat. Sie griff zur halb leeren Weinflasche, die noch auf dem Tisch stand, und füllte ihr Glas. Kim sah Sofia mit großen Augen an, stand auf und öffnete den Geschirrschrank zum zweiten Mal. Wortlos holte sie ein zweites Glas heraus und schenkte sich ebenfalls Wein ein. Sofia sagte nichts.

»Es tut mir leid, wenn du dir Sorgen gemacht hast«, sagte Kim endlich. »Willst du wissen, was passiert ist?«

Das Mädchen erzählte und Sofia hörte ungläubig zu. Sie hatte sich in den letzten Tagen einiges ausgemalt, aber dieses Szenario war nun wirklich der Albtraum jedes Erziehungsberechtigten. Noch immer schien Kim locker wirken zu wollen, doch ihre Körpersprache war die einer äußerst traumatisierten Person – nicht, dass sie das nicht vorher schon gewesen wäre. Sie saß zusammengekauert am Küchentisch, sprach mit leiser Stimme und sah Sofia nicht an. Abgesehen davon, dass die Ereignisse für Sofia schwer zu verdauen waren, wirkte Kims Verhalten seltsam auf sie. Sie sprach langsam und mit Bedacht. Zwischendurch sah sie immer wieder für eine Sekunde auf, als prüfte sie die Reaktion ihrer Tante. Dann wandte sich ihr Blick gleich wieder ihren Händen zu. Es schien, als habe sie etwas verbrochen, dabei war sie doch das Opfer in dieser Geschichte. Fast wirkte es, als verheimlichte sie etwas.

***

Kim musste zugeben, dass sie in den letzten Tagen kaum einen Gedanken daran verschwendet hatte, wie Sofia sich fühlen musste. Vielleicht hatte sie gedacht, es wäre ihr egal, dass Kim ein paar Tage nicht auftauchte. Oder dass sie sich sogar freuen würde, ein paar Tage die Wohnung für sich und niemanden zum Streiten zu haben. Jetzt wurde ihr bewusst, wie sehr ihre Tante gelitten hatte. Sie sah nicht gut aus, ihre Haare standen zu allen Seiten ab und das Weiße in ihren Augen hatte ein ungesundes Gelb angenommen. Kim konnte sich denken, dass Sofia in den letzten Tagen wieder einige Weinflaschen geleert hatte. Ihretwegen? Sie hatten beide einiges durchmachen müssen. In den letzten Monaten und in den letzten Tagen. Zum ersten Mal dachte sie, dass es schade war, dass sie nicht mehr miteinander gesprochen hatten. Vielleicht hätten sie sich gegenseitig helfen können. Es versetzte Kim einen schmerzhaften Stich, als ihr auffiel, dass sie Sofia nie gefragt hatte, wie es ihr ging. Wie sie mit dem Tod ihrer Schwester umging. Offensichtlich nicht gut, wenn man ihren Alkoholkonsum betrachtete. Ihr fielen die Falten auf der Stirn ihrer Tante auf. Kims Mutter hatte so ausgesehen, wenn sie besorgt gewesen war. Oft war Kim der Anlass gewesen. Erst jetzt bemerkte sie, wie ähnlich die beiden Schwestern sich sahen. Sie hatten die gleiche kräftige Nase, die gleichen langen Wimpern, die gleiche herzförmige Gesichtsform. War Kim ihrer Tante deshalb so ablehnend gegenüber gewesen, weil sie sie zu schmerzhaft an ihre Mutter erinnerte? Dunkel erinnerte sie sich, dass der dämliche Psychotherapeut, der sie immer dazu gedrängt hatte, offener ihre Gefühle mitzuteilen, etwas in diese Richtung gesagt hatte. Sie hatte ihm nie wirklich zugehört.

Je mehr Kim erzählt hatte, desto mehr hatten sich Sofias Augen geweitet. Als sie an dem Punkt angekommen war, an dem sie im Hotel aufgewacht war, war ihre Tante schließlich aufgestanden, hatte den restlichen Wein in die Spüle gekippt und das Glas mit Wasser gefüllt.

»Welches Hotel?«, hatte sie gefragt, was Kim für eine seltsame Frage gehalten hatte. Die sie auch gar nicht hatte beantworten können. Denn ihr Entführer hatte sie mit verbundenen Augen aus dem Hotel in sein Auto geführt – wie auch immer er das gemacht hatte, ohne dass das Hotelpersonal auf sie aufmerksam wurde – und ihr die Augenbinde erst kurz vor dem Ziel wieder abgenommen.

Jetzt saß Kim auf dem Sofa. Sie fühlte sich wie neugeboren, hatte gegessen, geduscht und sich saubere Kleidung angezogen. Die schmerzende Wunde an ihrem Handgelenk hatte Sofia gesäubert und mit einem neuen Verband umwickelt.

Jetzt kam ihre Tante mit zwei großen Bechern Kaffee ins Wohnzimmer.

»Trink das«, sagte sie, schien aber mehr zu sich selbst zu sprechen. Sie reichte Kim einen Becher und trank dann selbst mit großen Schlucken, anschließend warf sie noch eine Tablette Ibuprofen hinterher.

»Ich brauche einen klaren Kopf«, sagte sie. »Und du Energie.«

Sofia klappte ihren Laptop auf und klickte auf ein Fenster, das noch in ihrem Browser geöffnet war. Kim blickte in die Augen ihres Entführers.

»Was ...? Woher hast du das?«

»Ist er das?«

Kim starrte Sofia an und nickte. »Wer ist das?«

»Andres García. Oder Maxim Fuchs. Ich bin nicht sicher.«

Kim verstand kein Wort.

»Der Fall, an dem ich arbeite seit ... du verschwunden bist, betrifft Maxim Fuchs und seine Familie. Er ist Meteorologe und Moderator bei TeleSpree. Am Mittwoch, irgendwann gegen Nachmittag sind seine Frau und seine siebenjährige Tochter verschwunden. Spurlos.«

»Fuchs ist es nicht.«

»Was?«

Es war ihr herausgerutscht, ohne dass sie groß darüber nachgedacht hatte. Kurz ärgerte sie sich, dann setzte Panik ein und schließlich realisierte sie, dass es keinen anderen Weg gab, als Sofia die Wahrheit zu sagen. Es war auch egal. Sollte er sie doch umbringen.

»Es war García, der mich entführt hat.«

»Woher weißt du das?«

»Bevor er die beiden aus dem Haus geholt hat, hat er ein Telefonat geführt. Auf Spanisch. Und wenn er Deutsch spricht, hat er ab und zu einen Akzent. Wenn er wütend wird.« Ein Schauer fuhr ihr über den Rücken.

Sofia sah sie fragend an. »Warum hast du mir das nicht erzählt?«

»Er hat mir gedroht. Er sagte, er würde mich finden und umbringen, wenn ich dir dieses Detail erzähle.«

»Nur dieses?«

»Ja. Ich sollte dir genau schildern, was ich beobachtet habe. Alles. Die Beschreibung der Personen, das Betäuben im Auto, auch wie er aussah. Nur das Telefonat sollte ich weglassen. Dabei habe ich das sowieso nicht verstanden, ich spreche ja gar kein Spanisch. Und dann hat er mich einfach gehen lassen.«

Sofia nickte. »Er wollte, dass es aussieht, als hätte Fuchs das alles getan. Und das Telefonat hätte ihn verraten. Ich nehme an, er wusste also, dass deine Tante Polizistin ist?«

»Ja, ich glaube, ich habe es ihm gesagt. Ich habe sehr vieles gesagt, als er mir gerade die Pulsadern aufschneiden wollte. Aber nichts von dem Fall. Davon wusste ich ja nichts.«

»García hat also vermutlich drei Menschen entführt, einen ins Krankenhaus gebracht und einen ermordet und er möchte, dass die Polizei glaubt, der Täter sei Maxim Fuchs. Die Frage ist, warum.«

Kim rutschte unruhig auf dem Sofa umher. »Du musst ihn finden. Sonst tötet er mich.« Sie merkte, wie ihr verwundetes Handgelenk wieder stärker schmerzte, als spräche es eine Warnung aus. Doch dafür war es zu spät.

»Das werde ich«, sagte Sofia, stand auf und bewegte ihren Kopf hin und her, wie um ihre Nackenmuskulatur zu lockern. Genau das Gleiche hatte ihre Mutter auch getan, wenn sie voller Tatendrang gewesen war. Dass Sofia die gleiche Eigenheit hatte wie ihre Schwester, schmerzte Kim.

»Und du wirst natürlich sofort unter Personenschutz gestellt. Keine Sorge, du hast alles richtig gemacht.«

Hatte sie das? Zumindest hatte García der falschen Person gedroht. So toll war ihr Leben nicht, dass sie es um jeden Preis schützen und dabei helfen musste, dass ihr grausamer Entführer entkam. So viel Gerechtigkeit musste es in der Welt noch geben.

»Fuchs hat einen Freund, der vielleicht mehr weiß, oder bei dem er sich sogar aufhält«, fuhr ihre Tante fort. »Jakob Gerber, er ist YouTuber. Nennt sich ›Der Wetter-Retter‹, kennst du ihn? Er macht wohl irgendwas Meteorologisches für junge Leute.«

Kim musste sich bemühen, nicht zu lächeln. Das waren nicht gerade die Themen der YouTube-Kanäle, die sie abonniert hatte.

»Nein«, sagte sie. »Aber ich komme mit.«

»Das glaubst du ja wohl selber nicht, nach allem, was du in den letzten Tagen erlebt hast. Du brauchst Ruhe und bleibst hier. Ich rufe meinen Kollegen an, das hatte ich sowieso vor.«

»Willst du noch mehr Zeit verlieren? Mir geht es gut. Und ich habe schließlich ein persönliches Interesse daran, diesen García zu finden.«

So genau wusste sie selbst nicht, warum sie einen Mann freiwillig aufsuchen wollte, der sie noch vor wenigen Stunden gefangen gehalten und fast umgebracht hatte. Warum die entschlossen zusammengezogenen Augenbrauen ihrer Tante sich jetzt etwas lockerten, glaubte sie jedoch zu wissen. Wenn sie Kim mitnahm, waren sie auf einer gemeinsamen Mission, hatten das gleiche Ziel – zum ersten Mal überhaupt.

Sofia seufzte. »Na dann los.«

Kapitel 37

Es war ein seltsames Gefühl. Ein bisschen wie in den Spiegel gucken, nur dass das Spiegelbild seinen eigenen Willen hatte. Vor Maxim stand jemand, der ihm so ähnlich sah und so nah war wie keine andere Person auf der Welt. Sie teilten die gleiche DNA, die gleiche markante Nase, die gleichen schmalen Lippen, die gleichen widerspenstigen Haare. Gleichzeitig wusste Maxim nichts über die Person, die jetzt vor ihm stand. In Pauls Gesichtsausdruck konnte er so etwas wie Schock erkennen und auch etwas Ergriffenheit. Er überlegte kurz, ob es ihm immer so leichtfiel, die Emotionen anderer Menschen zu entziffern, oder ob es daran lag, dass er wusste, wie sein eigenes Gesicht aussah und sich anfühlte, wenn es die entsprechenden Emotionen widerspiegelte. Es war naheliegend, dass er eine emotionale Bindung zu seinem Zwillingsbruder fühlte, auch wenn sie sich über dreißig Jahre nicht gesehen hatten.

Was Maxim allerdings überraschte, waren Pauls Augen. Die Augenpartie war seiner sehr ähnlich, klar. Vielleicht hatte Paul ein wenig mehr Falten. Den Ausdruck hatte er sich jedoch anders vorgestellt. Er wusste nicht genau, wie. Vielleicht irgendwie manisch. Verrückt. Verwirrt. Nicht bei Sinnen. Eben basierend auf den wenigen Informationen und Vermutungen, die er in den letzten Stunden gesammelt hatte. Pauls Blick aber war glasklar. Entschlossen. Fokussiert. Er machte alles andere als einen unzurechnungsfähigen Eindruck. Maxim begriff, dass sein Bruder hochgefährlich war. Schließlich hatte er einen Mord begangen, zumindest ging er davon aus, dass Paul für Alinas Tod verantwortlich war. Sein Zwillingsbruder war ein Mörder. Kurz dachte er an Ferreira und wie falsch er mit seinem Verdacht gelegen hatte. Sicherlich war ihm das bereits seit einer Weile klar gewesen. Doch irgendwie konnte er erst jetzt, da sein Zwillingsbruder leibhaftig vor ihm stand, so richtig glauben, dass tatsächlich er hinter allem steckte.

Paul hob langsam seinen Arm. Erst jetzt bemerkte Maxim die Waffe in seiner Hand. Vorher hatte Paul sie gesenkt gehalten. Jetzt hielt er sie zögerlich hoch und zielte auf Maxims Brust. Es wirkte nicht so, als wäre er an den Umgang mit einer Waffe gewöhnt. Er hob leicht beide Hände und blickte seinem Bruder beruhigend in die Augen.

»Paul«, sagte er leise und korrigierte sich gleich. »Oder Andres.« Seine Stimme zitterte. »Du weißt, wer ich bin, oder?«

Paul reagierte nicht. Seine Mine wirkte wie versteinert.

»Bitte nimm die Waffe runter. Ich werde nichts tun.«

Paul bewegte seinen Arm nicht. Der Lauf der Pistole blieb auf Maxims Brust gerichtet.

»Weißt du, wo meine Frau und mein Kind sind?«, fragte er.

Pauls Gesichtsausdruck veränderte sich. Wo Maxim vorher verschiedene Emotionen herausgelesen hatte, sah er jetzt nur noch eine. Blanke Wut. Pauls Augenbrauen hatten sich zusammengezogen und in seinen Augen lag ein bedrohliches Funkeln.

»Ich kann dich nicht leben lassen«, sagte er.

Pauls Stimme klang seltsam. Tiefer als Maxims und auf irgendeine Art besonders, nicht nur durch seinen spanischen Akzent.

»Warum nicht?«, entgegnete Maxim, so ruhig wie möglich. »Was habe ich dir getan?«

Paul schnaubte verächtlich, bevor er sich kurz im Gang umsah, als erwartete er, dass jemand käme. Er trat einen Schritt in den Raum und schloss die Tür, ohne dabei die Waffe zu senken. Mit einer ungeduldigen Handbewegung deutete er Maxim, sich auf den Boden zu setzen. Er tat wie ihm befohlen wurde und fühlte sich sofort unterlegen. Es war ein psychologischer Trick, so alt wie die Menschheit selbst. Nicht dass die auf ihn gerichtete Waffe vorher zu seiner Überlegenheit beigetragen hätte.

»Paul, bitte lass mich gehen und sag mir, wo Clara und Nele sind. Geht es ihnen gut? Sind sie hier?«

»Sie sind hier«, antwortete Paul und Maxims Herz blieb fast stehen. Ob es ihnen gut ging, darauf war sein Bruder nicht eingegangen. Maxim unterdrückte den sehnlichen Wunsch, erneut laut nach ihnen zu rufen.

»Warum? Warum hast du sie mir weggenommen?«

Wieder schnaubte Paul. »Du Armer.« Verbitterung lag in seiner Stimme. »Glaub mir, es hätte dich schlimmer treffen können. Du hättest ich sein können. Mir wurde noch viel mehr genommen: mein Leben.«

»Das tut mir unendlich leid. Ich weiß erst seit wenigen Stunden von deinem Schicksal. Aber du musst verstehen, dass Clara und Nele *mein* Leben sind. Willst du mir das nehmen? Aus Rache?«

Die Waffe in Pauls Hand zitterte. »Rache ist das falsche Wort.«

Maxim versuchte, aus seinem Zwillingsbruder schlau zu werden. Was war sein Motiv? Was fühlte er? Wie stand er zu Clara und Nele?

Als hätte er seinen letzten Gedanken gehört, setzte Paul an: »Clara und Nele vermissen dich nicht so sehr wie du sie. Sie haben mich. Ich bin wie du. Ich sehe aus wie du. Ich kann mich verhalten wie du. Sie werden irgendwann vergessen haben, dass es zwei von uns gab.«

Die Vergangenheitsform entging Maxim nicht. Das war es also. Paul wollte ihn auslöschen und sein Leben übernehmen, als wäre es ein Stromvertrag, den man nur auf einen neuen Namen umschreiben musste. Nur dass es noch einfacher war. Paul könnte den Namen gleich mitübernehmen. Äußerlich fiel der Personenwechsel nicht auf.

»Das schaffst du nicht«, hörte er sich sagen und wusste gleichzeitig nicht, wie er darauf kam, einen Psychopathen mit Waffe in der Hand zu provozieren. »Ich bin dein Bruder, einer der letzten Blutsverwandten, die du hast.«

Er glaubte, ein Zucken um Pauls Augen zu sehen.

»Wir finden eine bessere Lösung«, fuhr er fort. »Wir sind eine Familie. Nele wird es toll finden, einen Onkel zu haben, der genauso aussieht wie ihr Vater.«

Er merkte selbst, wie unglaubwürdig seine Worte klangen.

»Lüg mich nicht an. Das haben in meinem Leben genug Leute getan.«

»Paul …«

Mit einem schnellen Satz schoss sein Bruder nach vorne und hielt ihm die Pistole ans Kinn. Maxim roch sein eigenes Parfum am Hals seines Bruders. War das Zufall oder ein Teil der Transformation von Paul zu Maxim? Mit seiner freien Hand zog Paul sein linkes Hosenbein hoch und entblößte eine lange, wulstige Narbe.

»Das erinnert mich jeden Tag daran, dass ich der vergessene Zwilling bin. Der, der vom Leben bestraft wurde. Während sein Bruder ein Leben in Saus und Braus führen darf. Mit der perfekten Familie und dem perfekten Job. In deinem Leben ist einfach alles perfekt. Ist das nicht schön?«

»So ist es nicht«, bemühte Maxim sich zu sagen, während Paul die Pistole auf seine Kehle drückte. Seine Augen funkelten und er hatte die Zähne gefletscht wie ein wild gewordenes Raubtier. Maxim hatte Angst, dass sein Bruder komplett die Kontrolle über sich verlieren würde. »Niemand hat ein perfektes Leben. Ich habe auch meine Probleme.«

Er wusste sofort, dass er das Falsche gesagt hatte. Pauls wutverzerrtes Gesicht wurde plötzlich weicher und er lächelte.

»Du hast auch deine Probleme?«, wiederholte er mit bedrohlicher Sänfte in der Stimme. »Wird es dir manchmal langweilig zu Hause mit deiner schönen Frau und deiner niedlichen Tochter? Nervt es dich, dass du so erfolgreich bist und jeder dich aus dem Fernsehen kennt? Korkt der teure Wein manchmal?

Das würde mir sehr leidtun um deine schöne Minibar im Wohnzimmer. So viele gute Tropfen.«

Die Minibar. Paul wusste von ihr – das konnte nur an seinen Instagram-Posts liegen, für die er sich jetzt verfluchte. Vermutlich hatte sein Bruder einfach alle Flaschen mit K.O.-Tropfen versetzt, in der Hoffnung, er würde sich in seiner Verzweiflung an irgendetwas bedienen. Paul drückte mit dem Lauf der Pistole stärker auf seine Kehle.

»Vielleicht sollte es dich einfach nicht mehr geben, Maxim«, sagte Paul mit bedrohlichem Unterton. »Dann hättest du keine Probleme mehr. Und ich auch nicht.«

Kapitel 38

Maxim starrte Paul an, der von ihm abgelassen hatte und jetzt auf dem Boden saß, erschöpft, als wäre er derjenige, der um sein Leben und das seiner Familie fürchten musste. Sein Bruder funkelte ihn durch zu Schlitzen verengte Augen an. Feindselig und gleichzeitig irgendwie verstört. Auch wenn Maxim ansatzweise nachvollziehen konnte, wie Paul zu dem wurde, was er heute war, und was er gefühlt haben musste, als er Maxims vermeintlich perfektes Leben verfolgte – die Entführung von Clara und Nele war nicht willkürlich geschehen, sondern bei vollem Bewusstsein geplant worden. Paul hatte sich aktiv dafür entschieden, seinem eigenen Zwillingsbruder das Leben zur Hölle zu machen. Die Leben weiterer Menschen hatte er dabei skrupellos riskiert und eines sogar beendet. Wobei er noch nicht wusste, ob Alinas Tod seinem Bruder zuzuschreiben war. Er atmete ein und aus. Das Einzige, was ihm helfen konnte, war rational zu denken. In seinem Kopf schwirrten die Gedanken wirr umher. Er konnte sie nicht ordnen. Irgendetwas passte noch nicht zusammen. Er sah in Pauls feindselig verzerrtes Gesicht und wusste plötzlich, was es war.

»Woher wusstest du, dass Clara und ich uns Mittwoch früh gestritten haben? Warum bist du mit einem Strauß Pfingstrosen nach Hause gekommen? Woher wusstest du, dass das Claras Lieblingsblumen sind – und dass ich selbst welche kaufen würde?«

»Du solltest wohl aufpassen, wie viel du im Internet über dein Leben preisgibst. Ein aufmerksamer Zuschauer deiner Instagram-Stories sieht zum Beispiel häufiger mal im Hintergrund deinen Esstisch mit Pfingstrosen in einer Vase. Und was den Streit angeht ... Ich habe meine Quellen.«

Für eine Sekunde war Maxim völlig schleierhaft, wie Paul an diese Information gekommen sein könnte. Er konnte sich nicht erinnern, jemandem von dem Streit erzählt zu haben. Bis auf ... Einer Person gegenüber hatte er ihn kurz erwähnt. Das konnte nicht sein. Seine Augen weiteten sich vor Unglauben und Paul merkte es.

»Das hättest du nicht gedacht. Aber sie war mir eine große Hilfe. Mehrmals.«

Maxim fühlte sich, als würde Paul ihm mit seinem hämischen Lächeln einen Dolch in den Rücken stechen. »Sie ... Daher also auch ... die Mails ...«

Und Charlotte musste es auch gewesen sein, die der Boulevardpresse erzählt hatte, was in seinem Privatleben vor sich ging.

»Die einzige Schwachstelle, die ich in deiner Vergangenheit entdecken konnte«, sagte Paul. »Eine kleine Lücke in deinem perfekten Lebenslauf, die sich Charlotte nennt.«

Es war Paul deutlich anzusehen, wie sehr er sich über den dunklen Fleck in Maxims Vergangenheit freute. Und der fragte sich, wie es möglich war, dass Paul davon erfahren hatte. Tatsächlich hatte er seit Jahren nicht mehr darüber nachgedacht, was zwischen Charlotte und ihm vorgefallen war. Er hatte es natürlich nicht vergessen. Aber es war einfach bequemer gewesen, den Vorfall in die hinterste Ecke seines Gedächtnisses zu schieben und dort ruhen zu lassen.

Voller Scham dachte er daran zurück, wie er bei TeleSpree angefangen hatte. Er wurde als Assistenz in der Wetterredaktion eingestellt, was viele seiner Kommilitonen damals belächelten. Maxim war jedoch stolz darauf, denn er wusste, dass dies der erste Schritt auf der Karriereleiter war, die er unbedingt erklimmen wollte. Er war bereit, alles für die nächste Stufe zu geben und nahm seine Aufgaben sehr ernst. Man sagte ihm, dass es noch nie einen Redaktionsassistenten im Sender gegeben hatte, der so viele Überstunden machte. Seine Kollegen sahen in ihm lange einen karrierebesessenen, etwas zu ehrgeizigen Berufsanfänger. Es dauerte seine Zeit, bis sie merkten, dass er sich nicht bei seiner Chefin einschleimen wollte, wenn er länger im Sender saß, sondern dass Maxim tatsächlich so fasziniert von der Welt des Wetters war, dass er es einfach nicht merkte, wenn alle anderen die Redaktion schon längst verlassen hatten. Charlotte war damals die zweite Redaktionsassistentin. Sie fing nur wenige Wochen nach Maxim an und war ebenso ehrgeizig wie er. Mit dem Unterschied, dass sie nicht ganz so verbissen wirkte – das war ihm heute klar – und nach der Sendung auch mal mit den Kollegen ein Bier trinken ging. Nach ein paar Monaten zeichnete sich ab, dass einer der Wettermoderatoren den Sender verlassen würde, um mit seiner Frau nach Sizilien auszuwandern. Maxim witterte seine Chance sofort und bewarb sich bei der Senderleitung um den Posten. Kurz danach erfuhr er, dass Charlotte auf dieselbe Idee gekommen war. Er konnte sich erinnern, wie vernünftig und erwachsen er sich damals fühlte, als sie sich zusammensetzten und gemeinsam beschlossen, ihr gutes Verhältnis nicht zum Konkurrenzkampf werden zu lassen, sondern offen und fair auf die Entscheidung ihrer Vorgesetzten zu warten. Tatsächlich funktionierte das und sie verstanden sich weiterhin gut. Wenn Maxim jedoch daran dachte, dass die Wahl auf seine Kollegin fallen könnte, wurde ihm schlecht. Er war so fokussiert darauf, den Posten zu erhalten, dass er ganze Nächte lang wach lag und sich überlegte, was er noch tun könnte. Er musste den Job bekommen. Das war es, worauf er hingearbeitet hatte, seitdem er denken konnte.

Eines Abends, als er wieder einmal einer der letzten im Sender war und den Redaktionsraum gerade verlassen wollte, hörte er aus der Damentoilette ein leises Schluchzen. Er wusste sofort, dass es Charlotte war. Kurz überlegte er, was er tun sollte und entschied sich dazu, nachzusehen, als das Schluchzen nicht aufhörte, sondern heftiger wurde. Er fand Charlotte mit hängenden Schultern und von Wimperntusche verschmierten Augen auf dem Boden neben den Waschbecken. Sie erschrak, als er hereinkam. Er hockte sich neben sie und legte zögerlich seine Hand auf ihre Schulter. Während er noch nach den richtigen Worten suchte, wischte Charlotte sich hektisch über die verweinten Augen.

»Tut mir leid«, sagte sie. »Ich dachte, es wäre niemand mehr hier. Es geht schon wieder.«

Danach sah es nicht aus. »Was ist denn los?« Er bemühte sich um seinen einfühlsamsten Tonfall, ohne aufdringlich zu klingen.

»Ich ... Es ist nur der Stress. Manchmal muss es raus. Alles in Ordnung.« Sie wischte wieder an ihren Augen herum, bemüht, die Spuren ihres Ausbruchs zu beseitigen. Offensichtlich war ihr die Situation sehr unangenehm.

Maxim nahm seine Hand von Charlottes Schulter, um ihr nicht zu nahe zu treten. »Kann ich dir irgendwie helfen? Arbeit abnehmen?«

Charlotte schüttelte den Kopf. »Das ist es nicht. Es ist schon in Ordnung, wirklich.« Sie bemühte sich um ein Lächeln und strich imaginäre Fussel von ihrer Hose. »Danke. Ich komme klar.«

Sie wollte, dass er ging, das war deutlich.

»Okay«, sagte er und stand auf. »Wenn du doch nochmal reden möchtest ...«

Es kam völlig unerwartet. Ohne Vorwarnung brach Charlotte wieder in Tränen aus. Ihr ganzer Körper bebte, als hätte sie keine Kontrolle mehr über ihn. Sie sah ihm hilflos in die Augen, war nicht mehr in der Lage, zu sprechen. Er setzte sich wieder neben sie, legte einen Arm um seine schluchzende Kollegin und wartete einfach, bis sie sich beruhigt hatte. Es dauerte mehrere Minuten, dann beruhigte sich Charlottes Atmung langsam und die Tränen versiegten. Sie sah ihn mit großen, geschwollenen Augen an und setzte an, zu sprechen.

Maxim schüttelte den Kopf. »Entschuldige dich bitte nicht. Das wirkte, als wäre es überfällig gewesen.«

Charlotte nickte nur und sah auf den Boden. Nach ein paar Sekunden hob sie den Kopf wieder. »Es geht mir nicht gut ... mental«, sagte sie, ohne ihm in die Augen zu sehen. »Ich habe Panikattacken. Und Angstzustände. Manchmal Schlafstörungen. Mal geht es ein paar Wochen ganz gut, dann ist es wieder schlimmer.«

Maxim war völlig überrascht. Damit hatte er nicht gerechnet. Die immer freundliche und fröhlich wirkende Charlotte. Es war alles eine Fassade gewesen. Eine sehr gelungene, denn es war ihr von außen wirklich nicht anzusehen gewesen. Nicht wie bei seiner Mutter. Er fragte sich, wie viele Menschen in seinem Umfeld wohl ähnliche Probleme hatten, ohne dass er davon wusste. Oder war er nur nicht aufmerksam genug gewesen? Vielleicht hätte er etwas bemerkt, wäre er nicht so viel mit sich selbst beschäftigt gewesen. Gerade in diesem Moment dachte er schon wieder nur an sich, stellte er fest, und schüttelte die Gedanken aus seinem Kopf.

»Das wusste ich nicht«, sagte er. »Tut mir wirklich leid. Gibt es einen Auslöser?«

Er wusste, dass es keine einfache Antwort auf diese Frage gab, aber Charlotte erschien nach ihrem Gefühlsausbruch gesprächsbereit. Jetzt gab es schließlich keinen Schein mehr zu wahren.

»Ich hatte – kurz gesagt – keine leichte Kindheit. Das klingt immer so abgedroschen, aber so ist es. Sagen wir einfach, Gewalt – körperlich wie psychisch – war ein gängiges Kommunikationsmittel bei uns zu Hause. Das macht so viel mit einem. Es bestimmt dein gesamtes zukünftiges Leben. Besonders, wen du dir als Partner aussuchst. Ich habe eine schlechte Entscheidung nach der anderen getroffen. Typen, die mich erst auf Händen getragen haben und sich dann als genauso gewalttätig herausgestellt haben wie mein Vater. Die habe ich mir immer wieder ausgesucht. Wollte ihnen gefallen, gut genug für sie sein, ihnen beweisen, dass ich alles bin: freundlich, attraktiv und erfolgreich.«

Genauso wie hier im Sender, dachte Maxim. Sie wollte es allen recht machen. Er wusste nicht, was er sagen sollte.

»Dieser Job ist wichtig für mich. Sehr wichtig.«, sagte Charlotte.

Er brauchte einen Moment, um zu verstehen, dass sie von der Moderatorenstelle sprach, um die sie beide konkurrierten.

»Ich verstehe«, sagte Maxim, obwohl es nicht stimmte.

»Ich habe das Gefühl, es ist das Erste, was ich wirklich für mich tue. Nicht für meine Eltern oder irgendeinen Partner. Ich will damit niemandem etwas beweisen, außer mir selbst. Mir selbst will ich beweisen, dass ich es schaffen kann. Dass ich stark genug bin. Trotz meiner ... mentalen Probleme. Ich glaube, es ist ein wichtiger Schritt in Richtung Heilung.« Zum ersten Mal sah sie ihm nun direkt in die Augen. »Ich sollte das nicht sagen, tut mir leid. Dir steht die Stelle genauso zu. Es ist sehr unprofessionell, dass ich dir das alles erzähle.«

»Überhaupt nicht«, entgegnete Maxim. »Mach dir keine Gedanken. Es ist gut, dass du dich mir anvertraut hast.«

Im Nachhinein konnte Maxim selbst nicht mehr richtig nachvollziehen, was er anschließend tat. Er wusste, dass es seiner Chefin nicht nur auf fachliche Kompetenz ankam, sondern auch auf besondere Belastbarkeit. Die hatte er bewiesen. Charlotte allerdings auch. Später hatte er versucht, sich selbst einzureden, dass ihm die neue Information über seine Konkurrentin vor Alinas Vorzimmerdame Petra nur herausgerutscht war. Wenn er ehrlich zu sich war, suchte er sie jedoch gezielt auf – in dem Wissen, dass Petras größte Loyalität ihrer Chefin galt und sie sie über alles informiert hielt, was für sie von Relevanz sein könnte. So erwähnte er den Vorfall vom Vorabend mit gesenkter Stimme bei einer Tasse Kaffee und ergänzte seinen Bericht um die Schilderung von Charlotte über ihre persönlichen Probleme, von denen sie ihm im tiefsten Vertrauen erzählt hatte. Er legte ein ekelhaftes Verhalten an den Tag und konnte sich nicht erinnern, wann er sonst jemals etwas getan hatte, das so gegen seine eigenen Moralvorstellungen ging.

Sein Plan funktionierte. Er freute sich, als Alina ihn einen Tag später in ihr Büro bat und ihm den Job anbot. Gleichzeitig versetzte es ihm einen Stich, denn er konnte sich nicht sicher sein, ob die Zusage darauf zurückzuführen war, dass er der bessere Kandidat war oder die Konsequenz seiner Intrige. Vielleicht wäre die Wahl ansonsten auf Charlotte gefallen, die ein freundschaftlicheres Verhältnis zum Team hatte und den Kollegen wie auch Alina wahrscheinlich sympathischer war. Relativ schnell entschied Maxim sich dazu, sich über diese Eventualitäten keine Gedanken mehr zu machen und den Erfolg anzunehmen. Zum Glück war er gut im Verdrängen und auch Charlotte akzeptierte die Entscheidung ihrer Chefin recht schnell. Sie wirkte kurzzeitig bedrückt, bemühte sich aber um ein normales Verhältnis zu Maxim. Es hatte nicht den Anschein, als würde sie ihm die Position nicht gönnen. Einige Wochen später handelte sie mit Alina eine kleine Beförderung aus, die mit etwas mehr Freiheiten und einem höheren Gehalt einherging. Es schien, als habe sich alles perfekt gefügt. So redete Maxim es sich ein und verdrängte einfach, was er über Charlotte erfahren hatte. Sie wirkte äußerlich zufrieden und das nahm er an. Als hätte es den Vorfall in der Damentoilette nicht gegeben.

Natürlich hatte sich etwas, das er Petra im Vertrauen erzählt hatte, herumgesprochen und war schließlich bei Charlotte angekommen. Sie musste erfahren haben, was er getan hatte, und er konnte sich vorstellen, wie sehr es sie verletzt und auch wütend gemacht haben musste. Besonders nachdem sie sich vorher als Konkurrenten auf Fairplay geeinigt hatten. Maxim hatte ihr Vertrauen zutiefst missbraucht.

Er dachte an seine sympathische und empfindsame Kollegin und fragte sich, wie viel er von ihr eigentlich wusste. Sie hatte keine Kinder, ein offensichtlich schlechtes Verhältnis zu ihren Eltern und schlug Einladungen von Kollegen nie aus. Doch war Einsamkeit ein Grund für diese Tat? Er fragte sich, wie viel sie gewusst hatte. Denn von Alinas Tod war sie sichtlich erschüttert gewesen. An dieser Tat konnte sie nicht wissentlich beteiligt gewesen sein. Vielleicht war ihr gar nicht klar, dass das alles zusammenhing. Oder sie hatte es zu spät begriffen. Auf jeden Fall musste sich ihr Frust über das, was Maxim getan hatte, über die Jahre angestaut haben. So sehr, dass sie sich an Maxim hatte rächen wollen.

Kapitel 39

Paul hockte immer noch vor ihm und drückte die Pistole gegen seine Kehle. Maxim überlegte, was er tun konnte, um ihn zu besänftigen und davon abzuhalten, ihn zu erschießen. Bis vor wenigen Minuten war er überzeugt gewesen, dass Paul nicht in der Lage sein würde, seinen eigenen Zwillingsbruder zu töten. Wenn er ihm jetzt in die vor Wut blitzenden Augen sah, war er sich nicht mehr so sicher. Er wusste, dass er psychologisch klug vorgehen musste. Mit Psychopathen musste man auf eine ganz bestimmte Art und Weise umgehen. Clara war gut in so etwas. Sie würde ihm jetzt helfen können. Doch leider war sie es, die auf ihn angewiesen war, und nicht umgekehrt. Er überlegte fieberhaft, mit welchem Ansatz er die Situation beeinflussen konnte, ohne sich noch weiter in Gefahr zu bringen.

Die Idee kam ihm bei einem Blick auf Pauls Mund, der fest zusammengekniffen war und trotzdem unverkennbar noch einem anderen Mund ähnelte als seinem eigenen.

»Du bist auch dafür verantwortlich, dass unsere Mutter im Krankenhaus liegt, richtig?«

Bingo. Paul reagierte wie erhofft. Seine Gesichtszüge wurden etwas weicher, auf seiner Stirn erschienen leichte Sorgenfalten. Maxim kannte den

Gesichtsausdruck von sich selbst: Bedauern. Es war

erstaunlich. Paul war für ihn zu lesen wie ein offenes Buch.

»Warum hast du das getan?«, fragte er. »Warum sie? Unsere Mutter hat mit Abstand am meisten unter deinem vermeintlichen Tod gelitten. Sie hat es wirklich nicht verdient, noch ein zweites Mal bestraft zu werden.«

»Ich weiß«, sagte Paul schnell, als hätte er Angst, Maxim würde mit seinen Vorwürfen fortfahren. »Es war ein Versehen.«

Maxim hob die Augenbrauen.

»Ich habe sie durchs Küchenfenster beobachtet und … wollte ihr nahe sein.«

Schwäche, dachte Maxim sofort. Sein Bruder gab eine Schwäche zu, das war gut. Und überraschend. Er nickte verständnisvoll, um ihn zum Weiterreden zu ermutigen.

»Ich bin vielleicht zu nah ans Fenster gekommen«, fuhr Paul fort. »Jedenfalls hat sie mich gesehen und sich sehr erschrocken. Ist aufgeregt durch die Gegend gelaufen, war kurz verschwunden. Bis sie einen weiteren Blick riskierte und feststellte, dass sie das Gesicht kannte. Sie dachte, ich wäre du, und wirkte erleichtert. Ich habe nicht groß nachgedacht, sondern bin einfach zur Tür gegangen. Sie ließ mich rein und redete verwirrt auf mich ein. Ich weiß nicht mehr, was sie gesagt hat, ich konnte sie nur anstarren. Ich glaube, sie hat mich gefragt, was ich nachts vor ihrem Fenster suche und sie musterte mich die ganze Zeit so misstrauisch.«

Es war komisch, Paul so viel sprechen zu hören. Das lag an seinem Akzent, der immer wieder durchblitzte, wenn er emotional wurde, und an den Maxim sich nur schwer gewöhnen konnte, kam er doch von einer Person, die aussah wie er selbst. Vielleicht war es aber auch der weiche Tonfall in Pauls Stimme, als er von seiner Mutter sprach.

Sein Bruder setzte sich aufrechter hin und umschloss die Pistole fester mit seiner Hand. »Ich habe nichts gesagt, wollte mich nicht verraten. Und ich wusste nicht, wie sie reagieren würde. Ich hätte alles kaputt machen können, was ich geplant hatte. Irgendwann wusste ich nicht, wie ich aus der Situation herauskommen sollte. Sie stand vor mir und redete auf mich ein. Ich wollte, dass sie aufhört. Deshalb hielt ich sie an den Handgelenken fest. Sie starrte mich mit großen Augen an und versuchte sich zu wehren. Versuchte an ihr Handy zu kommen. Da ist es passiert. Ich wollte sie davon nur abhalten, griff sie fester. Und plötzlich fiel sie, stieß mit dem Kopf an die Tischkante und lag bewusstlos auf dem Boden. Ich wusste nicht, was ich tun sollte. Fühlte ihren Puls, der sich stabil anfühlte – aber was weiß ich schon. Dann habe ich versucht, Spuren von mir zu beseitigen, Fingerabdrücke auf der Türklinke, Fußabdrücke. Und dann bin ich gegangen. Wollte anonym den Notruf verständigen. Da kamst du mir entgegen. Fast hättest du mich gesehen. Ich bin dann davon ausgegangen, dass du dich kümmerst.«

Maxim fühlte, wie ihm das Adrenalin durchs Blut rauschte. Zum einen war er erleichtert, dass seiner Mutter offensichtlich keine weitere Gefahr drohte, sobald sie über den Berg war. Zum anderen war er auf dem richtigen Weg, was Paul anging.

»Sie hat schwerwiegende Probleme mit sich getragen seit Mexiko«, sagte er. »Mal geht es ihr ganz gut. Oft aber ist sie am Ende. Richtig am Ende. Sie hat Depressionen, Panikattacken und Wahnvorstellungen. Ihr Zustand und ihr Verhalten sind unberechenbar.«

Paul senkte den Kopf, aber seine glänzenden Augen und in der Mitte leicht zusammengezogenen Augenbrauen verrieten Maxim, wie betroffen er war.

»Und trotz allem kenne ich sie gut genug, um zu wissen, wie sie reagieren wird, wenn sie erfährt, dass du lebst. Sie wird wahnsinnig glücklich sein. Vielleicht ist ›wahnsinnig‹ hier wörtlich gemeint. Sie wird weinen und dabei lächeln und dir mit wirren Worten vermitteln, wie sehr sie sich freut. So war es bei Neles Geburt. Als sie im Krankenhaus zu Besuch kam, waren die Schwestern ganz überfordert mit ihr. So glücklich habe ich sie nur dieses eine Mal gesehen. Und ich bin sicher, nach dem ersten Schock wäre das Glück bei deinem Auftauchen noch größer. Du bist der verlorene Sohn. Vielleicht sorgst du sogar dafür, dass es ihr wieder gut geht.«

Paul hatte seine Gesichtszüge jetzt unter Kontrolle. Trotzdem war Maxim sich sicher, dass seine Worte seinen Bruder rührten und das Bild seiner glücklichen, mental gesunden Mutter sich perfekt in seine rosige Zukunftswelt einfügte, in der er mit Frau und Kind in der Gabrielenstraße wohnte.

»Das wird allerdings nicht geschehen, wenn du mich tötest«, ließ er das Luftschloss platzen. »Dir wird wohl klar sein, dass du unsere eigene Mutter nicht täuschen kannst.«

Er hoffte, dass Paul genug rationalen Menschenverstand besaß, um zu begreifen, dass das nicht möglich war. Am Ende war Paul ein fremder Mensch für sie. Einer, den sie im Gegensatz zu Maxim seit über dreißig Jahren nicht gesehen hatte.

»Und wie wird es dann sein? Glaubst du, sie wird dich mit offenen Armen wieder in ihrem Leben willkommen heißen, wenn du ihren Sohn getötet hast? Der, von dem sie jahrzehntelang glaubte, er sei der einzige, den sie hatte? Das wird nicht passieren. Das passt nicht in deinen Plan.«

Paul holte Luft, doch Maxim war ihm einen Schritt voraus. »Selbst wenn es dir gelingt, es wie einen Unfall aussehen zu lassen. Clara und Nele werden nicht glauben, dass es nicht absichtlich war.«

Ganz sicher war er sich nicht, aber es war nicht die richtige Zeit für Unsicherheiten.

»Sie wissen, dass ich sie suche. Sie wissen, dass ich alles tun würde, um sie zu finden. Und sie wissen jetzt wohl auch, wozu du in der Lage bist. Es ist zu riskant, Paul.«

Er hatte ihn. Paul drückte die Pistole nicht mehr ganz so fest auf seine Kehle und schien seine Worte zu verarbeiten. »Du bist mein Zwillingsbruder. Ich kann es kaum glauben, dass ich dich wiedersehen darf. Auch wenn ich mir andere Umstände gewünscht hätte. Alles kann sich noch zum Guten wenden. Es liegt an dir.«

Den mutmaßlich von Paul begangenen Mord wagte er nicht, zu erwähnen. Denn sollte er für diesen verantwortlich sein, führte an einer sehr langen, wenn nicht lebenslangen Haftstrafe kein Weg vorbei. Doch Paul fiel es in diesem Moment nicht auf. Er ließ den Arm mit der Pistole sinken und sein Körper sackte in sich zusammen. Mit ausgestreckten Beinen saß er Maxim gegenüber. Maxim jubilierte innerlich. Er hatte die Schwäche seines Zwillingsbruders erkannt und für seine Zwecke nutzen können. Auf dieser Welle musste er weiter reiten. Und zwar jetzt, denn Paul sammelte sich wieder. In dem Moment pfiff es draußen laut und der Rahmen des kleinen Fensters gab knarzende Geräusche von sich. Der Sturm. Als Paul kurz aufhorchte und zum Fenster sah, ging alles ganz schnell. Mit einer Geschwindigkeit, die ihn selbst überraschte, schlug Maxim seinem Bruder die Pistole aus der Hand, warf sich nach vorne auf die Waffe und stieß mit dem Fuß einen metallenen Rollcontainer um, der mit einem Scheppern auf Paul landete. Das laute Geräusch ging nahtlos in ein Donnergrollen über, das in diesem Moment einsetzte und selbst durch die dicken Turmmauern in ohrenbetäubender Lautstärke zu ihnen durchdrang. Das Gewitter war in vollem Gange. Paul war völlig perplex und brauchte einige Sekunden, um zu realisieren, dass Maxim innerhalb kürzester Zeit die Machtverhältnisse umgekehrt hatte. Schnell stand Maxim auf, die Waffe auf Paul gerichtet und sah seinem Bruder in die Augen. »Ich gebe meine Familie nicht ab, auch nicht an meinen eigenen Zwillingsbruder. Wo sind sie?«

Paul erwiderte seinen Blick und blieb stumm. Maxim wusste, er könnte auf ihn einreden, ihm androhen, die Waffe einzusetzen, aber es würde nichts nützen. Paul würde ihm nicht glauben, dass er tatsächlich in der Lage wäre, ihn zu erschießen. Und damit hatte er vermutlich recht. Abgesehen davon hatte Paul nichts zu verlieren. Maxim musste es ausnutzen, dass sein Bruder noch nicht zum Gegenangriff angesetzt hatte. Er machte zwei große Schritte zur Tür, öffnete sie, schob sich heraus, ohne die Waffe herunter und den Blick von Paul zu nehmen, und knallte die Tür zu. Mit zitternden Fingern drehte er den Schlüssel herum und atmete auf. Jetzt musste er nur noch Clara und Nele finden. Ein lautes Prasseln setzte ein. Das Gewitter entlud sich in strömendem Regen.

Kapitel 40

Ein paar Minuten irrte er einfach ziellos durch die Stockwerke und Räume des historischen Turms und wusste nicht, wie er seine Familie finden sollte. Vor lauter Sorge um sie konnte er keinen klaren Gedanken fassen. Jetzt wäre ein guter Zeitpunkt, die Polizei zu rufen, dachte Maxim. Wenn ihm ein Handy zur Verfügung stünde. Es gab ein Telefon, oben in der Wetterwarte. Und plötzlich fiel es ihm ein. Der Anruf von Nele gestern. Zwei Worte hatte sie gesagt: ›Sturm‹ und ›Maschine‹. Sturm ... Er hatte es falsch verstanden. Sie hatte ›Turm‹ gesagt. Das ergab Sinn. Sie hatte ihm versucht mitzuteilen, wo sie war. Beim Wort ›Maschine‹ dachte er an den Keller. Dort gab es verschiedene Lager-, Heiz- und Betriebsräume, so viel wusste er. Sicherlich auch einen Raum mit Maschinen, in welcher Form auch immer.

So schnell er konnte, rannte er die Treppe aus dem zweiten Stock, in dem er sich gerade befand, herunter. Er lief gerade auf die Kellertreppe zu, als er ein Geräusch hörte. Es war ein Schaben, vielleicht an einer Tür oder einer Wand. Sein Herz klopfte schneller. Er schritt auf den Kellereingang zu. Die Geräusche wurden lauter. Jetzt klang es wie ein leises Rufen. *Nele!* Die Stimme, wenn auch kaum hörbar, klang wie die seiner Tochter, nur mit sehr, sehr wenig Kraft. Entschlossen drückte er die Klinke der schweren Kellertür herunter und stieß auf Widerstand. Die Tür war verschlossen. Wieder hörte er ein Schaben.

»Nele? Clara? « Er bildete sich ein, ein zustimmendes Rufen zu hören, war sich aber nicht ganz sicher, ob er dieses nicht einfach hören wollte. Nicht zum ersten Mal seit dem Verschwinden seiner Familie traute er seinen Sinnen nicht. Er legte sein Ohr an die Tür und hielt die Luft an, um alles hören zu können, was dort unten geschah. Erst waren das nur surrende Geräusche aus dem Maschinenraum des Turms und dann war es ganz deutlich. Nele rief nach ihm.

»Papa ... «

»Ich komme, mein Schatz. Halte durch!«

Entschlossen schritt Maxim vom Kellereingang weg. Er wusste, wie er sich Zutritt verschaffen konnte. Er lief den engen Flur zurück, die steinerne Treppe nach oben. Im Erdgeschoss angekommen hörte er den Regen wieder lauter an die Fenster prasseln und den Donner um den Turm toben. Das Gewitter wütete weiter. Der Weg zu dem kleinen Raum, in dem unter anderem die Schlüssel für fast alle Räume im Turm verwahrt wurden, führte ihn wieder an dem Raum vorbei, in dem er Paul eingesperrt hatte. Maxim hielt kurz an und lauschte, ob irgendwelche Geräusche hinter der Stahltür hervordrangen. Nichts. Paul war still. Beunruhigend still. Aber damit konnte Maxim sich jetzt nicht weiter aufhalten. Er fand die Schlüsselbox genau dort, wo sie vor Jahren schon gelegen hatte – in der zweiten Schublade eines alten Holzsekretärs, unverschlossen. Die meisten Schlüssel waren ordentlich in beschriftete Boxen einsortiert, einige fehlten. Unter anderem der mit dem Label ›MR‹. Paul musste den

Schlüssel an sich genommen haben. Klar, wie hätte er die beiden auch sonst im Maschinenraum einsperren können. Woher hatte Paul gewusst, welchen Schlüssel er brauchte? Hatte er willkürlich mehrere Schlüssel gegriffen? Oder war er vorher bereits im Turm gewesen, um ihn in Ruhe auszukundschaften und alles sorgfältig zu planen?

Fast stolperte Maxim über seine eigenen Füße, als er die Turmtreppe wieder hinunterhastete. Die Waffe, die er immer noch in der Hand hielt, fühlte sich zwischen seinen Fingern plötzlich kalt an, als wehrte sie sich dagegen, von ihm benutzt zu werden. Angestrengt rief er sich die True-Crime-Doku ins Gedächtnis, die er mit Clara vor einigen Monaten gesehen hatte. Dabei war es um das Aufschießen von Türschlössern mit einer Waffe gegangen. Eine Tätigkeit, die in Fernsehkrimis von unerschrockenen Ermittlern ausgeübt wurde und in der Regel mit einem gezielten Schuss und coolem Aufstoßen der Tür mit dem Fuß erledigt war. Die Doku hatte das als Show-Effekt entlarvt und einen echten Waffen-Experten erklären lassen, wie es wirklich funktionierte. Wenn er sich richtig erinnerte, war es schon einmal falsch, auf das Türschloss selbst zu schießen, sondern stattdessen auf die Türfalle und den Riegel, der Schloss und Türrahmen verankerte. Vor allem aber würde ein Schuss ganz sicher nicht ausreichen, er musste so viele wie möglich abgeben. Maxim betete, dass die Pistole genug Munition hatte und dass ihm sein Halbwissen aus einer vor Monaten nebenbei verfolgten Doku tatsächlich nützen würde.

»Clara, Nele, ich versuche die Tür aufzuschießen, es wird jetzt sehr laut‹, rief er. »Stellt euch dicht an die Wand hinter die Tür und bewegt euch nicht!«

Einige Sekunden gab er ihnen Zeit, in denen er es hinter der Tür rascheln hörte. Dann richtete er die Pistole auf eine Stelle am Türrahmen, die ihm geeignet erschien, kniff unsinnigerweise die Augen zusammen und drückte ab. Der Schuss gegen das nahe Zielobjekt katapultierte ihn ein Stück nach hinten. Er taumelte kurz. Dann setzte er die Waffe wieder an und schoss erneut, diesmal mit geöffneten Augen und etwas sichererer Hand. Einmal. Zwei Mal. Drei Mal. Als die Tür völlig ramponiert aussah, wagte er einen Versuch, drückte die Klinke herunter und öffnete mit einem Schwung die Tür. Er setzte einen Fuß in den Raum, besorgt, was ihn erwarten würde. Die Dunkelheit verschleierte ihm den Blick. Dann hörte er wieder das Scharren. So als versuchte jemand, sich aufrecht hinzusetzen. Er suchte die Wand neben der Tür ab, aber fand keinen Lichtschalter.

»Clara?«, fragte er.

Ein Schluchzen. »Ich bin hier!«

Eine überwältigende Welle der Erleichterung durchströmte ihn.

»Und Nele?« Er öffnete die Tür weiter, so dass etwas Licht einfiel. Jetzt konnte er Claras Umrisse erkennen. Und daneben ein Häufchen Kleidung.

»Sie ... ist ganz schwach«, sagte Clara. »Sie braucht Hilfe. Wir sind hier schon so lange, Maxim. Hol uns hier raus.«

Maxim schritt zu seiner Frau und griff ihren Kopf. Er konnte nicht allzu viel erkennen, aber was er sah, war erschreckend. Claras Gesicht war eingefallen, ihre Augen leuchteten nicht wie sonst. Er küsste sie auf die Stirn und konnte sich nicht erinnern, wann sich etwas das letzte Mal so gut angefühlt hatte. Dann beugte er sich zu dem Kleiderhaufen, der seine Tochter war, und legte behutsam seine Hände an ihren Hals und ihre Stirn. Nele atmete ruhig. Langsam, aber gleichmäßig.

»Was hat er euch angetan ...«, flüsterte Maxim.

»Er ist dein Zwillingsbruder«, sagte Clara. »Er sieht genauso aus wie du. Es ist ... gruselig.« Ihre Stimme erlosch.

Maxim umschloss ihren zarten Oberkörper mit seinen Armen. »Ich weiß.« Für mehr war jetzt keine Zeit. »Wir müssen hier raus.«

»Wir sind gefesselt. Du musst uns losmachen.«

Maxim ertastete Kabelbinder an Claras Handgelenken. Sie waren fest zugeschnürt und ohne Werkzeug kaum zu lösen, das schwache Licht machte es nicht einfacher. Clara rutschte hin und her, damit Maxim gut an die Fesseln herankam, aber es brachte nichts.

Plötzlich spannte sich ihr ganzer Körper an. »Maxim, hinter dir!«

***

Kim saß neben ihr auf dem Beifahrersitz und hielt ihr verbundenes Handgelenk fest. Es war ein Fehler gewesen, sie mitzunehmen. Ihre Beziehung zu ihrer Nichte konnte eigentlich als eine einzige große Vernachlässigung ihrer Fürsorgepflicht beschrieben werden. Doch jetzt war es zu spät. Sie mussten sich beeilen. Kim hätte sich sowieso nicht davon überzeugen lassen, jetzt wieder nach Hause zu fahren.

Der Besuch bei Jakob Gerber war zunächst eine Enttäuschung gewesen. Keine Spur von García oder Fuchs. Nur der YouTuber selbst war anwesend gewesen, ein kurioser Typ. Nicht unsympathisch, sondern im Gegenteil sehr redselig und hilfsbereit, aber auch etwas eigen. Vielleicht rührte der Eindruck aber auch daher, dass Sofia nur eine vage Vorstellung von seinem Beruf hatte. Oder von seinem ungewöhnlichen Wohnort auf den Gewässern Berlins. Gerber war fast dankbar gewesen, als sie auftauchten. Er gab an, seinen Freund nicht erreichen zu können und machte sich große Sorgen. Immerhin hatte er ihnen sagen können, wohin Fuchs aufgebrochen war.

Die Straßen waren für Berliner Verhältnisse leer. Sofia hatte das Blaulicht auf den Dienstwagen gesetzt, bevor sie auf der Wache noch schnell Verstärkung angefordert hatte. Für alle Fälle. Sie wussten ja nicht, was sie im Wetterturm erwartete. Genau genommen wusste Sofia noch nicht einmal so richtig, was das überhaupt für ein Turm war. Er sah zumindest imposant aus, dachte sie, als sie nach wenigen Minuten vor dem backsteinernen Rundbau parkte.

»Du wartest hier«, sagte sie zu Kim.

Die zögerte kurz, warf ihr dann einen trotzigen Blick zu und löste ihren Anschnallgurt. »Dann hättest du mich gar nicht erst mitnehmen dürfen.«

Sie hatte recht und Sofia keine Nerven, ihr zu widersprechen. »Du bleibst hinter mir. Und tust nichts Unüberlegtes. Falsch – du tust gar nichts. Es sei denn, ich sage es.«

Kim nickte.

Sofia wusste sofort, dass sie am richtigen Ort waren, als sie die aufgebrochene Eingangstür sah. Sie holte ihre Waffe hervor, bedeutete Kim, leise hinter ihr zu bleiben und arbeitete sich durch den schmalen Flur des Turms vor. Es herrschte eine gespenstische Atmosphäre. Es war stockdunkel. Irgendwo summte etwas und sie wusste nicht, wo sie zuerst nachschauen sollten. Wo blieb die Verstärkung?

»Da!« Kim stieß sie von hinten an.

Sofia hatte es auch gesehen. Ein Schatten in ihrem Augenwinkel. Vermutlich eine Person. Geräuschlos, aber nicht ganz unsichtbar war jemand die enge Kellertreppe hinunterverschwunden.

Kapitel 41

Plötzlich spürte Maxim einen schmerzhaften Schlag auf den Hinterkopf. Kurz wurde ihm schwarz vor Augen. Alles drehte sich in seinem Kopf und er kippte zur Seite weg. Einige Sekunden brauchte er, um wieder zuordnen zu können, wo oben und unten war. Er lag auf dem Boden. Schemenhaft nahm er Paul wahr, der sich hektisch bewegte und an Claras und Neles Fesseln fummelte. Wie war er entkommen? Dann fiel Maxim ein, dass es Paul geschafft hatte, die elektronisch wie mechanisch gesicherte Tür zum Turm aufzubrechen. Wahrscheinlich war die Tür zum Lagerraum dagegen ein Leichtes gewesen. Zumal sich diverse Werkzeuge im Raum befunden haben konnten. Maxim ordnete seine Gedanken. Die Pistole. Er hatte sie auf den Boden gelegt und von sich weggeschleudert, als er seine Familie gefunden hatte. Wo war die Pistole jetzt? Unauffällig sah er sich im Raum um, ohne die Aufmerksamkeit auf sich zu lenken. Paul beachtete ihn nicht mehr. Ohne den Kopf zu stark zu bewegen, konnte Maxim nichts erkennen, schon gar nicht in dem dunklen Raum mit seinen noch finstereren Ecken.

Plötzlich machte Paul eine ruckartige Bewegung. Er sah zu Maxim und folgte seinen Bewegungen. Eine Sekunde war er wie weggetreten, bevor er sich mit bloßen Händen auf ihn losstürzte. Clara schrie auf. Paul riss an seinen Haaren und zog seinen Kopf schmerzhaft nach vorne. Es war Hass, der ihn antrieb, das konnte Maxim fast deutlicher spüren als den reißenden Schmerz in seiner Kopfhaut. Wie konnte er gegen diesen Wahnsinnigen ankommen? Ein leises Quietschen hinter ihm machte ihn plötzlich klar im Kopf. Nele. Seine Tochter war wach. Er holte aus, um seinem Zwillingsbruder die Finger ins Gesicht zu krallen, war bereit, ihm das Augenlicht zu rauben und noch Schlimmeres anzutun, doch dazu kam es nicht. Paul schlug ihn mit voller Wucht gegen den Schädel. Sein Augenlicht flimmerte, als er einfach zusammenbrach. Er hatte das Gefühl zu träumen, als er plötzlich einen Schuss hörte und anschließend einen Schrei. War er selbst getroffen worden? Er konnte es nicht sagen. Sein Körper schien nicht mehr an seinem Kopf befestigt zu sein. Um ihn herum raschelte es, er bildete sich ein, Stimmen zu hören, die nach ihm riefen. *Peter, Peter, pumpkin eater.* Er gab ihnen nach und sank in ein erlösendes schwarzes Loch.

***

Kim stand einfach nur da und überlegte, was gerade geschehen war. Sie konnte sich nicht erinnern, in den letzten Minuten bewusste Entscheidungen getroffen zu haben. Nur daran, dass sie plötzlich im Keller stand, vor sich eine Stahltür, die einen Spalt geöffnet war. Hinter sich Sofia, die irgendetwas flüsterte, von dem bei Kim in diesem Moment aber nur unverständliche Zischlaute ankamen, weil es in ihren Ohren rauschte. Aus dem Raum hinter der Stahltür kam ein Rascheln, ein dumpfer Schlag, Stöhnlaute. Ihre Gedanken waren in diesem Moment klar: Sie durfte nicht zulassen, dass García dieser Familie etwas antat. Sie hätte das alles verhindern können. Indem sie schneller gehandelt hätte, nachdem sie bei Sofia eingetroffen war. Vielleicht hatte sie im Hotelzimmer und an García irgendetwas übersehen, das ihr gesagt hätte, dass Menschen in Gefahr waren. Und wo sie sich befanden. Sie wollte nicht die Schuld daran tragen, dass Menschen getötet wurden. Nicht schon wieder. Bevor sie den Raum betrat, in den der Schatten verschwunden war, wollte Sofia sie noch aufhalten. Doch Kim riss sich los und stieß die Stahltür auf. Dann dauerte es zwei Sekunden, bis sie sich an die Dunkelheit gewöhnt hatte und direkt in das Gesicht von García blickte.

Jetzt fragte sie sich, wie sie so geistesgegenwärtig hatte handeln können. Sie sah ihn, hinter ihm schemenhaft weitere Personen, eine davon in sich zusammengesackt. Die Pistole in der Ecke entdeckte sie mit dem zweiten Blick, als das Metall der Waffe im hereinfallenden Licht kurz aufblitzte. Sie warf sich in die Ecke, belastete dabei ihr kaputtes Handgelenk, schrie kurz auf und hielt dann plötzlich die Waffe in der gesunden Hand. Die Pistole fühlte sich kalt und bedrohlich an und gab ihr ein Gefühl von Macht. Aus irgendeinem Grund fiel es ihr nicht schwer, abzudrücken. Sie hatte mal gelesen, dass es eine wahnsinnige Überwindung kostete, zum ersten Mal eine Waffe auf einen Menschen abzufeuern. Bei ihr war es nicht so. Sie wusste, was zu tun war. García drehte sich zu ihr um, richtete sich auf, schnellte auf sie zu. Kim sah nichts mehr um sich herum, wusste auch nicht, wo Sofia war. Sie hatte nur García vor Augen, als stünde sie mit ihm allein in einem engen Tunnel. Bis sich etwas in ihren Augenwinkeln bewegte, links und rechts, ganz nah an ihr dran. Es waren ihre Eltern, die an ihrer Seite standen und sie bedingungslos unterstützen. Kim schoss. Als die Kugel durch die Luft zischte, legte ihre Mutter ihr liebevoll die Hand auf die Schulter.

Kapitel 42

Garcías Gesicht war so weiß wie die Wand hinter seinem Krankenhausbett. Er sah aus, als wäre er dem Tod gerade so von der Schippe gesprungen, dabei war sein Zustand relativ stabil gewesen. Kim hatte gut gezielt und seinen Oberschenkel getroffen. García hatte schnell das Bewusstsein verloren. Dass er nicht verblutet war, war dem Umstand zu verdanken, dass Kim keine großen Blutgefäße im Bein getroffen hatte und er schnell ins nahegelegene Krankenhaus gebracht werden konnte. In der Nacht im Turmkeller hätte Sofia kaum daran geglaubt, dass alle Beteiligten ohne größere Schäden davonkommen würden – zumindest nicht körperlich. Aber auch die kleine Nele, die stark geschwächt ins Krankenhaus eingeliefert worden war, war inzwischen über den Berg. Und das war Kim zu verdanken. Sie wollte sich nicht ausmalen, wie die Situation hätte ausgehen können, hätte das Mädchen nicht so schnell gehandelt. Auch wenn der Preis für die heldenhafte Tat ein weiteres Trauma war, das die Jugendliche nun aufarbeiten musste. Doch sie würde es schaffen, da war Sofia sich sicher. Die letzten Tage hatten ihr gezeigt, wie stark ihre Nichte eigentlich war. Nach allem, was sie erlebt hatte – der Tod ihrer Eltern, das Leben mit der Schuld, eine gewaltsame Entführung. Das alles hatte schließlich dazu geführt, dass sie die Waffe auf García gerichtet hatte, um das Leben einer Familie zu retten. Sie war ein erstaunliches Mädchen und Sofia konnte sich nicht vorstellen, was es mit ihr gemacht hätte, wenn Kim in Garcías Händen gestorben wäre. So wie er es eigentlich geplant hatte. Immer und immer wieder hatte sie sich gefragt, warum er Kim hatte gehen lassen. Er war ein immenses Risiko eingegangen, indem er das getan hatte. Dass Kim seinem Plan nicht folgen und ihrer Tante die ganze Wahrheit sagen würde, war nicht auszuschließen gewesen. Vielleicht würde er es ihnen eines Tages sagen. Bis dahin waren andere Umstände zu klären, um den Fall vollständig zu ermitteln und Garcías Strafmaß festzulegen. So lange hatte Sofia ihre eigene Theorie. Ausgehend davon, was Kim ihr über die Zeit im Hotelzimmer erzählt und was sie inzwischen über García und sein Leben herausgefunden hatte, glaubte sie, dass er Mitleid mit Kim gehabt hatte. Denn sie hatte ihm erzählt, dass sie eine Waise war. Mit jemandem, der ebenfalls ohne seine Eltern aufwachsen musste, konnte er sich identifizieren. García hatte in diesem Fall einige Schwächen gezeigt, die am Ende zu seinem Schicksal beitrugen. Fast konnte er ihr leidtun, bis ihr seine Taten wieder einfielen, denen auch so viele Unbeteiligte zum Opfer gefallen waren. Kurz musste Sofia dabei an den 22-jährigen Meteorologiestudenten denken, den García im sechsten Stock des Turms niedergeschlagen hatte. Auch er war inzwischen wieder aus dem Krankenhaus entlassen worden. Als die Rettungssanitäter ihn auf dem Boden der Wetterwarte vorfanden, war er noch bewusstlos gewesen. Im Krankenhaus hatte man eine mittelschwere

Gehirnerschütterung diagnostiziert. Die psychischen Folgen waren vermutlich noch schlimmer.

Jetzt, drei Tage nach der verhängnisvollen Nacht im Turmkeller, war García laut den Ärzten der Charité endlich vernehmungsfähig. Neben ihm saß Thomas Stampf, ein Sofia gut bekannter Pflichtverteidiger, auf den García bestanden hatte. Das war sein gutes Recht und bei den Vorwürfen, die gegen ihn erhoben wurden, durchaus wichtig für ihn. Stampf war ein Anwalt alter Schule, den Sofia nicht besonders sympathisch fand, aber respektierte. Jetzt blickte er mit undurchschaubarem Gesichtsausdruck abwechselnd sie und Manuel an und wartete darauf, dass jemand das Gespräch eröffnete. Manuel nickte ihr zu.

»Herr García«, begann Sofia. »Wir haben Sie darüber belehrt, welche Straftaten Ihnen vorgeworfen werden und welche Rechte Sie haben. In Anwesenheit Ihres Verteidigers werden wir Sie dazu heute befragen. Nach dem Gesetz steht es Ihnen frei, sich zu den Beschuldigungen zu äußern oder nicht zur Sache auszusagen. Wir bitten Sie aber dringend um Kooperation, die sich positiv auf Ihr Strafmaß auswirken kann.«

Sie warf einen kurzen Seitenblick zu Stampf, der keine Miene verzog.

»Erzählen Sie mir bitte, welche Ereignisse zum Geschehen im Wetterturm der Freien Universität am letzten Sonntag geführt haben. Schildern Sie die Abläufe chronologisch, damit wir uns ein Bild machen können.«

García blieb stumm.

»Wann und wie haben Sie von der Existenz Ihres Zwillingsbruders erfahren?«

García warf einen Blick zu Stampf, der kaum merklich den Kopf schüttelte. Sofia seufzte innerlich. Das war zu erwarten gewesen. Sie würden heute nicht viel aus García herausbekommen.

Manuel räusperte sich. »Der schwerwiegendste Tatvorwurf, der gegen Sie erhoben wird, ist der Mord an Alina Rubin. Es erwartet Sie eine sehr lange Haftstrafe, wenn Richter und Staatsanwälte in Ihnen einen eiskalten Mörder und Entführer sehen.«

»Der Sie nicht sind«, ergänzte Sofia. »Sie haben die Taten nicht begangen, weil Sie ein gefühlsloser Sadist sind, sondern aus emotionaler Verletzlichkeit heraus. Ich bin mir sicher, dass Sie Frau Fuchs und ihrer Tochter keinen Schaden zufügen wollten und schon gar nicht Ihrer Mutter. Vielleicht nicht einmal Ihrem Bruder. Warum musste eine unbeteiligte Person sterben? Erzählen Sie uns, was mit Alina Rubin geschehen ist.«

»Mein Mandant möchte sich zu den Vorwürfen nicht äußern.«

Sofia überlegte, wie sie an García herankommen konnte. »Dass Sie aus emotionalen und vielleicht nachvollziehbaren Beweggründen heraus gehandelt haben, ist die eine Theorie. Die andere ist, dass Sie, als Konsequenz Ihres unglücklichen Lebensverlaufs nach der Tragödie 1988, emotional abgestumpft sind. Dass Sie sich von Hass- und Rachegefühlen haben leiten lassen und nicht mehr in der Lage sind, Empathie zu empfinden. Sodass Sie schließlich nicht einmal davor zurückschraken, einen Menschen zu töten. Und vielleicht sollten es noch mehr Todesopfer werden, hätten wir Sie im Turm nicht rechtzeitig gestoppt.«

Sie bildete sich ein, dass García ganz leicht zusammenzuckte. Nervös warf er einen erneuten Seitenblick zu seinem Anwalt.

»Ich bitte Sie darum, sachlich zu bleiben, Frau Nikolaidis«, sagte der. »Und bei den tatsächlichen Tatvorwürfen zu bleiben, nicht bei Taten, die eventuell hätten geschehen können. Außerdem bin ich mir nicht sicher, ob es zielführend ist, dass Sie als Beteiligte an den Tatbeständen meinen Mandanten befragen.«

Auch damit hatten Sofia und Manuel gerechnet.

Ihr Kollege übernahm. »Ich war nicht beteiligt. Und ich tendiere zur zweiten Theorie, dass Sie, Herr García, in Ihrem sicherlich nicht unbegründeten Frust Ihrem Schicksal gegenüber jegliches Empfinden für Gut und Böse und für Gerechtigkeit verloren haben. Dass Sie den Tod einer unschuldigen Person in Kauf genommen, sogar absolut willentlich herbeigeführt haben. Denn ich kann auch jetzt noch keine Reue bei Ihnen erkennen. Da fällt es schwer, Mitleid zu haben und an emotionale Verletzlichkeit zu glauben.«

García hatte die Augen geschlossen, als würde er schlafen.

Stampf fuhr seinen Text ab. »Mein Mandant möchte sich nicht ...«

»Ich bin kein Monster«, sagte García, die Augen immer noch geschlossen. »Maxim war es, der sterben sollte. Aber ich konnte es nicht tun.«

»Herr García …« Stampf versuchte seinen Mandanten vom Weitersprechen abzuhalten, doch der richtete sich im Bett etwas weiter auf.

»Clara und das Mädchen waren seit zwei Tagen im Turmkeller und der nächste Schritt war es, Maxim auszuschalten. So war es geplant, aber es fühlte sich irgendwie falsch an. Ich konnte ihn nicht töten, aber er musste weg. Also entwickelte ich einen neuen Plan.«

»Ihn ins Gefängnis zu bringen.«

Sofia warf Manuel einen kritischen Blick zu. Befragte unterbrach man nicht, schon gar nicht, wenn sie schwer zum Reden zu bringen waren und ihr Anwalt daneben saß. García

nickte und schwieg.

»Ich denke, das reicht jetzt«, sagte Stampf.

»Nur noch eine Frage.« Sofia wollte noch nicht aufgeben und richtete sich wieder an García. »Woher wussten Sie von der Auseinandersetzung zwischen Ihrem Bruder und Frau Rubin am Abend zuvor? Oder haben Sie sie herbeigeführt und wenn ja, wie?«

García sah aufrichtig ahnungslos aus. »Davon wusste ich nichts.«

Dann hatte dieser Umstand ihm zufällig in die Karten gespielt. Fuchs hatte bei all dem also auch noch außerordentliches Pech gehabt. Davon abgesehen war García wirklich nicht unklug vorgegangen. Das Zyankali in der Nähe von Fuchs' Wohnort zu kaufen, die Überwachungskamera des Nachbarhauses zu finden und sich dort gezielt und doch scheinbar ungewollt zu erkennen zu geben – das alles zeugte von der sorgfältigen Planung eines Mordes. Andres García war vielleicht kein Monster. Ein Mörder war er aber allemal. Sie fühlte sich an den berühmten Butterfly-Effekt erinnert. Ein Erdbeben in Mexiko im Jahr 1988 hatte dazu geführt, dass über dreißig Jahre später die Geschäftsführerin eines Berliner Lokalsenders sterben musste. Ein absurder Zusammenhang.

»Insgeheim habe ich gehofft, die Dosis wäre vielleicht zu niedrig. Es ... tut mir leid, dass sie tot ist.«

Reue, das war neu. Auch Manuel schien überrascht.

Stampf stand auf. »Ich danke Ihnen für Ihren Besuch, mein Mandant und ich möchten uns jetzt besprechen.«

Sofia und Manuel erhoben sich ebenfalls. Sie warf einen letzten Blick auf García, der den Kopf wieder gesenkt hielt und die Augen geschlossen. Tiefe Furchen zogen sich durch seine Stirn, die Lippen waren angespannt aufeinandergepresst. Anders als beim ersten Mal, als sie ihn gesehen hatte, fand sie nun, dass er Fuchs gar nicht mehr so ähnlich sah.

Kapitel 43

Es war kalt geworden. Der Himmel war grau, der Sommer längst vergangen. Ab nächster Woche war der erste Bodenfrost angesagt. Für Mitte Oktober waren die Bäume bereits ungewöhnlich kahl. Das alles passte gut in das düstere Stimmungsbild, das die hohen, dunkelbraunen Mauern der JVA Moabit ohnehin das ganze Jahr über zeichneten. Es schüttelte ihn, als er an den bevorstehenden Prozess dachte, der nicht nur über die Strafe für seinen Zwillingsbruder, sondern auch für ihn selbst wegen der Entführung und Bedrohung des Potsdamer Zimmermädchens entscheiden würde. Verständlicherweise hatte Giulia ihn angezeigt und es war ein Wunder, dass dieser Umstand noch nicht an die Presse gelangt war. Zu irgendeiner Strafe würde er auf jeden Fall verurteilt werden, er konnte nur hoffen, dass sie den Umständen entsprechend nicht allzu hart ausfiel.

Dieses Mal war Pauls Gesichtsausdruck für Maxim nicht so leicht lesbar. Er konnte wie beim ersten Besuch keine Reue in den Augen seines Zwillingsbruders erkennen, als der sich auf den Stuhl ihm gegenüber fallen ließ. Aber Traurigkeit. Und vielleicht ein wenig Angst. Vor ihm? Paul trug Handschellen und ein einfaches, langärmeliges Shirt. Seine Haare sahen gepflegt aus und er hatte einen sorgfältig getrimmten Bart, so wie er selbst. Aus dem Augenwinkel sah er, wie der junge Beamte, der bei den Besuchsterminen immer dabei war, sie beobachtete.

»Wie geht es dir?«, fragte Maxim.

Paul sah ihn nicht an, zuckte mit den Schultern und schwieg.

»Du siehst besser aus als vor zwei Wochen.«

»Es kommen immer noch so viele Briefe.«

An die unzusammenhängenden Dialoge hatte Maxim sich gewöhnt, ein wenig überraschten ihn die mangelnden sozialen Fähigkeiten seines Bruders aber doch manchmal.

»Ja? Presseanfragen?«

»Viel zu viele. Verdammte Medien.« Ein schneller Blick in Maxims Augen, dann wandte Paul den Kopf wieder ab, um einen Punkt an der Wand zu fokussieren.

Die Anfragen erhielt Maxim auch. Bisher hatte er keine der Mails beantwortet. Während sie auf den Beginn des Prozesses warteten, hatte er ganz andere Dinge im Kopf und tausend Fragen an Paul. Doch das meiste, was ihn interessierte, durfte nicht besprochen werden. Maxim blickte kurz zum Beamten hinüber, der sie weiterhin beobachtete, fast anstarrte. Bei seinem ersten Besuch in der JVA vor einigen Wochen hatte man ihnen erklärt, dass man ihnen nicht empfahl, sich über die Straftaten des Inhaftierten zu unterhalten. Dies könne als Versuch der Verdunkelung gewertet werden, also der Beeinflussung laufender Ermittlungen, und zu einem Besuchsverbot führen. Das hatte Maxim bisher nicht riskieren wollen. Er war sich gar nicht sicher, warum eigentlich nicht. Irgendwie waren ihm die Besuche wichtig, vielleicht hatte er das Gefühl, etwas aufholen zu müssen. Die Wut auf Paul war überraschend schnell vergangen. Er hatte ihm nicht verziehen, in welche Gefahr er seine Familie gebracht hatte. Aber die Beziehung zu seinem eineiigen Zwillingsbruder war vielschichtiger als Pauls Taten. Er wollte wissen, was damals passiert war und wie Pauls Leben verlaufen war. Viel hatte er bisher nicht aus ihm herausbekommen. Auch nicht beim ersten Besuch, als seine Mutter dabei gewesen war.

Eva Fuchs war kurz nach ihm selbst fast vollständig genesen aus dem Krankenhaus entlassen und von Maxim so behutsam wie möglich über alles informiert worden. Sie nahm seine Erzählungen erstaunlich gut auf und saß eine Weile einfach nur stumm da, nachdem er geendet hatte. Dann sah sie ihn an und nickte, fast als habe sie irgendwo in sich drin gewusst, dass ihr zweiter Sohn all die Jahre über am Leben gewesen war.

Auch die Wochen nach ihrer Entlassung aus dem Krankenhaus und der Konfrontation mit den Geschehnissen war sie sehr still und rational, bis zu dem Zeitpunkt, an dem sie Paul gemeinsam mit Maxim in dem kleinen Besuchsraum der JVA gegenübersaß. Sofort fing sie an zu weinen. Paul wich ihrem Blick aus, doch Maxim bemerkte die glänzenden Augen und den nervös wippenden Fuß. Es war eine seltsame Situation und hätte unter anderen Umständen eine hochemotionale Familienzusammenführung sein können. Seine Mutter stellte unter Schluchzen Paul Fragen, von denen er keine einzige beantwortete. Maxim hatte seinen Bruder inzwischen gut genug kennengelernt, um zu wissen, dass er seine Zeit brauchte. Zudem war er kein Mensch zu vieler Worte, schon gar nicht in Anwesenheit mehrerer Personen. Seitdem schrieben er und seine Mutter sich Briefe hin und her, wie er von ihr wusste. Sie sprach nicht über deren Inhalt, vielleicht würde sie es irgendwann tun. Wichtig war, dass sie ihr halfen, denn sie hatte seitdem keine manischen Episoden mehr gehabt, zumindest soweit Maxim das mitbekommen hatte.

»Ich habe angefangen zu arbeiten«, sagte Paul und zeigte ihm damit, dass er sich mitteilen wollte.

Vielleicht lag ihm doch etwas an Maxims Besuchen und er war froh über die halbe Stunde, in der sich jemand für ihn interessierte.

»Ja?«

»Essen austeilen, Gänge sauber halten, in der Beamtenkantine kochen und sowas. Gibt nicht viel Geld, aber so habe ich was zu tun.«

Maxim nickte. »Gut.«

Er musste die neue Gesprächigkeit seines Bruders ausnutzen. Vielleicht würde er ihm heute seine Fragen beantworten. »Kannst du gut kochen?«, riskierte er es und fand die Frage selbst blöd. Sie klang nach unbeholfenem Small Talk. Das schien Paul ähnlich zu sehen. Er zuckte mit den Schultern, aber sah ihm dabei immerhin kurz in die Augen. Nicht zum ersten Mal dachte Maxim, dass es mit Paul war, wie mit einem bockigen Teenager zu sprechen.

Er entschied sich für den direkten Weg. »Erzähl mir doch was über dich, über die Zeit damals. Mich interessiert, was mit dir passiert ist. Ich weiß, dass du mehr darüber erfahren hast, was nach dem Hurrikan geschah. Wie es passieren konnte, dass wir nicht wieder zusammengeführt wurden.«

Er sah Paul aufmerksam an und wartete auf eine Regung, doch der starrte nur wieder auf die Wand hinter ihm. Es war zwecklos, genau wie bei seinen letzten Versuchen.

Maxim stand auf. »Wie ich schon beim letzten Mal gesagt habe, du kannst mir auch einen Brief schreiben. Ich würde mich freuen.«

Er lief zur Tür, woraufhin sich der Beamte mit etwas enttäuschtem Blick erhob. Paul machte noch keine Anstalten, sich zu bewegen.

»Ich weiß nicht, ob ich nochmal wiederkomme«, sagte Maxim.

Das funktionierte.

Paul hob den Kopf, sah erst ihn an, dann auf die große Wanduhr über der Tür. »Okay. Setz dich hin.«

Paul wartete, bis Maxim wieder auf dem Besucherstuhl Platz genommen hatte. Der junge Beamte blieb an der Wand stehen, als lohnte es sich für die letzten Minuten nicht mehr, es sich noch einmal bequem zu machen.

»Ein Mann hat mich in den Ruinen des eingestürzten Gebäudes gefunden, als er auf der Suche nach seinem Bruder war. Ich weiß nicht, ob er den lebend wiedergefunden hat, mich hat er jedenfalls den Rettungskräften übergeben, die vor Ort waren. Mein Zustand war sehr schlecht, ich war nicht ansprechbar, hatte eine Gehirnerschütterung, mehrere gebrochene Rippen und eine schwere Verletzung am Oberschenkel von einem Trümmer, der sich dort ins Fleisch gebohrt hatte. Man brachte mich ins Krankenhaus und verständigte das Jugendamt. Und das machte einen Fehler. Ein junges mexikanisches Paar, beide 22 Jahre alt, hatte für ein paar Tage in dem Appartementgebäude eingecheckt, gemeinsam mit ihrem Sohn, etwa in meinem Alter. Beide waren leblos aus den Trümmern geholt worden, nur wenige Meter neben der Stelle, an der man mich gefunden hatte. Man nahm einfach an, ich sei der Sohn der Verstorbenen und vermerkte das so im Bericht. Mir ist nicht ganz klar, wie das passieren konnte – ich vermute, alles ging sehr schnell. Es gab zu viele Opfer und zu viel zu tun, als dass die Zuständigen sich genug Zeit nehmen konnten, alles sorgfältiger zu prüfen. Irgendwann habe ich wohl angefangen, leise vor mich hinzubrabbeln – ›Mama, Mama‹ und eine Reihe unverständlicher Wörter. Entweder es war Deutsch und sie verstanden es nicht oder es war eine noch viel weniger verständliche Kleinkindsprache. ›Mama‹ hätte ja genauso gut Spanisch sein können.«

Paul machte eine Pause und starrte wieder mit leerem Blick auf die Wand hinter Maxim. Dachte er nach? Oder würde er nun wieder in Schweigen verfallen? Maxim traute sich kaum, sich zu bewegen, als wäre sein Bruder ein wildes Reh, das er nicht verschrecken wollte.

Der öffnete den Mund wieder, ohne den starren Blick von der Wand zu nehmen. »Ich weiß nicht, was mit dem echten Sohn des Paares passiert ist. Ob er nicht gefunden wurde oder gar nicht im Gebäude gewesen war – aus welchem Grund auch immer – oder ob auch er der falschen Familie zugeordnet wurde. Es herrschte damals nach dem Hurrikan wohl an vielen Stellen

Chaos. Ich vermute, die Behörden kamen nicht überall hinterher. Was für eine Gruppe absolut unfähiger Idioten.«

Beim letzten Satz kam der wütende Paul wieder hervor, den Maxim im Wetterturm kennengelernt hatte. Dieses Mal konnte er ihn allerdings noch besser verstehen. Ein Behördenfehler hatte das Leben mehrerer Menschen so dramatisch beeinflusst. Es war schwer, darüber auch nach all den Jahren nicht wütend zu sein. Pauls Leben wäre komplett anders verlaufen, hätte man ihn nach dem Unglück mit seiner Mutter und seinem Bruder zusammengeführt, wie es hätte sein sollen. Ebenso wie sein eigenes Leben und das seiner Mutter.

»Danke«, sagte Maxim und verspürte den Drang, Paul zu umarmen, trotz allem, was er seiner Familie angetan hatte. Er tat es nicht. Es war noch zu früh. Im Moment wollte er einfach nur nach Hause und bei Clara und Nele sein. Sie in die Arme nehmen. Und endlich das undichte Fenster reparieren.

Epilog

Der große Esstisch war gedeckt und liebevoll dekoriert. Kaffee, Saft, Obst, Eier und Aufschnitt standen bereit. Im Radio lief bereits Weihnachtsmusik, was zu den Kerzen auf dem Tisch passte. Es herrschte eine wunderbar gemütliche Stimmung, als wäre alles in Ordnung und die Schatten des Sommers hingen nicht über diesem Haus wie eine gigantische Regenwolke. Clara setzte sich an den Tisch und klammerte sich an eine Tasse Kaffee, während sie wartete. So wie ihre Therapeutin es ihr beigebracht hatte, schloss sie die Augen und visualisierte alles Positive, das sie umgab. *Ein gemütlicher Novembertag in ihrem Zuhause. Ihre Familie. Das Essen auf dem Tisch.* Die Übungen sollten ihr helfen, sich auf positive Gedanken zu fokussieren, nachdem sie in den letzten Monaten unter Angstzuständen gelitten hatte. Es war ihr klar, dass eine Entführung und vor allem die Sorge um Nele nicht spurlos an ihr vorbeigehen konnten, trotzdem nervte es sie, dass die Therapiesitzungen nicht schneller erfolgreich waren. *Geduld,* dachte sie. Einiges war bereits besser geworden. Sie ging seit zwei Wochen wieder arbeiten. Was auch höchste Zeit gewesen war, denn bei allem Verständnis, das ihr Partner in der Kanzlei ihr entgegenbrachte, hatte er sie auch spüren lassen, dass sie der Kanzlei nicht ewig fernbleiben konnte. Und es tat ihr gut, sich mit der Arbeit von den düsteren Erinnerungen abzulenken.

Bei Maxim war es umgekehrt. Er hatte seine Arbeitszeit bei TeleSpree reduziert, die Dissertation vorerst pausiert und verbrachte nun deutlich mehr Zeit zu Hause. Sie fand das einerseits natürlich gut – von Nele ganz zu schweigen, die ihr Glück kaum zu fassen schien, dass ihr Vater nun auch öfter tagsüber Zeit mit ihr verbrachte. Generell hatte Nele sich wohl am besten von den Erlebnissen erholt. Sowohl gesundheitlich hatte die Zeit im Turm keine Spuren hinterlassen als auch mental schien sie wie eine normale Zweitklässlerin, wenn auch etwas stiller und nachdenklicher als noch vor dem Sommer. Clara hatte sich an Maxims häufigere Anwesenheit erst gewöhnen müssen, wie sie sich eingestand. Dabei wusste sie nicht genau, ob es an der Umgewöhnung lag, denn eigentlich war es ja das, was sie sich immer gewünscht hatte, oder an Maxims Ähnlichkeit zu Paul, die sie immer wieder an ihn erinnerte. Das Dilemma und die Gefühle ihrer Schwiegermutter vor über dreißig Jahren konnte sie verstehen. Auch sie empfand es als den einfacheren Weg, Paul und die Erlebnisse zu verdrängen, obwohl sie wusste, dass das aus therapeutischer Sicht nicht zielführend war.

Maxim machte es umgekehrt: Die regelmäßigen Besuche in der JVA halfen ihm mehr als seine Therapiesitzungen, wobei sie nicht genau wusste, was die Brüder dort alle zwei Wochen besprachen. Sie konnte mit Maxim darüber nicht sprechen, war nicht bereit, Pauls Version der Geschichte zu hören, und auch

Maxim war, bei aller Ausgeglichenheit, die er in der Regel von den Besuchen mitbrachte, kaum mitteilungsbedürftig, was ihren Inhalt anging. Es brauchte Zeit, das war ihnen beiden klar. Und die würden sie sich nehmen.

Es klingelte an der Tür und Clara stand auf, um ihre Freundin hereinzulassen.

»Guten Morgen«, sagte Sofia. »Kim konnte ich nicht überzeugen. Wie erwartet. Aber ich habe Waffeln mitgebracht.«

»Na gut, komm herein. Maxim und Nele kommen gleich, sie sind noch beim Bäcker.«

»Wie geht es dir?«, fragte Sofia, als sie am Tisch saßen.

»Immer besser. Und euch? Geht Kim tatsächlich wieder zur Schule?«

»Es scheint so. Gestern ist sie noch vor mir aufgestanden, hat sich Frühstück gemacht und ist los. Ich bin so erleichtert. Dass sie überhaupt wieder bei mir wohnt, das ist erstmal das Wichtigste. Sehr gesprächig ist sie immer noch nicht. Aber sie geht wieder zu ihrem Therapeuten. Die ganze Sache mit ihren Eltern, die Waffe, die Schuldgefühle – das muss alles aufgearbeitet werden.«

Clara nickte.

»Ich habe Albträume«, sagte Sofia schließlich, ohne aufzusehen. Die Aussage wirkte wie ein Fremdkörper in der harmonischen Atmosphäre am vorweihnachtlichen Frühstückstisch. »In denen wir nicht rechtzeitig im Turm ankommen und euch etwas passiert. Helena und Theo kommen auch regelmäßig vor. Und Kim, die plötzlich verschwunden ist, weil ich nicht auf sie aufgepasst habe. Und dann schießt sie. Immer und immer wieder.«

Clara legte ihre Hand auf die ihrer Freundin. Sofia hatte das alles sehr mitgenommen. Sie war noch immer nicht wieder im Dienst. Zu viel war geschehen seit dem Tod ihrer Schwester und auch sie hatte die Ereignisse noch lange nicht aufgearbeitet.

Clara wollte Sofia nach Charlotte fragen, doch sie wusste, dass sie ihr über laufende Ermittlungen nichts berichten durfte. Maxims Kollegin hatte Paul maßlos unterschätzt. Der hatte wirklich alle Hebel in Bewegung gesetzt, um an sein Ziel zu kommen. So war es ihm gelungen, die Firewall von TeleSpree zu durchdringen und sich Zugriff zum Firmenchat zu verschaffen. Diesen nach dem Stichwort ›Maxim‹ zu durchsuchen, war dann nicht mehr schwer gewesen. Im Privatchat zwischen einem Regieassistenten und einer Praktikantin, die ersterer wohl durch Insiderwissen zu beeindrucken versuchte, war Paul schließlich fündig geworden. Der junge Mann hatte ausführlich von den Umständen berichtet, die zu Maxims Beförderung geführt hatten und anscheinend so ziemlich allen Kollegen bei TeleSpree bekannt waren. Das hatte Paul für sich zu nutzen gewusst und er hatte Charlotte über den Chat kontaktiert. Er hatte sich als freier Mitarbeiter des Senders ausgegeben, was geschickt gewesen war, denn so war es realistisch, dass er Zugriff auf die Senderstrukturen hatte, Charlotte ihn aber nicht kennen musste. Er hatte ihr erzählt, dass er von Maxim schlecht behandelt worden war und dieser ihn vor anderen als unfähig dargestellt hatte, um einen eigenen Fehler zu vertuschen. Dann hatte er Charlotte erklärt, er würde ihm einen kleinen Denkzettel verpassen wollen, nicht nur um sich selbst ein wenig Genugtuung zu verschaffen, sondern auch um Maxim zu verdeutlichen, dass am Arbeitsplatz Kollegialität gefragt war. Irgendwie hatte er bei Charlotte einen Nerv getroffen. Ihr war nicht klar gewesen, welche Konsequenzen es haben würde, als sie den vermeintlichen freien Kollegen mit Interna aus dem Sender fütterte, ihm von Alina Rubin berichtete und wer wann ein- und ausging. Sie wussten das heute, weil Charlotte sofort alles zugegeben hatte, zerfressen von Schuldgefühlen wegen des Todes ihrer Chefin. Im Prozess würde sich zeigen, welche Strafe sie erwartete. Clara versuchte den Gedanken abzuschütteln. Eigentlich wollte sie an den Prozess nicht denken.

An der Haustür wurde der Schlüssel im Schloss gedreht, dann öffnete sie sich mit einem lauten Knarren. Die offene Tür wehte die eiskalte und feuchte Novemberluft herein. Ein Schauer lief Clara über den Rücken. Sie genoss es. Es konnte nicht schnell genug Winter werden. Ein bitterkalter Winter zu Hause mit der Familie. Nele stürmte zum Tisch, zwei große Bäckereitüten in den Händen. Alles würde gut werden.